btb
Aus Freude am Lesen

btb

Buch

Berlin, 1990: Selov, ein Arzt Mitte Dreißig, mietet in Kreuzberg eine Fabriketage. In dieser Wohnung will er ein neues Leben anfangen, ohne genaue Vorstellung, wie es aussehen könnte. Schon bei der ersten Besichtigung stößt er auf die Hinterlassenschaft seiner Vormieterin Fillide: volle Regale, Reproduktionen alter Gemälde an der Wäscheleine, im Tresor Dessous, Fotos und ein Aktenordner mit politischen Dokumenten. Der Ordner verschwindet – spurlos wie Fillide. Selov will mit all dem nichts zu tun haben. Doch Lena, Fillides Freundin, belebt, was die Hauptfigur bei der Flucht zurückließ und Selov wird mehr und mehr in die Geschichte verwoben. Er versucht, die Gründe für Fillides Verschwinden aufzudecken, und stößt dabei auf die Bilder Caravaggios. Caravaggio, seine Bilder und seine Frauen scheinen sich in Fillides Leben zu spiegeln.
Selov überschreitet alte und neue Grenzen, nicht nur zwischen Ost und West. Es beginnt ein Reigen aus Geschichten von Menschen, die sich in einer fast unwirklichen Stadtlandschaft bewegen, im Berlin der Wendezeit.

Autorin

Christa Schmidt, 1959 in Duisburg geboren, lebt seit 1980 in Berlin. Dort arbeitete sie mehrere Jahre als Redakteurin, Lektorin und Rundfunkautorin. 1992 erschien im Albrecht Knaus Verlag ihr Roman »Die Wahlverwandten«.

Christa Schmidt

Rauhnächte

Roman

btb

Umwelthinweis:
Alle bedruckten Materialien dieses Taschenbuches
sind chlorfrei und umweltschonend.

btb Taschenbücher erscheinen im Goldmann Verlag,
einem Unternehmen der Verlagsgruppe Bertelsmann.

1. Auflage
Genehmigte Taschenbuchausgabe September 1998

Umschlaggestaltung: Design Team München
Umschlagfoto: Scala
KR · Herstellung: Augustin Wiesbeck
Made in Germany
ISBN 3-442-72329-9

Mit Dank an Elke

«Ich fühle den Raum sich aufheben
und die Zeit in alle Richtungen wachsen.»

PAUL ELUARD

I

Kurz vor dem Einschlafen, sagte sie, schoß mir dieser Satz durch den Kopf: melde gehorsamst, gedenke zu verschwinden und nicht zurückzukehren.

Am nächsten Tag schrieb sie einen Brief an ihren Vermieter: Sie wolle den Vertrag für die Fabriketage kündigen. Die verbleibenden Gegenstände könne er mit den Kosten verrechnen, die entstehen, bis er einen neuen Mieter gefunden habe. Ihre Wohnung verließ sie ohne Gepäck.

Für mich hat alles mit dieser Annonce angefangen, hundertzwanzig Quadratmeter, zehntausend Mark Übernahme, ab sofort zu vermieten. Sofort – dieses Wort streckte sich mir wie eine Hand entgegen. Am gleichen Abend machte ich mich auf den Weg nach Kreuzberg. Der Platz, an dem ich aus der U-Bahn stieg, erschien mir nicht einladend, aber auf eine verschrobene Weise ehrlich. Ein ehemaliger Grenzübergang, Tankstelle, Computerfirma und Ruinen. In der baumlosen Seitenstraße, hinter einer Brandmauer mit verblichenen Graffitis sollte es sein. Nach einigem Hin und Her zwischen Parkplätzen, Toreinfahrten und Hinterhöfen, fand ich den richtigen Aufgang.

Auf die Eisentür war mit Autolack der Name Fillide

gesprayt. Ich kannte Frauen, die Susanne heißen oder Claudia, das war mir lieber, aber am liebsten hätte ich in dieser Zeit überhaupt keine Frau gekannt, zumindest keine von denen, die, wie ein Freund sagt, mit der einen Hand locken und in der anderen einen Revolver halten.

Ich suchte nach der Klingel, klopfte, drückte auf die Klinke. Vor mir lag ein Raum, der mir fast wie eine Halle erschien, eine Halle mit vollgepackten Regalen, meterlangen Holztischen, abgewetzten Ledersesseln. Von der Decke hing eine Schaukel herab, an deren Taue Tücher geknotet waren. Der Vermieter war ein alter Knochen, der mit all dem nichts zu tun haben wollte. Er hob die Schultern. Die Frau sei einfach verschwunden, bezahlt habe sie immer, das andere ginge ihn nichts an, darum kümmere er sich nicht. Er machte eine Bewegung mit der Hand, als wolle er etwas hinter sich werfen, dann zeigte er nach unten. Aber der Drucker. – In mein Schweigen hinein, fragte er nach meinem Beruf. Er hoffe, der Lärm der Druckmaschinen störe mich nicht. Nachts sei alles ruhig, abends auch.

Für einen Moment dachte ich daran, die ganze Sache fallenzulassen. Nach den Nachtwachen brauchte ich meinen Schlaf, auch nach den Wochenenddiensten. Einen Drucker, der sich um mich kümmerte, brauchte ich nicht.

Dann sah ich diesen Tresor in der Ecke, auf den der Alte zuging. Das gute Stück lasse sich nicht fortbewegen. Der habe noch zu der Goldschmiede gehört. Das sei lange her. Die Tresortür stand halb offen. Ich zog zwei Schubfächer auf, Dessous, Notizbücher. Dann das dritte. Etwas wie ein leichter Stromschlag durchfuhr mich. Was es war, weiß ich nicht, der Blick, der Mund. Ich nahm das Foto heraus, sah den Alten an. Der nickte und schob die ersten beiden Fächer wieder zu. Ohne mich weiter umzusehen, verabschiedete ich mich von ihm, mit Handschlag.

In der U-Bahn zog ich das Foto aus meiner Jackentasche. Selov, sagte ich mir, du suchst eine Wohnung, nichts als eine Wohnung. Als ich ausstieg, ließ ich das Foto auf der Sitzbank liegen. Eine Frau trug es mir nach.

Am nächsten Tag unterschrieb ich den Mietvertrag, zählte die Scheine auf den Tisch, zehn Stapel, angespart für den Notfall. Wie ich in diese Not gefallen war, darüber wollte ich mir klarwerden. In der neuen Wohnung.

Dieses Abgrundgesicht war mir beim erstenmal, bei der ersten flüchtigen Besichtigung nicht aufgefallen. Es hing an ihrer Wäscheleine, über der Badewanne, geköpfter Goliath, ein Bild in einer Plastikhülle, neben anderen Bildern – Enthauptete, denen Blut aus den Hälsen spritzte, Menschen, aus denen alles Licht gewichen war. Das Licht kam von außen. Ganz am Rande spreizte Amor seine Flügel und Beine.

In dem Regal, durch das ich vom Bad auf den Küchentisch sehen konnte, stand ein Marmorphallus, mit Widmung, eingehauen in den Stein, daneben eine Konservenbüchse Ananas, ebenfalls mit Widmung. Wein rankte an den Fenstern und Efeu, in Blumenkästen waren Kräuter gepflanzt und etwas, das wie Weizen aussah. Die Erde war noch feucht. Auf einer der Fensterbänke stand eine Schreibmaschine, in die ein Bogen Papier eingespannt war. Ich las ein paar Zeilen, mit denen ich so wenig anzufangen wußte, wie mit den Glasfläschchen, die überall herumstanden. Balance stand darauf, und darin waren Öle, die in zwei Farbschichten übereinander lagen. Eine Flasche schüttelte ich, bis die Farben sich vermischten, hielt sie ruhig, bis sie sich wieder trennten. Unten blau, oben rot. Was sollte ich tun, mit den Sachen um mich herum, die rechtlich mir gehörten, mir aber, wenn ich sie berührte, das Gefühl gaben, in der Handtasche einer Frau zu wühlen.

Ich stellte die Ölflasche auf die Fensterbank zurück, legte mich auf das Sofa und schaute in den Hinterhofhimmel im Quadrat.

Am Tag darauf kam mein Klavier, drei, vier Kisten mit Wäsche und Büchern, ein paar Aktenordner. Die anderen Sachen hatte ich zurückgelassen. Mit dem, was hinter mir lag, wollte ich nichts zu tun haben, keine Möbel, die mich erinnerten, und keine Schallplatten. Nichts kann mich schneller in die Vergangenheit zurückreißen als Musik. Ein paar Takte «Solitude» hätten wahrscheinlich ausgereicht, um ans Telefon zu gehen, meine, ihre Nummer zu wählen und sie zu fragen, ob sie vielleicht irgendwo in der Wäsche mein kariertes Hemd gefunden habe. Ich glaube, ich habe nie ein kariertes

Hemd besessen, und die ersten Töne von «Sophisticated Lady» wären genug gewesen, um mir mitten in der Nacht ein Taxi zu rufen und sie wegen, ich weiß nicht was, aus dem Bett zu klingeln.

Über die Kraft, die mich auch nach den letzten Monaten noch zu ihr ziehen konnte, wußte ich wenig. Du steckst deine Finger in zehn Löcher, und in einem davon ist ein Nagel. So haben sie mir Erotik erklärt, als ich sechzehn, siebzehn war. Die ersten Tage, wenn ich von der Arbeit kam, setzte ich mich ans Klavier, improvisierte, schlug in die Tasten – keine Melodien, die mich erinnerten, ich zerschlug die Melodien, ich versuchte mir alle Erinnerungen aus dem Kopf zu schlagen, mehr noch aus dem Körper.

Die Regale und Schränke waren immer noch mit den Dingen von Fillide vollgepackt. Das Aufräumen hatte ich erst mal aufgegeben. Wie einer Art Naturgesetz folgend, stand der Wecker in dieser Wohnung im Kühlschrank. Ich nahm ihn heraus. Sein Ticken nervte mich, und ich stellte ihn wieder zurück.

Ähnlich erging es mir mit der Marmorskulptur im Regal. Sie stützte die Schallplatten und als erstes die Sonaten für Viola und Piano von Hindemith. Ich hatte nie Hindemith gehört, er erinnerte mich an nichts, und gleich die ersten Takte machten mir klar, was er neben dem Phallus zu suchen hatte. Es war Musik, die mich wirklich berührte, sichtbar.

Die Bilder an der Wäscheleine wurden, wenn ich morgens ins Bad kam, eine Art Barometer für mich. Siegte Amors Lächeln über Goliaths Totenschädel, war alles klar. Ließen Goliaths Zahnruinen mich zweifeln, ob es Sinn hat, die Zahnbürste in die Hand zu nehmen, oder überhaupt irgend etwas in die Hand zu nehmen, war es besser, in Deckung zu gehen. Für diese Tage gab es Nutella, Cornflakes, Coke, alles, was ich als Kind nicht bekommen habe. Fillides Vorratsschrank war voll davon.

Das, was mir als fremdes Chaos erschienen war, erschloß sich mir als eigene Ordnung, die ich langsam zu verstehen glaubte. Nicht, daß ich mich darin einrichten wollte. Ich betrachtete sie als eine etwas skurrile Brücke, über die ich in ein Leben gehen wollte, von dem ich noch keine genauen Vorstellungen hatte.

Hin und wieder stand ich vor dem Tresor, zog das dritte Schubfach auf. Auf den Fotos sah ich sie im Park als Kind mit Pettycoat, ein Plüschtier an der Leine, als Mädchen in einem knöchellangen Kleid, an eine Skulptur aus Stein gelehnt. Ich sah eine Frau, zwischen zwei Uniformierten mit Helmen, deren Visiere heruntergeklappt waren. Mit Lederhandschuhen hielten sie ihre Arme, sie aber ging einen Schritt voraus, als würde sie die Uniformierten abführen. Ihr Hemd war halb aufgerissen, ihr Blick nach vorne gerichtet, zornig. Ich steigerte mich in die Wirkung dieser Szene hinein, um nicht nach ihrer Ursache fragen zu müssen.

Hoch über den Tresor, unter die gewölbte Decke, war das Bett gebaut. Die Matratze bestand aus übereinandergelegten Baumwollmatten, die Bettwäsche war mit wildem Zeug bemalt, was in Musik übersetzt so etwas wie Gato Barbieri gewesen wäre, pulsierend, lateinamerikanisch. Auf dem Podest hinter der Glaswand glitt ich in Träume, deren Bilder mir beim Aufwachen gleich wieder zerfielen. Ich nahm mir vor, eine Federkernmatratze und weiße Laken zu besorgen.

Drei, vier Wochen muß ich in dieser Etage gelebt haben, als mich ein Klopfen aus dem Schlaf riß. Es kam nicht aus der Druckerei, es kam von der Tür. Besuch erwartete ich nicht.

Ich taumelte vom Bett hinab zum Kühlschrank, um auf die Uhr zu schauen. Zwei Stunden blieben mir bis zum Nachtdienst. Das Klopfen, wieder und wieder. Ich suchte nach meiner Brille, warf den Bademantel über und öffnete die Tür. Zu klein, zu angemalt, dachte ich.

Was sie dachte, weiß ich nicht. Vielleicht nicht rasiert, ungekämmt. Unwillkürlich fuhr ich mir mit der Hand durchs Haar. Ich weiß nicht, wann ich angefangen habe, meine Urteile über Frauen in der ersten Sekunde zu fällen, wobei ich nicht einmal etwas Genaues über meine Maßstäbe sagen kann. Eine Frau, noch kleiner, aber ohne Anstrich, wäre mir wahrscheinlich nicht als zu klein erschienen.

Lena, sagte sie. Ob Fillide auch zu Hause sei. Nein. Ob ich Wörlitz sei. Nein. Ob sie mal kurz hereinkommen könne, es ziehe im Treppenhaus. Zwei Minuten später kochte ich Kaffee. Die erste Tasse hatten wir schon getrunken, als sie mir langsam glaubte, daß ich weder Wörlitz bin noch Fillide kenne.

Sie erklärte, sie sei einige Wochen verreist gewesen, gestern zurückgekommen, Fillide sei ihre Freundin, seit Jahren, sie wisse nicht, was sie jetzt sagen solle, wenn ich Fillide nicht kenne, könne sie mir das mit Wörlitz nicht erklären und das mit M erst recht nicht und sich selbst könne sie das alles auch nicht erklären. Ob ich vielleicht einen Cognac hätte. Ich beschloß, keinen Cognac zu haben. Sie kritzelte ihre Telefonnummer auf einen Zettel.

Wieder allein, blieb mir noch eine gute Stunde bis zur Nachtwache. Ich kippte den Rest des Kaffees in meine Tasse und starrte auf die Telefonnummer. Zehn Stapel Hunderter hingeblättert zu haben, mußte nicht heißen, daß ich mit einer fremden Vergangenheit zu leben hatte. Meine eigene reichte aus, um meine Gegenwart aus dem Gleichgewicht zu bringen.

Was hatte ich in dieser Wohnung verloren, zwischen den Sachen einer Frau, deren Hinterlassenschaft sich an diesem Abend um drei Personen vermehrt hatte – Lena, Wörlitz und irgendein M. Ich fühlte, wie sie begannen, meine Phantasie zu beschäftigen, und ich weigerte mich, ihnen Raum zu geben. Sie sollten verschwinden, wie Fillide verschwunden war, aber vor allem sollten sie nichts zurücklassen. Ich zerriß die Telefonnummer und kramte in meiner Kiste unter den Büchern ein paar Sachen zum Anziehen hervor.

Eine Last hatte ich zurückgelassen, dafür trug ich an dem Gewicht einer anderen. Nichts als eine Verlagerung schien hier stattgefunden zu haben. Was mich wirklich belastete, war, nicht zu wissen, wohin ich das alles zu tragen hatte, und die Angst, in eine Geschichte verwoben zu werden, aus der die Hauptfigur geflohen war.

Es gab genügend Leute in dieser Stadt, die dieses Gewicht ohne die Last dieser Angst tragen könnten – Antiquitätenhändler, Trödler, und es gab den Sperrmüll. Zum erstenmal seit Wochen kam etwas wie Ruhe ich mich.

2

Burger war gestorben. Nach der zweiten Operation kam die dritte, Intubationen, Extubationen, zehn Tage Koma. Sein Herz, das stark war, ließ ihn dann doch im Stich. Wir haben die Maschinen abgestellt.

Drei, vier Wochen zuvor hatte er mich gefragt, ob er Heizöl bestellen soll. Seine Chancen, den Winter zu überleben, lagen bei fünf Prozent, seine Chancen, den Winter in seinem Haus zu verbringen, bei null, was er nicht wußte. Er hatte mich nicht danach gefragt. Ich versprach ihm, mich um sein Heizöl zu kümmern.

Mit Burger war mir passiert, was ich immer zu vermeiden suche. Nach den Visiten war ich manchmal bei ihm geblieben. Er erzählte von Kanada, wo er gelebt hatte und wo ich gerne gelebt hätte. Als er nicht mehr sprechen konnte, sprachen seine Augen. Es war an mir, etwas zu sagen, und fast glaube ich, niemand weiß mehr über mich, als er wußte. Nicht, daß es viel war, aber wesentlich. Er berührte etwas in mir, was im schönsten Fall ein Freund berührt.

In der Nacht als Burger starb, ging ich über die Grenze, deren Mauer ein Jahr zuvor noch selbstverständlich und zuverlässig war, wie die Mauern des Hauses, in dem ich wohnte. Wie wenig ich der ganzen

Sache traute, merkte ich, als ich nach dem Paß in meiner Brusttasche fühlte. Selbstverständlich und zuverlässig erschien mir nichts in dem Leben, in das ich vor Wochen geraten war.

Es muß mitten in der Nacht gewesen sein, als ich wieder nach Hause kam. Ich war von einer Bar in die nächste gezogen, hatte Tonic mit und ohne Gin getrunken, hatte zwanzig oder dreißig Zigaretten geraucht, hatte zwei, drei Frauen gesehen, die mir gefielen, und hatte mit zwei, drei Frauen gesprochen, die mir nicht gefielen. So gesehen war es ein gewöhnlicher Abend gewesen, gewöhnlich für die letzten Monate eines Lebens, das ich, wie ich glaubte, hinter mir gelassen hatte. Burger war die letzte Verbindung.

Den alten Freunden ging ich aus dem Weg, und ihr vor allem. Der neue Platz, an dem ich lebte, schien mir wie ein Spiegel meines eigenen Zustandes – Nachkriegszustand.

Dieser Platz wurde zum Ausgangspunkt für meine nachtnächtlichen Streifzüge durch den Osten, wobei Streifzüge nicht der richtige Ausdruck ist. Wie gegen meinen Willen zog es mich auf den gewohnten Weg, ein, zwei Kilometer Mietskasernen, zehnstöckiger Plattenbau, endlos scheinend. Ich fragte mich, was die stumpfe Aggressivität dieses Aufbauwillens mit Heinrich Heine zu tun hat, nach dem die Straße benannt ist. Seine Nachtgedanken an Deutschland, die ihm in Paris den Schlaf raubten, erschienen mir jetzt prophetisch. Seit wann die Straße seinen Namen trug, wußte ich nicht, aber als sozialistische Selbstkritik verstanden, war das

Ganze fast schon wieder sympathisch. Dann unter der S-Bahnlinie durch über die Spree, links in die Stralauer, über den Molkenmarkt zum Hackeschen. Entlang der Straßenbahnlinie verlief das, was in den letzten Nächten meine Barmeile geworden war, beginnend einige Kneipen vor dem Meilenstein, ein paar Kneipen hinter dem Silberstein endend. In dieser Zeit wollte ich nichts anderes als ein beliebiger Idiot in einer x-beliebigen Geschichte sein, der, um seine Gefühle betrogen, hinter einen Nebel aus Alkohol flieht.

Atonal, hatte die Frau zwischen den sicheren Mauern gesagt, mein Verhalten sei atonal. Obwohl ich, als sie das sagte, diese Art von Musik im Ohr hatte, bat ich sie um eine Erklärung. Atonal sei, was keine festen Beziehungspunkte habe, wenn die Töne der Oktave zum Beispiel nicht mehr auf das Dur-Moll-System bezogen seien. Sobald ich versuchte, mich tonal zu verhalten, erschien ihr das schräg, was mir logisch erschien.

Meinen Raum und meine Zeit hatte ich durch atonales Verhalten eingebüßt. Aus den sicheren Mauern war ich verbannt, wobei verbannt ein zu starker Ausdruck ist, auch wenn ich meine Lage in dieser Zeit so empfand. Nach Burgers Tod suchte ich ein Bezugssystem und entschied mich für die Dur-Variante der Barmeile. Die Moll-Variante wäre gewesen, ruhig zu bleiben, mir eine Butterstulle zu schmieren, den Abwasch zu machen, ein paar Hemden zu bügeln und die Abende vor dem Fernseher zu vertrödeln.

Es war also das Dur, das mich hinauszog in diese schmuddelige Herbstkälte, auf eine zufällig gewählte

Meile. Zufällig erschienen mir auch die Huren in Tangas am Straßenrand. Tonal eingestimmt, hätte ich sie gerne angesprochen, bloß wußte ich nicht wie. Weder wollte ich ihnen meine zweiundachtzig Kilo aufdrängen, noch meine siebzehn Komma fünf Zentimeter. Meinen Seelenschlamm abzuladen, ohne ihn zuvor durch so etwas wie eine Kläranlage geschickt zu haben, kam nicht in Frage.

Wer hatte den Satz gesagt, wenn du einmal mitgehst, tust du es immer wieder. Meiner Neigung, nicht aufhören zu können, war ich mir bewußt, ob ich nun an eine Flasche Wein, eine Tafel Schokolade oder in eine Leidenschaft geriet. Auch das Bedürfnis, aufgebaut zu werden, war es nicht. Die Guten unter ihnen, das war ein anderer Satz, den ich gehört hatte, sind die besten Psychologen. Wenn sie dir sagen, du bist der Größte, sagen sie es so, daß du es glaubst. Wenn du weggehst, fühlst du dich zehn Zentimeter größer. Meine eins sechsundachtzig reichten mir. Was es nun genau war, was mich anzog, wußte ich nicht. In alten Romanen hatte ich gelesen, sie wissen etwas, wovon ich keine Ahnung habe. Die meisten schienen die Zwanzig kaum überschritten zu haben.

Ich kippte hinunter soviel eben ging, auf der Suche nach einer Formel, auf die sich die letzten Ereignisse bringen ließen. Spätestens im Meilenstein war ich soweit, den Blick in den Spiegel, der über der Bar hing, zu meiden. Auch vermied ich es, für länger als zwei Gläser an einer Theke zu stehen. Das ist die Zeit, in der Menschen sich an ein Gesicht gewöhnen und glauben, diese Gewöhnung sei Grund genug, etwas von sich zu erzählen. Meinen Blick stellte ich, falls jemand sich lächelnd näherte, fast automatisch auf unendlich und bestand darauf, meinen Gin selbst zu zahlen.

Geriet ich trotz meiner Vorkehrungen in eine dieser Geschichten, konterte ich bald mit geschlossenen Systemen und offenen Strukturen. Ein geschlossenes System hatte einen Staat und eine offene Struktur hatte eine Liebe in den Bankrott gestürzt, das war die Formel, die mir nach ungezählten Gläsern klar und nüchtern erschien. Je länger ich darüber sprach, desto klarer wurde die Unhaltbarkeit meiner Theorie. Die einzige Theorie, die sich in diesen Nächten halten ließ, war die, daß nichts mehr selbstverständlich und zuverlässig war. Nicht einmal das stimmte, wie ich nach einigen Wochen feststellen mußte. Für einige Frauen am Straßenrand war ich längst eine Art Inventar. Wir grüßten uns.

Seit dem Tag, an dem Burger gestorben war, wurden die Nachtdienste zur Erholung für mich, kein Alkohol, keine Zigaretten. Irgendwann begann dieses Flimmern im Brustkorb, irgendwo in einer dritten oder vierten Bar nannte sie mich Wörlitz, und irgendwie fühlte ich mich erleichtert, Lena wiederzusehen. Ich saß auf einer Treppe neben einer Holzskulptur, die das Gesicht einer Frau, den Körper eines Jünglings und das Geschlechtsteil eines Mannes hatte. Lena drängte sich zwischen mich und diese Figur, um zu telefonieren. Den Hörer legte sie gleich wieder auf und hockte sich neben mich.

Sie hielt eine Tageszeitung in der Hand, die richtige, wie mir schien. In den letzten Wochen hatte ich keine

Zeitung mehr gelesen, das heißt, ich hatte es aufgegeben, gleich nachdem ich merkte, daß jeder Satz, den ich las, sich auflöste wie meine Träume, wenn ich erwachte.

Alles war beim alten, entnahm ich den Schlagzeilen. «Asylrecht steht nur auf dem Papier», «Arbeitslosigkeit spaltet gesamtdeutsche Gesellschaft», «Wiedersehen mit Atomsprengköpfen». Das, was hier «Einheitsrandale» genannt wurde, war zwei Tage zuvor an mir vorbeigegangen. Heftige Auseinandersetzungen am Alexanderplatz, Scheiben gingen zu Bruch, brennende Luxuslimousinen, Polizei setzte Wasserwerfer und Tränengas ein, las ich und den Kommentar eines Zapfers: «Et war wie im Krieg, ick hab' jedacht, ick bin im falschen Film.» Ganz unten, «Plädoyer in Stammheim», zwölf Jahre für einen Bombenanschlag.

Lena erzählte mir von einem RAF-Terroristen, der sich seit den Siebzigern in Ostberlin versteckt gehalten hatte. Nicht versteckt. Er hatte politisches Asyl bekommen. Gleich nach dem Mauerfall sei er wieder in den Westen gegangen, nicht etwa, um sein altes Handwerk aufzunehmen. Er wollte von einem staatlich verordneten Recht Gebrauch machen, das jedem Ostler, nach Vorlage seines Ausweises, einmalig zustand – einhundert Westmark Begrüßungsgeld. Als er nach dem Almosen griff, sei er gefaßt worden. Die Terroristen, sagte Lena, seien die einzigen, vor denen die im Westen noch Angst hätten.

Ich sah ihr Haar, die Lippen, den Lack auf ihren Fingernägeln, das Männerjackett, ihre Springerstiefel. Kreuzbergvenus. Sie sprach nicht von Fillide und auch nicht von Wörlitz. Sie nahm mich an die Hand und zog mich in eine dieser Diskotheken, die wie Pilze aus den Hinterhöfen schossen. Irgendwelche Keller wurden ausgeräumt, Stereoanlagen eingebaut, ein paar Kisten Bier hingestellt, das war's. Meist ging es nur wenige Wochen gut, wenn überhaupt. Bekam das Ordnungsamt Wind davon, wurde geräumt. Lena wußte immer, wo der nächste Laden aufgemacht wurde. Wer drin ist, sagte sie, weiß es. Ich war froh, wieder draußen zu sein. Mir war, als würden wir, aus dem Westen, auch noch den letzten Keller, das letzte Loch im Osten besetzen.

Diesmal war ich es, der sie weiterzog, ohne Ziel, einfach weiter. Lena fragte, ob ich den Witz von den zwei Volkspolizisten kenne oder den von dem Vopo, der Digitaluhr und dem kleinen Jungen. Witze habe ich mir nie merken können. Westwitze, sagte Lena, seien auch zum Vergessen. Die aus dem Osten seien immer besser gewesen. Fillide hätte sie mitgebracht, vor dem Mauerfall. Sie sei oft drüben gewesen.

Das Kino lag hinter der S-Bahnbrücke, nah an der Spree. In der Spätvorstellung lief ein Film, gegen den ich mich in meinem alten Leben zur Wehr gesetzt hatte, nicht wegen seiner Überlänge, auch nicht wegen des Themas, wohl eher wegen der Frau, deren Namen ich lieber vergessen hätte. Das, wovon sie mir sagte, ich müsse es unbedingt sehen, habe ich nie sehen wollen, oder erst dann, wenn sie sich nicht mehr dafür interessierte. Diese Abwehr hatte sich nicht gegen sie gerichtet, es war ein Reflex, der auch von anderen Menschen,

Dingen, insbesondere von technischen Innovationen ausgelöst werden konnte, ob es nun ein Walkman, ein Videogerät oder ein Computer war.

Ich brauche Jahre, allein um mich an den Gedanken zu gewöhnen, daß so etwas existiert. Wenn ich mich daran gewöhnt habe, dauert es Monate, bis ich entschieden habe, ob ich es brauche oder nicht. Auch Fillide schien keines von diesen Geräten gebraucht zu haben.

Lena betrachtete die Plakate in den Schaukästen, ich betrachtete Lena. Eigentlich, sagte sie, würde ich lieber Camilles Skulpturen sehen. Eigentlich, sagte ich, hast du recht. Wir gingen dann doch hinein, vor der Kasse stand keine Schlange, der Saal war nicht einmal halb voll. Das Jackett, den Mantel legten wir auf den freien Sitz zwischen uns. Wenige Minuten später vergaß ich, im Kino zu sein. Es war ein Auflösen in Bildern, was Ich war, wurde ausgelöscht von den Figuren auf der Leinwand. Mehr erwartete ich nicht von einem Film.

Wenn ich diesem Bildhauer begegnet wäre, sagte Lena später, wäre ich auch wahnsinnig geworden. Und dann sprach sie doch von Fillide und M, dessen Namen sie nicht aussprach. Wir setzten uns auf das Geländer am Flußufer. Der Dom, die Straßenlaterne spiegelten sich in einer Pfütze.

Am nächsten Morgen erwachte ich, völlig tonal, zwar nicht unter weißen Laken, aber auf einer Federkernmatratze. Trotz meines brummenden Schädels war mir wohl. Doch schon im nächsten Moment fühlte ich mich in einer Falle, die ich fluchtartig verlassen mußte.

So hatte es auch das letzte Mal angefangen, mit der Frau, deren Namen ich von nun an auf einen Buchstaben bringen wollte, wie Lena den des Malers. Dieses Gefühl, mit dem das beginnt, dachte ich, was dann später Liebe genannt wird, hat wohl mehr etwas mit konkreten Situationen als mit konkreten Personen zu tun. Ich suchte meine Sachen zusammen, Hose, Pullover, Schuhe, verstreut auf dem Weg von der Küche zum Sofa. Auch Lenas Wäsche hob ich auf, Dessous, wie die von Fillide, und legte sie über einen Stuhl. Ich achtete darauf, nichts zu vergessen, meine Uhr, die Schlüssel. Lena hinterließ ich zwei Zeilen. Den Zettel unterschrieb ich mit Wörlitz. Die Nacht mit ihr erschien mir wie ein Verrat, ohne genau zu wissen, an wem oder was.

Als ich die Tür hinter mir ins Schloß zog, glaubte ich, die Tür zu der Art von Geschichten zu schließen, die sich mit irgendwo, irgendwann, irgendwie erzählen lassen. Auch diese Selbstbeobachtung, ob tonal, Dur, Moll oder atonal, erschien mir wie ein ziviler Begleitschutz, von dem ich mich befreien wollte. Nicht die Spur von Regen, eine U-Bahnstation war in Sichtweite, ich war Selov, in einer halben Stunde begann mein Dienst, der letzte für die nächsten zwei Wochen.

3

Es war das erste Mal in dieser Etage, daß mir ein Traum beim Erwachen nicht zerfallen war. Das Kissen auf mein Gesicht gepreßt, noch halb im Schlaf, sah ich sie aus meinem Raum fliehen, in wehenden Gewändern, Spitzen, Schleiern, mit dem hellen, fast überdrehten Lachen einer Braut.

Zuvor hatte sie mir einen Briefumschlag überreicht. Beim Öffnen entwichen ihm Schwäne, stiegen empor mit zischenden Flügeln und meertriefenden Schnabelspitzen. Als ich sie berühren wollte, lösten sie sich auf. In einer Ecke des Umschlags erschienen ihre Schriftzüge «Ich will dich ruhnieren». Nicht ruinieren. In einem Wörterbuch, noch im Traum, fand ich die Bedeutung: Die Gespenster des Schreckens wirken aus der Ferne vergnügt, als ließe sich mit ihnen spaßen.

Ich lag unter dem Deckengewölbe in einer Lache aus Schweiß, Speichel und Blut. Die Glaswand neben dem Bett war gebrochen. Mein Fuß blutete, aber keine Spur von Schmerz. Ich riß das Laken vom Bett und hangelte mich die Leiter hinab. Die Druckmaschine schwieg, mir war kalt, im Badezimmer siegte das Lächeln mit den gespreizten Flügeln.

Ich setzte mich an den Holztisch, der seinen Maßen nach aus einem Konferenzsaal stammen mußte, und versuchte so etwas wie eine Bilanz zu ziehen. In den vergangenen Monaten war nahezu alles drunter und drüber, quer und kreuz gelaufen, was in der Quersumme ein Tempo ergab, das ich nicht halten konnte. Auf einen Zettel schrieb ich Wörter, Namen, Buchstaben, Zahlen, aus denen sich weder ein Satz noch ein anderer sinnvoller Zusammenhang ergeben wollte. Alphabetisch geordnet wurde es nicht besser. Zwischen dem Abschied von A und dem Zischen der Flügel standen einige Barmeilen, Burger, das Chaos von Fillide, Liter von Gin, Hindemith, Nachtwachen, eine halbwache Nacht mit Lena, das andere schrieb ich in Klammern darunter, eine Liste, nicht lang genug, um den einen Buchstaben, dieses A zu bannen.

Alles geschieht mühelos, sagte sie, wenn du im Einklang bist mit dem, was stimmt. A ging mühelos.

Es war kalt. Eine Woche zuvor war mir klargeworden, daß ich nicht nur in einem Haus wohnte, in dem eine Druckmaschine arbeitete, ich lebte in einem Fabrikgebäude. Von Freitagnachmittag bis Montagfrüh wurden die Heizungen abgestellt. Vor mir lag ein Wochenende, das ich weder bei einer Zimmertemperatur von vierzehn Grad Celsius verbringen wollte, noch mit dieser Bilanz, die sich wie ein Kreis um mich zu schließen schien. Ich zerriß sie, wie ich Lenas Telefonnummer zerrissen hatte, aber die Ruhe wollte sich nicht einstellen. Das Barometer im Badezimmer schien mich an diesem Morgen getäuscht zu haben. Raus wollte ich.

Aber wohin. Die Möglichkeit im Stadtmagazin zwischen einhundert Kinos, einhundertfünfzig Theatern, unzählbaren Konzerten, Lesungen, Vorträgen, Ausstellungen zu wählen, überforderte mich. Ins Maßlose getrieben führt alles in die Gleichgültigkeit, dachte ich und folgte meiner Neigung, nicht aufhören zu können durch Fernseh- und Radioprogramme über Kleinanzeigen, biete, suche, tausche, Kleidung, Jobs, Computer, bis zu der Rubrik «Lust und Liebe».

Ich überflog die Angebote, mit halber Abwehr, wie einer, der glaubt, etwas zu brauchen, was er sich eigentlich nicht leisten kann. Vielleicht wollte ich mich auch nur überzeugen, daß für das, was ich zu bieten hatte, keine Nachfrage bestand. Ich fühlte keinerlei Bereitschaft, mich unter Begriffen wie Sado, Maso, strenger Vater, lüsterner Novize, Späthippie, voll drauf, ausgeflippt oder anständig einzuordnen. Statt dessen stieg meine Bereitschaft, einige Offerten mit «voll daneben» zu kommentieren, einem Ausdruck, der zu den Sprachviren gehörte, die sich in den letzten Jahren epidemisch verbreitet hatten.

Petroleumöfen wurden keine angeboten. Kalt war es immer noch. Wo ich saß, war etwas Blut auf den Holzdielen. Ich beschloß, mich nicht um meinen Fuß zu kümmern, zwängte ihn in einen Schuh und verließ die Etage mit einer Tafel Vollmilchnuß.

Im Parterre stand wieder der Mann, den ich in der ersten Zeit für den Drucker gehalten hatte. Er grüßte nicht und hielt eine Plastiktüte in der Hand. Einmal, als ich von der Arbeit zurückkam, hatte er einen Aktenordner unter dem Arm, der mir auf merkwürdige Weise vertraut erschien, als sei er von Fillide. Es gibt, sagte ich mir, Tausende Ordner dieser Art. Mir war nicht danach, mich verfolgt zu fühlen.

Wieder ging ich durch die Heinrich-Heine, bog aber vor meiner Barmeile ab zur Museumsinsel. Es gab keine Erklärung dafür, warum ich noch nie im Pergamon gewesen war, und es gab auch scheinbar keinen Grund, warum ich an diesem Tag hineinging. Es war ein leichter Schwindel, der mich erfaßte, als ich vor den Altar der Athene trat. Marmor, Treppen, Säulen, in einem Ausmaß, in dem mir jedes menschliche Maß verlorenging. Über mir, um mich Leiber, die aus dem Stein brachen, sich erhoben, knieten, angriffen oder auswichen, sich ineinander verschlangen, auseinandersprengten, ein riesiges Ringen, Muskeln, Sehnen.

Etwas in mir wehrte sich dagegen, von einer Sekunde auf die andere in eine Zeit zu geraten, die mehr als zweitausend Jahre zurücklag, oder waren es weniger. Mit dem Rücken zum Altar sah ich eine Göttin auf der Jagd, einen Fuß auf dem Leib eines toten Giganten, ein anderer, von ihrem Jagdhund im Genick gepackt, bäumt sich auf gegen den tödlichen Biß. Sein Schild zur Seite gestreckt, schreitet ein Jüngling dem Pfeil im gespannten Bogen der Göttin entgegen. Ihr Unterleib war aus dem Stein gebrochen.

Eros hatte seine Unterarme und Schenkel eingebüßt, Eos, die Morgenröte, ritt im Doppelgespann neben dem nackten Helios. Ein neuer Tag brach an, mit Keulen, Lanzen, von Schlangen umwundenen Gefäßen, unmittelbar vor dem Wurf. Mit jeder Minute, die ich mich in den Anblick dieser versteinerten Götter und Giganten versenkte, wurden mir die Stimmen der Männer deutlicher, die von ihnen sprachen, als seien es Freunde oder Brüder. Im Winter trafen sie sich schon morgens im Kafenion und zogen mich, den Fremden, in ihr Ritual, als würde ich seit Jahren bei ihnen sitzen.

Sie kamen herein, einer nach dem anderen, Hände an den Hosenschlitz und dann über die Feuerstelle. Das Ofenrohr wand sich unter der Decke quer durch den Raum. Hände wurden geschüttelt, kala, kala, der Fernseher, hoch oben auf einem Holzregal schwieg, ein Liedchen wurde gepfiffen, der Spazierstock zwischen die Beine geklemmt, und dann saßen sie, spielten Karten, tranken wenig, Ouzo oder den Tee aus Kräutern, die an den Hängen wuchsen. Auf dem Gipfel des Berges lag Schnee, die Äste der Platane streckten sich bis zur anderen Seite der Straße, die Kirchturmuhr stand still, und sie erzählten.

Ein Dieb wurde zu einem Titanen, wenn er an beiden Händen gefesselt zwölf Polizisten entkam, ein Schmuggler ein Halbgott, wenn er ein beladenes Boot versenkte, um seine Verfolger abzuhängen, und es war ein Gigant, der von einem Schwein gebissen, dem Tier den Unterkiefer brach. Es war, als säßen an den Tischen nicht Dimitrakis, Spiros und Vassilis, es waren Zeus, Herakles und Dionysos, und es schien, als würde keiner von ihnen sich wundern, wenn Odysseus mit einem Schaffell behängt zur Tür hereingekommen wäre.

Die Männer im Kafenion schufen die Magie der alten

Welt neu, ohne Frauen. Die meisten von ihnen waren verheiratet, was ich aus den Ringen an ihren Händen schloß. Wie mir, muß auch ihnen die Ehe als so etwas wie die Vertreibung aus dem Paradies erschienen sein, mit dem Unterschied, daß sie sich anscheinend damit abgefunden hatten und in eine Welt flohen, in der über die Göttinnen geschwiegen wurde. Aus der Göttin wird eine Gattin, aus dem Gott ein Gatte. Und dann war ich wieder bei meinem Traum aus der letzten Nacht. Es war die Gattin, die Braut, die aus meinem Raum geflohen war.

Der Prolog zu unserer kleinen, zeitgemäßen Tragödie hatte sich ein Jahr zuvor, einen halben Tagesmarsch entfernt von diesem Bergdorf entwickelt. Wir hockten auf einem Felsen am Hafen, die Sonne war nicht zu heiß, das Wasser wie Chrysokoll.

Die Männer kamen auf Eseln oder Motorrollern, sprangen in ihre Boote, lösten die Taue, hantierten mit Netzen und Harpunen. Der Satz, den A dann sagte, hatte die gleiche Wirkung in diesem Moment, wie eine Ladung Dynamit sie gehabt hätte. Ich kann dein ja, aber, fügte sie hinzu, nicht mehr hören. Wir hatten Zigaretten, aber kein Feuer. Ich sprang vom Felsen, lief über die Mole zu einem der Fischer. Ich sah seinen Blick auf meiner Hand ruhen. Er trug einen Ring. Mit der brennenden Zigarette ging ich zurück.

Mit sechzehn, sagte ich, habe ich davon geträumt, eine griechische Göttin zu heiraten.

Und jetzt, fragte sie. Statt mit ihr über die Zukunft zu sprechen, zog ich Fragmente aus den Trümmern meiner

Geschichte hervor, Bruchstücke eines Gefühls, das längst verschüttet war. Ich sah das kohlenverstaubte Zechenhaus einer siebenköpfigen Bergmannsfamilie in der Nähe eines breiten Flusses. Ich sah einen Jungen, versunken in Mythen und Legenden, meistens etwas außerhalb der Welt, in der er zu leben hatte. Ich sah, wie er mit seiner älteren Schwester und ihrer Freundin an einem Sommerabend zum Flußufer hinuntergeht. Wie ich ihn so gehen sah, die Schultern etwas hochgezogen, den Rücken gebeugt, die Hände in den Hosentaschen, fühlte ich mich fast schon wieder eins mit ihm. Ich sah ihn unter der Weide liegen, das Mädchen, vielleicht zwei, drei Jahre älter als er, legt sich neben ihn. Ich wußte um das Pochen in jeder Zelle seines Körpers. Die Sterne in dieser Nacht betrachtet er mit einer Hingabe, als wolle er ihre Konstellation in sich nachbilden. Ihr in die Augen zu sehen, wagt er nicht, wagte ich nicht.

Und dann, fragte A, nachdem ich eine Weile geschwiegen hatte. Wie gegen meinen Willen, fügte sich jetzt ein Bild, eine Bewegung zur anderen. Und dann, sagte ich, vorsichtig, in dem Gefühl, in dem du jedes Gefühl für Zeit verlierst, tastete ich nach ihrem Unterarm, glitt mit meinen Fingern über ihre Haut, auf und ab und wagte kaum zu atmen, als meine Hand sich ihrer Schulter näherte. Etwas oberhalb ihrer Brust ließ ich sie liegen. Irgendwann glaubte ich einen leichten Unwillen in ihrer Bewegung zu spüren, setzte mich auf, legte den Kopf in den Nacken und streichelte ihre Beine, von den Füßen bis zum Knie und wieder hinunter. Es war ein

Gefühl, das ich noch nie empfunden hatte und in dem ich mich vollkommen verlor.

Ihr Gähnen schleuderte mich in einen Abgrund. Wie langweilig, sagte sie, stand auf, zog ihr Hemd über den Kopf, ließ ihren Rock über die Hüften hinabgleiten und rannte ins Wasser, zu meiner Schwester und ihrem Freund, deren Kreischen und Jauchzen ich erst dann wahrnahm. Sie bewarfen sich mit Fischen, die am Ufer lagen. Alle paar Meter waren Schilder aufgestellt, «Baden verboten».

Wie es weitergegangen sei, fragte A. Nichts ging weiter, sagte ich. Aber schon erschien mir das nächste Bruchstück. Der Junge, ein paar Monate älter, wie er auf einem Küchenstuhl sitzt, mit heruntergelassenen Hosen, das Messer in der linken, das Körperteil, von dem er sich befreien will, in der rechten Hand. Klein und weich ist es, als sei es völlig unbeteiligt an den Empfindungen, für die er es schuldig gesprochen hat. Er setzt die Klinge an, verharrt eine Weile in dieser Stellung, starrt auf das Muster des Wachstischtuches. Das Blut schießt heraus, über seine Hände, die Beine, auf den Boden. Das Blut hält ihn davon ab, tiefer zu schneiden.

A schüttelte den Kopf. Manchmal glaube ich, sagte sie, du kannst dich immer noch nicht damit abfinden, ein Mensch zu sein. Ich kann mich nicht damit abfinden, sagte ich, wie ein Gefangener an meinen Körper gefesselt zu sein. Die Narbe, sagte sie, sei ihr noch nie aufgefallen. Ich ließ mir noch einmal von einem der Fischer Feuer geben, und wir liefen zurück zu dem Haus oben am Berg, in dem wir ein Zimmer gemietet hatten, gleich über dem Kafenion.

Es war dunkel, als wir ankamen, Straßenlaternen gab es keine, nur die Lichter aus den Häusern erhellten den Weg. Ich ging ein paar Schritte voraus. Dimitrakis und Spiros saßen an einem Tisch am Fenster und winkten mir zu. Einen Moment zögerte ich und begleitete A dann doch über den Hof, hoch in unser Zimmer, Schrank, Tisch, Bett, die Äste der Platane drückten gegen die Fensterscheibe. Im Sommer war es hier angenehm kühl, an diesem Abend eher kalt. A wollte die Narbe sehen. Statt meine Hose zu öffnen, schloß ich die Augen. Welche Farbe. Von dem, was sich dann entwikkelte, erinnere ich mich nur noch an den letzten Akt, wahrscheinlich weil es der einzige war, in dem ich mich einigermaßen behaupten konnte. Ich sei verantwortungslos, ungerecht und feige. Das alles, erwiderte ich, sind göttliche Eigenschaften. Sie habe nie davon geträumt, mit einem Zeus zu leben. – Das komme daher, daß sie ihr statt Mythen Märchen erzählt hätten. – Zumindest, sagte sie, sei sie nie auf den Gedanken gekommen, sich die Brüste abzuschneiden. Im übrigen sei das, was ich als verrückt bezeichnen würde, völlig natürlich.

Natürlich sei auch, sagte ich, in einer Blockhütte zu leben und sich von Beeren zu ernähren, aber in die kanadischen Wälder wollte sie nicht mit mir gehen. Sie brauche die Stadt als natürlichen Widerstand. Gegen was, fragte ich. A nahm ein Buch vom Tisch und ging hinunter ins Kafenion.

Wie aus einem Traum in einen anderen gleitend sah ich Artemis über mir, den toten und fast toten Giganten, den geöffneten Schild des Jünglings. In den Fragmenten des Frieses war der Pfeil nur durch die Haltung ihrer Arme zu erkennen. Er war weggebrochen aus dem Stein wie ihr Unterleib und die Nase des Jungen.

Ein paar Schritte weiter setzte ich mich auf eine der Holzbänke und zog die Tafel Vollmilchnuß aus meiner Jackentasche. Über mir, Athene kämpfend, das Haar hochgesteckt unter dem Helm, einen Arm in dem Riemen eines Schildes, das sie zu neuen Taten zog. Ihr Blick, vorwärtsgerichtet, zornig. Hinter ihr, Vater Zeus, durch dessen Schädeldecke sie gebrochen war. Eine Wunde, die sich schloß, aber es war eine Wunde.

Eine Frau in Uniform mit Walkie-talkie stellte sich vor mich. Essen sei im Museum nicht gestattet. Ich hielt ihr die Schokolade hin. Statt etwas von blutdrucksteigernden Hormonen und deren stimulierender Wirkung auf den Thalamus zu erzählen, sagte ich einfach, da sei Serotonin drin, das mache glücklich. Nein danke, sagte sie sehr freundlich, fast charmant, ich müsse mein Glück woanders versuchen. Sie erzählte etwas von Hinweisen, Pflichten und Schwierigkeiten mit dem Oberaufseher. Ihr Funkgerät rauschte. Ich ließ die Schokolade in meiner Jacke verschwinden.

Auf dem Weg zurück durch den Osten hatte es nicht geregnet. Beim Aufschließen der Wohnungstür war mir dennoch, als sei ich mit meinem linken Fuß in eine Pfütze getreten. Ich schleuderte die Schuhe in eine Ecke und wusch im Badezimmer das Blut aus dem Socken.

4

Es war fast ein leichtes Erschrecken, als das Telefon klingelte. Der Schnur, die sich quer durch den Raum wand, folgte ich mit meinen Blicken bis zu dem Apparat neben dem Sessel. Es klingelte, dreimal, viermal, fünfmal. Wenn ich den Hörer abnehme, dachte ich, wird eine Männerstimme nach Fillide fragen. Fillide lebt hier nicht mehr, das klang zu sehr nach Kino, also würde ich sagen, Fillide, nie gehört, oder, verdammter Mistkerl, auf dich habe ich schon lange, oder, hier spricht der Anrufbeantworter, bei schlechten Nachrichten schaltet er automatisch ab. Das Klingeln hörte auf.

Lena könnte es gewesen sein oder ein Kollege, der mich um eine Vertretung bitten wollte. Im Krankenhaus hatte ich die Nummer hinterlassen. Vielleicht hatte A, ich gab mir Denkverbot, keine A, keine Lena, kein Kollege.

Ich stand vor den Schallplatten, CDs, Tonbandkassetten, Konserven, die durch ein technisches Gerät aufgekocht werden mußten. Wenn es Live-Musik gibt, dachte ich, dann ist das Dead-Musik. Noch vor einigen Monaten, selbst vor ein paar Tagen, hatte ich anders darüber gedacht.

Die Stereoanlage war eine der Erfindungen, die mir als wirkliche Errungenschaft erschienen war. Meine Eltern hatten nie eine besessen. Für so was bleibt nichts übrig, sagten sie, und später, als etwas übrig gewesen wäre, hieß es, so was brauchen wir nicht.

Meine Mutter spielte Gitarre, meine Geschwister hatten Instrumente in der Schule ausgeliehen, meinem Vater genügte seine Stimme. Ich wollte ein Klavier, und wie zur Strafe bekam ich eine Blockflöte. Jahrelang träumte ich davon, diese Hausmusik zu übertönen. Ich trug Zeitungen aus, stapelte Kisten in Warenlagern, führte Hunde spazieren, alles, um irgendwann einen Plattenspieler mit Verstärker und Boxen zu kaufen, der die ganze Siedlung beschallen würde. Die Geräte standen jetzt bei A. Doch sie ging lieber in Konzerte, in die ich sie nicht begleiten wollte.

Die Menschen vor, hinter und neben mir, selbst der Anblick der Musiker zerstörten mir die Wirkung der Musik. Es war, als würden sie mich in dem Augenblick festhalten, aus dem ich durch die Musik fliehen wollte. Die Augen hielten mich im Jetzt. Musik, hatte ich zu A gesagt, ist für die Ohren, und nur dafür. Und wenn ich beim Hören die Augen schließe, kann ich mir den Weg ins Konzert sparen.

A sprach von neurotischen Denkstrukturen und nahm mich mit ins Quasimodo. Dieser Ausflug hatte mich damals in meiner Argumentation bestärkt. Die Sängerin sah aus wie eine Studiendirektorin und erklärte entsprechend nach jedem Lied das nächste. Der Schlagzeuger erinnerte mich an einen Koch, und der

Mann am Saxophon hatte den Charme eines Holzpferdes.

Zu Hause meinte A, es ginge nicht an, die Musiker nach ihrem Aussehen zu beurteilen. Auf einer Schallplatte, sagte ich, hätte mich zumindest das Tigertuch der Direktorin nicht gestört und auch nicht die Leopardenkappe des Kochs. A sah mir zu, wie ich mich auszog. Das Beste an dir ist, war ihre Antwort, daß du dir Schuhe und Strümpfe zuerst ausziehst.

Ich wollte nicht mehr an A denken, was ich jetzt wollte, war eine Stimme, die alles aus meinem Hirn bläst, was irgendeine Bedeutung hat, live, und Hunger hatte ich auch. Die Zeitung vom Vortag steckte noch in meiner Manteltasche, «Wochenendprogramm für West und Ost» stand im Querbalken. Ich zog mich an und ging in die «Stiege», eine Pizzeria an der nächsten Straßenecke.

Lena hatte ich dort nicht erwartet, sie saß an einem Tisch ganz hinten im Restaurant und sah gleich zu mir herüber. Die Nacht mit ihr zog wie im Schnelldurchlauf an mir vorbei, als ich auf sie zuging. Nach der Entkleidungsorgie war sie in den Armen eines Betrunkenen eingeschlafen, weiter war, soweit ich mich erinnern konnte, nichts geschehen. Das habe ich mir gedacht, sagte sie, Fillide war auch oft hier. Ich setzte mich zu Lena, legte die Zeitung auf den Tisch und sah auf ihren Teller. Spaghetti Carbonara, sagte ich, das habe ich mir gedacht. Gut, sagte sie, eins zu eins, laß uns weiterspielen, dein Essen bestelle ich. Lena stand auf, ging an die Theke, und ich versenkte mich in die Zeitung, die

Konzertrubrik ging über zwei Spalten. Ich war gerade bei «Q», Quartier Latin und Quasimodo, als Lena zurückkam. Trotz meiner Erfahrung mit A, entschied ich mich für das Quasimodo, Jocelyn Smith war dort angekündigt, eine brasilianische Sängerin, von der ich schon einiges gehört hatte. Volltreffer, sagte Lena, da wollte ich auch hingehen, zwei zu eins für dich.

Sie wickelte gerade ihre letzten Spaghetti auf die Gabel, als mein Essen gebracht wurde. Für einen Moment wurde mir übel, auf dem Teller lag ein halbrohes Rindersteak mit Pommes frites. Lena sah mich fragend an. Vor zwei Monaten hätte es zwei zu zwei gestanden, sagte ich. – Wieso vor zwei Monaten, und jetzt?

Ich schob den Teller zurück, legte die Zeitung zusammen und dachte an meine Steakgeschichte. In dem Augenblick, als ich ansetzen wollte, sie zu erzählen, fing Lena mit ihrer Pilotengeschichte an. Eigentlich glaube ich nicht mehr an Gedankenlesen, sagte sie, seit ich diesen Mann kennengelernt habe.

Lena redete, und ich konnte meine Blicke nicht von dem blutigen Fleisch lösen, bis sie mich irgendwann fragte, ob ich ihr überhaupt zuhöre. Wirklich, sagte sie, er konnte nichts dafür, daß er mich an meinen Vater erinnerte. Er redete auch in dieser bedächtigen Art, so ruhig, als müsse er sich konzentrieren, bestimmte Dinge nicht zu sagen. Und dann diese Bewegungen, etwas verzögert wie bei Cowboys, bis sie den Colt ziehen oder aufs Pferd springen. Ich muß sechs oder sieben gewesen sein, es war an einem Wochenende, wir fuhren auf einen Bauernhof. Unseren Käfer hatte mein Vater selbst lakkiert, gelb wie ein Postauto. Das war die Zeit, in der ich lispelte. Meine Mutter hatte alles mögliche mit mir durchgemacht, wie sie sagte: Erst hatte ich geschielt, siehst du, wenn du genau hinguckst, kannst du sehen, es ist noch nicht ganz in Ordnung, also erst habe ich geschielt, dann bin ich, wie sie sagte, über den großen Zeh gelaufen, dann zog ich ein Bein nach, lief krumm, fing an zu stottern, in dieser Zeit lispelte ich. Sie machten Sprechübungen mit mir, die Zunge nicht zwischen die Zähne, hörst du, stolper nicht über einen spitzen Stein, nicht zwischen die Zähne, die Zunge, also noch einmal. Auf dem Bauernhof ist mein Vater gleich auf ein ungesatteltes Pferd gesprungen und ab in den Wald. Ich hatte ihn noch nie reiten sehen. Meine Mutter rief ihm nach, dein Sonntagsanzug, paß auf deinen Anzug auf. Mein Gott, sagte sie zu mir, dieser Mann. In ihren Augen war wieder dieses Stöhnen, das mich kalt macht. Ich riß mich von ihrer Hand los, mein Vater war nicht mehr zu sehen, ich rannte und rannte, immer dem Schlag der Hufe hinterher, bis ich nichts mehr hörte. – Der Mann neben mir an der Bar sah aus, als würde er nach Pferden riechen und nach Wald. Während er sprach, schaute er mir in die Augen. Auch er hatte einen leichten Silberblick.

Am nächsten Tag ging ich durch die Hotelhalle, die Kopfhörer des Walkman über den Ohren. Als ich ihn an der Rezeption sah, stellte ich die Musik leise und ging zu ihm. Du hörst sicher Mahler, sagte er. Ich war vollkommen irritiert, zog die Kassette aus dem Gerät, legte sie auf die Theke, Mahlers Sechste. Eigentlich, sagte ich, mag ich nur den letzten Satz. Über Musik hatten wir vorher nicht gesprochen.

An einem anderen Tag, ich hatte mich entschlossen, eine Woche länger zu bleiben, saßen wir auf einer Bank unter einem Baum, dessen Namen ich nicht kannte. Ich dachte an morphogenetische Felder, und genau in diesem Moment fragte er mich, ob ich Sheldrake kenne.

Lena sah mich an und griff nach ihrem Zigarettenpäckchen. Sheldrake, sagte sie, ist ein amerikanischer Biochemiker, der die Theorie von den morphogenetischen Feldern entwickelt hat. Als ich abreiste, nahm der Pilot mich in den Arm, es war das erste Mal, daß er mich in den Arm nahm, und versprach, mich anzurufen. Ich schrieb ihm romantische Briefe, und er antwortete regelmäßig, wenn ich mit keiner Antwort mehr rechnete, mit Anrufen aus Marokko oder Nepal.

Es verstrich fast ein Jahr, bis wir uns wiedersahen. Am Telefon sagte er mir, er habe Angst, sich nicht mehr von mir trennen zu können. Mir ging es ebenso, das sagte ich ihm auch, und am nächsten Tag stand er vor meiner Tür, in Uniform. Er habe keine Zeit mehr gehabt, sich umzuziehen. Die Rose in seiner Hand ließ den Kopf etwas hängen. Ich hätte es als schlechtes Zeichen sehen können, aber ich wollte keine Zeichen mehr sehen, ich sah nur noch ihn. Zwei, drei Monate später hing seine Uniform in meinem Kleiderschrank, was für mich eine Revolution war. Das, was außerhalb meiner Vorstellungen lag, zog mich mit einemmal merkwürdig an. Er wollte mich heiraten und ungefähr fünf Kinder. Auch dieser Wunsch war mir fern, hatte aber die gleiche Wirkung, bis mir klarwurde, wie er sich das Ganze vorstellte.

Nach einem mehrwöchigen Ausflug trabte er mal wieder in voller Montur mit geblähten Nüstern in die Küche und hob die Topfdeckel. Wie wäre es eigentlich für dich, fragte ich ihn, wenn ich dich bitten würde, mit mir in eine grüne Hölle zu ziehen, deinen Beruf aufzugeben, auf allen vieren mit den Kindern durch die Wohnung zu kriechen und mit deren Mist die Pflanzen im Garten zu düngen. Ab und zu komme ich von einem meiner Ausflüge zurück und möchte Hütte, Acker und Kriechtiere porentief rein vorfinden, wie im Werbefernsehen. Stell dir vor, das alles würde ich von dir verlangen, würdest du mich dann noch heiraten wollen?

Er schüttelte den Kopf und zeigte mir seine Zähne, die er sorgfältig nach jeder Mahlzeit putzte, kurz nachdem er den letzten Bissen gekaut hatte. Das Rauchen hatte ich nach der ersten Erkältung aufgegeben. Denk an deine Gesundheit, sagte er und riß alle Fenster auf.

Vielleicht, sagte Lena, wäre ich verrückt genug gewesen, mich zu allem, was ich nicht wollte, hinreißen zu lassen. Es gab nur zwei Probleme. Mahler und Sheldrake. Mahler, das hatte er einfach so dahingesagt. Er kannte weder den letzten Satz der Sechsten noch sonst etwas von ihm. Von Sheldrake hatte ihm ein paar Tage bevor wir uns trafen ein Kollege im Cockpit erzählt. Merkwürdig, daß ihm ausgerechnet dieser Name unter dem Baum eingefallen war.

So etwas gibt es, sagte ich und fragte, ob seine Uniform noch in ihrem Kleiderschrank hängt. Lena schnalzte in dieser Art, wie die Männer aus dem Bergdorf, wenn sie etwas rundherum ablehnen. Sie winkte die Kellnerin heran, deren Landserschritt mich an A erinnerte. Mag sein, ich hatte sie in den letzten Minuten zu interessiert beobachtet. Entschuldigen Sie bitte, sagte Lena, gefällt Ihnen dieser Mann, ich meine abgesehen von seinem Hemd. Die Frau mit dem Rechnungsblock sah mich abschätzend an. Ich kramte nach meinem Geldbeutel. Das mit dem Steak, sagte ich, war leider ein Mißverständnis.

Draußen wollte ich mich von Lena verabschieden, mir war nicht mehr danach, mit ihr in das Konzert zu gehen. Sie zeigte über den Platz in den Westen. In den Hinterhöfen der Oranien seien überall Munitionsfabriken gewesen. Anfang Fünfundvierzig dann bis zum Anhalter Bahnhof, auch das Zeitungsviertel, ein Ruinenmeer. In der Alten Jakob, vor dem Waisenhaus, Kinderleichen in Reih und Glied. Fillide hat jahrelang über Faschismus und Widerstand in Berlin gearbeitet, sagte Lena, im Auftrag vom Senat. Jetzt verstaubt das Werk in Fillides Regalen. Es ist nie gedruckt worden. Auf meine Frage nach dem Grund gab Lena keine Antwort.

Ich habe das als Kind nie verstanden, sagte sie, wenn meine Eltern und Großeltern von dem Lügengewebe des Propagandaministeriums gesprochen haben oder von den Hirngespinsten der Regierung, dem Geduldsfaden des deutschen Volkes und den Lumpen aus der

Partei. Reichsspinnstoffsammlung nannten sie das. Der Krieg war schon zwanzig Jahre vorbei. Lena sah mich an, zum Lachen war mir nicht zumute. Kennst du diesen Witz von vierundvierzig, fragte sie. Ich wollte keine Witze mehr hören. Sie entschuldigte sich, das ist eine Art Erbkrankheit, sagte sie, meine Mutter und überhaupt die ganze Familie hat sich während des Krieges mit Sprüchen und Witzen über Wasser gehalten, irgendwo in einem Bahnschacht.

Lena schloß die Beifahrertür ihres Autos auf. Sieht aus wie eine Mülltonne, sagte sie, fährt aber schneller. Ich warf ein paar Colabüchsen, Bananenschalen, Papiere auf den Rücksitz, stieg ein und legte gleich den Gurt um. Kein aufheulender Motor, keine quietschenden Bremsen, Lena fuhr mit gelassener Konzentration. Schon bald streckte ich mich auf dem Sitz aus und genoß es, etwas mehr von der Stadt zu sehen als die Schächte und Bahnhöfe im Untergrund, Alte Jakob, Landwehrkanal, Budapester, Zoo, eine Strecke, die ich sonst ab dem Halleschen Tor mit der 1 zurücklegte, eine U-Bahnlinie, die Lena Orientexpress nannte.

Im Quasimodo hörte ich zum erstenmal mit den Augen. Mir war, als könnte ich meine Ohren zuhalten und die Kraft dieser Stimme durch die Bewegungen der Sängerin sehen. Am Ende des Konzerts schrie sie «Power», immer wieder «Power», mit der Geste eines Priesters, der seine Gemeinde segnet. Ihre Stimme fühlte ich noch Stunden später in mir, als ich längst mit Lena im Osten war, im Tacheles.

Das Gebäude, ein ehemaliges Kaufhaus, die Malereien an den Wänden, die Plakate, Menschen, ihre Gesichter, Frisuren, die Kleidung erinnerten mich an eine Zeit im Westen, die fast zehn Jahre zurücklag. Was mir jetzt müde erschien, war damals neu gewesen, die Rhythmen, Farben, Sprache.

Durch das Fenster sah ich den Straßenbahnen nach, die mir aus meiner Kindheit vertraut waren, ungefügig und klapprig, mit einer Art altmodischem Charme. Irgendwann, dachte ich, wird auch dieses Verkehrsmittel verschwunden sein, wie die Pferdebahnen verschwunden sind. Alles in Ordnung, fragte Lena. Ich fühlte ihre Hand auf meiner, und dann sah ich sie tanzen, allein, eine Zigarette zwischen den Lippen.

5

Bilanz 81

Ton-Steine-Scherben gehört dazu, unbedingt, die Stimme von Rio Reiser und die Steine vom Pflaster gehören dazu, der Pflasterstrand nicht mehr, aber die Scherben vom Q-Damm, der harte Rhythmus von den Fehlfarben: keine Atempause, Geschichte wird gemacht, es geht voran.

Häuser gehören dazu, der Kampf um bezahlbaren Wohnraum, um bewohnbare Häuser, Farbbeutel gehören dazu, Farbeimer, Pinsel, Werkzeuge, Rohre, Leitungen, Schweiß gehört dazu, literweise, und die Wörter Instandsetzung und Instandbesetzung.

Punx gehören dazu, Schweinepunks mit grauen Ratten, Schickipunks mit weißen Ratten. Ratten, die auf Schultern sitzen, gezähmt, mit Silberkettchen um den Hals; Iros, Irokesenfrisuren gehören dazu, gelbe, grüne, lila Haare, Straßenkämpfe, schwarze Lederjacken und schwarze Tücher, mit schwarzen Tüchern verhüllte Gesichter, Augen, Springerstiefel, Rennen gehört dazu, Asphalt unter schweren Stiefeln, das Brennen in den Augen, das Tränengas, Steine und Gas, Gummiknüppel, Schläge und Schlagstöcke, Platzwunden, Blutlachen, ausgerenkte Knochen, Transparente, Rufe, Aufrufe, Notrufe, Schlachtrufe, eins, zwei, drei, vier, für den Untergang sorgen wir, legal, illegal, scheißegal, wenn der Himmel brennt, dann ist alles klar, Räte gehören dazu, Stadträte, Besetzerräte, Montagsplenen und Freitagsplenen in besetzten Häusern, Nachtwachen und Razzien gehören dazu, Blockaden, Friedensketten, Abschleppgriff, Würgegriff und Lederhandschuhe, abgegriffen werden, aufgegriffen, einfahren gehört dazu, mit der Wanne in den Knast. Das CN, das Café Nollendorf gehört dazu, der Nolli, der Winterfeldtplatz und Mollis, das K.O.B. gehört dazu, Slime und Pogo, Pogo tanzen im K.O.B., die Potse, die Potsdamer Straße gehört dazu und Fehlfarben: keine Atempause, Geschichte wird gemacht.

HassemaneMaak gehört dazu und volldaneben, totalabgefahren und dieZeichenstehenaufPutz, Bierdosen gehören dazu, Bullendosen und Bulldozer, Abrißbirnen, Aschenbecher, Manuskripte, Präservative, Nicaraguakaffee, literweise, und indischer Tee.

Wörlitz gehört dazu und sein blauer Paß, Mauertänze, das Hin und Her zwischen Ost und West, Grenzkontrollen, Visa im Zehnerpack, Schleifefahren, auspakken, einpacken, ausziehen, nackt in einer Grenzbaracke stehen, fremde Finger in den Löchern, anziehen gehört dazu.

SO 36, Kreuzberg gehört dazu, der Umzug in die Fabriketage, der Wedding gehört dazu, die Redaktion der Tageszeitung, Achtzig-Stunden-Wochen, das Warten auf Wörlitz, Alleinsein gehört dazu.

NachtundNebelAktionen gehören dazu, Herzrasen, leerlaufen, das Laufen ins Leere und hinter der Leere ein A im Kreis, die Linien, die Geometrie eines Buchstabens. Die Geometrie des Buchstabens M gehört dazu und Bilder, signiert mit der Geometrie dieses Buchstabens, die Sucht, M zu suchen, gehört dazu und ihn oder sie nicht zu finden auch.

Auf der Suche nach Fillides ungedrucktem Werk, von dem Lena mir erzählt hatte, war mir diese Bilanz in die Hände gefallen und später, ein Stoß Blätter, verstaubt, die erste Seite schon vergilbt, ein Brief an Wörlitz vom März 83. Lesend setzte ich mich an den Tisch, der durch die Druckmaschine leicht vibrierte, schob das Frühstücksgeschirr zur Seite, legte die Beine hoch. Etwas lag in ihrem Ton, das dem Bild von Fillide, das in den letzten Monaten in mir entstanden war, nicht entsprechen wollte.

Dieser Brief war wie der erste Ausschnitt einer Landkarte, mit der ich mich auf eine Reise begeben sollte, von der ich nicht zurückkehrte. Während sie schrieb, dachte ich, hatte sie an diesem Platz gesessen, an dem ich jetzt saß, mit dem Rücken zum Fenster, den Blick in die Küche, zwei Stufen höher als der übrige Raum.

Heute ist sie mir beim Abwaschen aus der Hand gefallen, schrieb sie. Die große, tönerne Henkeltasse, aus der du immer Kaffee getrunken hast. Stark, ohne Milch und Zucker. Dazu hast du dunkle, filterlose Zigaretten geraucht. Schon vor dem Schwarzen manchmal, im Bett, gleich nach dem Aufwachen. Das war das erste morgens, dieser schwere, würzige Rauch. Mein Kopf auf dem Pelz deiner Brust, und ich wußte, du starrst an die Decke.

Vielleicht erinnerst du diese Risse und Unebenheiten, den zehnmal überstrichenen Stuck besser als die Linien, die Falten in meinem Gesicht. Kennst du sie, die kurzen, dünnen um die Augen und die tiefen, die sich von den Nasenflügeln zu den Mundwinkeln ziehen? Oder hatte ich sie noch nicht, an diesem etwas kühlen Vorfrühlingstag, als wir rübergingen zu dir. In die Hauptstadt, wie die beiden Jahre zuvor, wenn du dir den Stempel abgeholt hast, dein Westvisum.

Zwei Jahre sind vergangen, seit ich dich nicht mehr besuchen kann. Habe es anfangs hin und wieder versucht. Du weißt, die Grenzer sind nicht verpflichtet, mir eine Antwort zu geben, wenn ich frage «Warum nicht». Ich sagte nichts mehr, wenn sie mir meine Papiere zurückgaben. Dann die Invalidenstraße, die alten Gemäuer der Charité, die Uniformierten im Glashäuschen, kaputte Telefonzellen, der silbern glänzende Pharmakonzern, weit und breit kein Taxi. Immer wieder das gleiche wie damals, als wir uns wortlos trennten an der Güst, wie deine Leute diesen Ort nennen. Deine Leute? Auf dem Weg dorthin sagtest du: «Bloß nicht umdrehen. Dann wird alles schwerer.» Zum erstenmal durchschritt ich die überhitzten Kontrollbaracken, die Sperren mit Gleichmut. Hatte auf deiner Seite nichts mehr zu suchen, auf meiner nichts verloren. Der Grenzer mit seinem zugeknöpften Gesicht, nur seine Augen bohrten sich in meine, als wolle er das Material prüfen.

An diesem Tag hätte er mir in den Hintern gucken können. Es wäre gleich gewesen. Er hielt Abstand, reichte mir mit ausgestrecktem Arm meine Papiere, und ich weiß nicht, ob ich es ausgesprochen habe, doch bin ich sicher, die Worte waren in meinem Kopf: Lieber möchte ich hierbleiben.

Der Schlagbaum ging hoch. Ich betrat die andere Seite. Dann die Erstarrung, das lähmende Gefühl, nichts ändern zu können. Zu Hause erfuhr ich, der Rechtsanwalt von unserem gefangenen Freund sei gestorben. Fünfzig Jahre, kaputte Leber. War erschrocken über die olympische Kühle, mit der ich dachte, uns hätte er sowieso nicht helfen können. In keinem Gesetzbuch steht, daß wir ein Recht haben, uns zu sehen.

Warf mich aufs Bett, drückte das Gesicht in die Laken, die wir am Morgen zerwühlt zurückgelassen hatten. Mein Herz hämmerte, als breche es durch die Rippen. Bin erst ruhig geworden über dem Gedanken, wir müssen dankbar sein, daß es so was gab wie eine gemeinsame Zeit für dich und mich. Mußte sogar etwas lächeln bei dem Wort «dankbar». Hatte es längst aus meinem Wortschatz gestrichen. Plötzlich tauchte es auf wie ein Stück Mauer unter einer aufgeweichten Tapete. Die Mauer ist wieder sichtbar geworden für uns. Einmal sagtest du, daß es nur einen Weg gebe, mit ihr zu leben. Wir müßten uns mit ihr einrichten. Der Übermut, mit dem ich antwortete, wir könnten sie tapezieren wie eine Wohnzimmerwand. Und jetzt? Soll ich mich einrichten mit dem Gedanken, daß dein Paß nicht verlängert wird, der königsblaue Passierschein mit goldenem Wappen.

Du darfst nicht mehr ausreisen aus deinem Staat, und ich darf nicht einreisen in dein Land. Ein sarkastisches Rechtsempfinden. Empfinden sie etwas dabei? Immerhin, als Rentner bist du wieder reisemündig, oder wie auch immer sie das nennen mögen.

Mag sein, du hast mittlerweile einen Antrag gestellt. Antrag, ein Wort, bei dem deine Stimme sich senkte wie bei einem Schuldbekenntnis. Welches Echo hatte es denn für dich? Verräter, Flüchtling, oder was? Aber für immer hier sein, wolltest du nie. Warum fiel es mir schwer, das zu glauben. Ich stellte mich aufs Warten ein. Verliebte mich ein bißchen in diese Idee von Liebe. Mir kam es vor, als seien wir Rücken an Rücken mit derselben Mauer verwoben. Erst heute spüre ich, wie idiotisch du diese Vorstellung finden würdest, wie gefühlsduselig. Romantik war dir zuwider. Gestaunt hab' ich einmal, als du zu Kutte sagtest, Liebe sei Legendenbildung. Erinnerst du dich, wie wir bei ihm auf dem Sofa saßen? Wie wir Sherry tranken und wie wir lachten, als Kutte sagte, vielleicht lassen sie dich gar nicht mehr raus, wenn du das nächste Mal den Stempel holen willst. Wie du deine Mundwinkel hochzogst, als du ihm erklärtest, unsere Liebe sei eine Mission, und würden wir getrennt, würden unsere beiden Staaten endgültig verkommen.

Jetzt wäre ich wieder gern bei dir. Auf dem Land unter diesem endlosen Himmel. Möchte mit dir am Rand eines Maisfeldes den russischen Soldaten bei ihrem Ernteeinsatz zusehen. Die Luft müßte golden scheinen, die Kiesel, auf denen wir säßen, rot schimmern. Du und ich in Schwarz. Die Erntehelfer mit einer Sichel. Fehlte noch der Zirkel, mit dem wir die Welt ausmessen.

Jetzt mit dir diese ungeteerten Landwege gehen, durch den märkischen Sand den Spuren folgen von Pferdewagen, Autoreifen, Panzerketten, Rehen.

Wie wir im Gras lagen auf dem Rücken, ein Horizont, als sei die Erde ein umgekippter Suppenteller. Wie wir nach den Lichtern der Hubschrauber starrten und den Wildgänsen in Viererpaaren und den Leitungen über den Baumkronen. Wie du mich in den Arm genommen hast und sagtest, wenn wir hierbleiben würden, in meinem Land, dann möchte ich mit dir ...

Ich drückte dir meine Hand auf die Lippen. Weil du deine Träume nicht ausgesprochen hast, konnte ich mir vorstellen, bei dir zu bleiben. Hatte genug vom freien Westen, dieser Karussellfreiheit. Beim Abspringen spürte ich, wie übel mir davon war.

Für diesen Moment wär' ich gern bei dir geblieben. Ohne Telefon und Fernseher. Aber wir sind aufgestanden, haben das Gras von unseren Jacken und Hosen geklopft und nie wieder davon gesprochen.

Die Henkeltasse ist zerbrochen. Die Scherben liegen noch auf dem Kachelboden in der Küche. Soll ich sie zusammenkehren, die Bruchstücke sammeln, oder alles wegwerfen?

Über meinen Aberglauben hast du immer gelacht. Und doch muß ich dir sagen, daß ich heute vor diesem Scherbenhaufen hockend gedacht habe, das sei das Ergebnis der vergangenen Jahre. Nichts mehr in den

Griff bekommen, loslassen, fallenlassen, liegenlassen, am Boden zerstört – Worte, die wie eine Kreissäge in meinem Hirn arbeiteten. Auch dieses Lied «Ein Mann, der mich nicht festhält, aber hält, an seiner Seite ist der schönste Platz der Welt». Festgehalten hast du mich nie. Klar wurde das schon in deinem ersten Brief an mich. Solange ich das Gefühl habe, du liebst mich, schriebst du, kannst du machen, was du willst. Und wenn ich dieses Gefühl nicht mehr habe, kannst du erst recht tun, was du willst. Es ist also egal, ob du mich liebst oder nicht liebst. Du kannst immer machen, was du willst. Na, die Zeiten sind vorbei, und überhaupt hatte ich nach unserem letzten Tag für eine Weile mein Zeitgefühl verloren. Tag und Nacht lagen nicht hintereinander, eher nebeneinander, übereinander, durcheinander. Ob wir Mittwoch hatten oder Donnerstag, welchen Monat, welches Jahr, es war gleich.

Unser letzter Tag, wie war denn das? Den Weg, den wir gemeinsam gehen wollten, einfach die Grenze überschreiten, wie wir es hundertmal gemacht hatten, hin und zurück, diesen Weg also von der Grenze nach Hause, nein, ein zu Hause war das nicht, eher ein Provisorium, also von der Grenze zum Südstern, in den Westen zurück, ging ich ohne dich. Noch am selben Abend mußte ich die Kisten für den Umzug packen. Abstauben, einwickeln, wegpacken, alles mechanisch. Eine Mechanik, die sich, einmal in Gang gekommen, nicht mehr abstellen ließ. Es war wie jenes motorisierte Bett in einem Pariser Hotel, in das ich durch merkwürdige Umstände geraten war. In die Matratze des Hotelbettes war ein Massagegerät eingebaut, das durch Knopfdruck in Bewegung gebracht werden konnte. Die Matratze vibrierte angenehm, massierte meine Haut, brummte, surrte, und als ich, der Stimulanz überdrüssig, das Gerät wieder abstellen wollte, versagte der Mechanismus. Die Vibration hörte nicht auf. Mein Herz schlug schnell und schneller. Ich rutschte vom Bett, ein Zittern, Beben im ganzen Körper, und blieb auf dem Fußboden liegen. Es mag dir überzogen erscheinen, aber tatsächlich hatte ich ein Buch dabei, das den Titel trug «Angst im Kapitalismus». In dieser Nacht habe ich es von der ersten bis zur letzten Seite gelesen. Heute erscheint es mir unerklärlich, daß ich nicht mit dem Nachtportier telefoniert, keinen Zimmernachbarn gerufen habe. Was aber hätte ich damals an der Grenze tun sollen, gegen die Erstarrung, gegen Gefühle, die ins Leere liefen, gegen den widerborstigen Mechanismus. Ich habe ihn laufen lassen.

Umziehen mußte ich ohne dich. Den Mietvertrag für die Fabriketage hatten wir gemeinsam unterschrieben, am Tag zuvor, im treuen Glauben an deinen Staat, daß er dein Visum verlängern würde, wie die Jahre zuvor. Nie habe ich ernsthaft erwogen, daß deine Frist, ich scheue mich zu schreiben, dein Privileg, hier im Westen zu verweilen, ein so abruptes Ende finden würde. Mauertänzer hast du dich scherzhaft genannt, und es hätte mir klar sein können, daß du diesen Tanz nicht ewig durchhalten kannst. Daß du irgendwann abspringen mußt. Hier oder dort. Es gab wenige Menschen, die in der gleichen schizophrenen Situation lebten wie du. Es hat ja keiner kapiert, daß es so was gibt, ein Ostler, der nicht Rentner ist, hier im Westen mit Ostpapieren und Westauto, und daß du hin und her fahren konntest nach Lust und Laune, daß du hier wohnen konntest oder da, wie es dir gefiel. Und jetzt schreibe ich es doch – Privilegierter.

Mißtrauisch hat mich das nur am Anfang gemacht, so wie jeder Privilegierte mich mißtrauisch macht, und allmählich wurde dein staatlich geregelter Ausnahmezustand für mich zur Gewohnheit. Für mich. Die Menschen in unserer Umgebung kamen schwer zurecht mit deiner scheinbaren Unentschiedenheit. Konsequenzen wollten sie sehen. Konsequenz führt zum Faschismus, sagtest du. Eigentlich warst du ein Ausgesetzter an der langen Leine deines Staates, weiter nichts. Eine falsche Bewegung, und aus war das Spiel. Was aber war verkehrt gelaufen? Wahrscheinlich nichts, und das Experiment war einfach abgeschlossen. Vier Jahre war es gutgegangen mit deinem blauen Paß. Mit deiner Unterschrift unter den Mietvertrag erschien mir alles sicher.

Meine Zeit am Südstern jedenfalls war auch abgelaufen. Ich wollte weg aus dieser Wohnung. Weg von Maxe, Flo und den Kindern. Als ich bei ihnen einzog, du weißt, hatte ich wieder die alte Hoffnung, diesmal würde ich länger bleiben als ein Jahr. Diesmal würde ich Wurzeln schlagen. Heute glaube ich, keine zu haben, oder sie sind verkümmert. Zerstört, daß sie nirgends mehr greifen.

Dich habe ich immer beneidet um deine Seßhaftigkeit, die paar Umzüge, die du im Osten gemacht hast.

Aber du weißt selbst, kaum warst du im Westen, ging es auch bei dir los. Dieses Hin und Her und mal hier und mal dort. Ausgerechnet du mit deinem gradlinigen Lebenslauf warst plötzlich der Paria, einer der nicht mehr weiß, wo er hingehört.

Beim Packen, Ausräumen, Einwickeln erschien mir das Bild, wie deine Augen warm wurden, als wir die Fabriketage zum erstenmal betraten und wie du mir ins Ohr sagtest «das ist ein Ort für uns, hier werden wir bleiben». Das Haus am Südstern hingegen war dir von Anfang an unangenehm, und heute, nicht erst heute, weiß ich, warum. Nur an der Grenze, und selbst da nicht immer, habe ich dich so unruhig und angespannt gesehen wie am Südstern. Habe alles zusammengerechnet, unten das Bestattungsinstitut, im ersten Stock die psychotherapeutische Praxis, die knickrige Flo, die redete wie ein Wasserfall. «Wenn Geiz wenigstens schweigsam machen würde», sagtest du einmal, und Maxe, der abends auf dem Sofa im Berliner Zimmer saß und von seiner Geliebten in Mexiko träumte, und die Kinder, alle drei, Monster hast du sie genannt. Ich weiß, eigentlich mochtest du sie, und wenn nicht, du hättest sie gern gehabt, weil ich mit ihnen lebte. Die Toten und die Verrückten und meine Mitbewohner. Das alles war es nicht.

Ich fand heraus, daß ich über einem ehemaligen Folterkeller der SA gewohnt hatte. Lachhaft, wenn ich jetzt sage, nichts gewußt zu haben. Bei meinem Einzug wußte ich wirklich nichts davon. Weiß nicht einmal, ob dieses Wissen mich zurückgehalten hätte. Es war an einem kühlen Abend in der Fabriketage an dem großen Eichenholztisch. Ich saß bei einer historischen Arbeit über Konzentrationslager im faschistischen Berlin. Um mich herum stapelweise alte Dokumente und Bücher; habe alle Stätten des Terrors aufgelistet, und wie ich dann auf meine eigene alte Anschrift stieß, mußte ich erst in meinem Ausweis überprüfen, ob ich tatsächlich dort einmal gewohnt hatte. Die Hausnummer, die mir vertraut gewesen war, schien mir plötzlich fremd. Kennst du den Schrecken, in dem du die Orientierung verlierst? Ob es noch Spuren gibt, sichtbare? Ein paar Einschußlöcher in den Fassaden vielleicht. Aber keine Spur mehr von der NS-Volksküche in dem Antiquitätenladen gegenüber, wo ich die grünstieligen Weingläser erstanden habe, und in dem Elektrogeschäft nebenan, wo wir den Wecker mit dem nervenden Ticken gekauft haben, keine Spur mehr von dem SA-Lazarett. Auch nicht von dem SS-Sturm in der Kneipe, in der wir Jazz-Konzerte hörten. Spurlos verschwunden alles und vergessen. Erinnerst du dich an den Satz aus einem Buch von deinem Lieblingsautor, dieses Buch, das du mir ans Herz gelegt hast? «Ihr wißt ja nichts», heißt es dort, «niemand weiß mehr was. Es hat nie eine Gestapo, eine Waffen-SS, eine Division Totenkopf gegeben. Ich muß geträumt haben.»

Daran mußte ich denken. Es war das erste Mal, daß ich weinen konnte, seit du weg bist. Ich steckte den Ausweis in meine Tasche zurück wie schon oft, und wie oft haben wir über diesem Keller geschlafen. Wie oft konnten wir nicht einschlafen, und wie oft haben wir uns in die Augen geguckt, ins Gesicht. Wie gern hätte ich an diesem Abend deine Hand gefühlt, irgendwo in meiner Nähe. Es war mir, als seist du der einzige, der wissen könnte, was ich empfinde, was ich noch empfinden werde. Ich wußte, wie auch du dich immer mit dieser Zeit herumgequält hast. Wie du mir von diesen Zuständen erzählt hast, plötzlich irgendwo auf der Straße oder in der U-Bahn, wenn dir klarwurde, daß alles noch da war, oder schlimmer, daß du ein Teil davon bist, daß du dazugehörst, ob du willst oder nicht. Daß es dein Land ist, deine Geschichte, dein Volk, wie dich Haß und Selbsthaß gepeitscht haben. Dieser Ekel, schon morgens manchmal, bevor du das Haus verließt, weil du die Gesichter wieder sehen, die Sprache wieder hören mußtest. Es war nicht nur dieses Empfinden, aber da war etwas, durch das wir uns nahgekommen sind. Die Fotobände, die wir uns angesehen haben, Eisenbahnfahrpläne nach Treblinka und Maidanek, die Protokolle von Konferenzen der SS, Berichte über die Vernichtung in Gettos.

Vorbei. Nein, nicht vorbei.

Als du die Wahl hattest, schon vor dem Mauerbau in den Westen zu gehen, warum du dich anders entschieden hast, habe ich dich einmal gefragt. Deine Antwort war, weil du im Osten sicherer sein konntest, daß kein Nazi dein Vorgesetzter werde. «Ich will nie mehr leiden.» Diesen utopischen Satz haben wir an den Anfang unserer Geschichte gestellt. Vielleicht weil wir glaubten, wir hätten genug verstanden. Aber das war eben nur ein Anfang.

Wie kamen wir zu diesem Satz? Ich glaube, du hattest mich gefragt, ob ich glücklich sei, und ich hatte lakonisch geantwortet, Glück kenne ich nicht, nur das mehr oder weniger Leiden. Ob ich's auch 'ne Nummer kleiner hätte, fragtest du, und mit dem Leiden sei jetzt Schluß. Die Entschlossenheit in deiner Stimme hat mir gefallen. Einfach Schluß damit. Es war leicht damals. Nichts wurde schwer durch ein «immer und ewig». Es gab nur das Jetzt, auch wenn es nicht vorstellbar war, daß wir uns morgen trennen. Daran haben wir nicht gedacht.

Für dich hieß Glück: Alles ist möglich. Immer wieder muß ich mich hüten vor Sätzen wie «jetzt sitzt du fest». Mag sein, du sitzt fest, aber leidest du daran? Es ist ja nicht Exil, sondern Heimat für dich. Vielleicht ist dir ganz wohl, hast dich verliebt, kannst komponieren, mehr wolltest du nicht – Arbeit und eine Frau. Und das Reisen? Davon hattest du möglicherweise schon genug. Im Westen warst du oft unterwegs. Nehmen wir also an, du fühlst dich wohl drüben, mit den gewöhnlichen Abstrichen. Hast dich eingerichtet in deiner Rolle als Heimgekehrter, völlig gleich, ob freiwillig oder unfreiwillig. Ich weiß, du hast immer behauptet, die Entscheidung, ob West oder Ost, ginge über deine Kräfte. Und vielleicht war es einfach nur bequem für dich, daß dir jemand die Entscheidung abgenommen hat.

Die Welt hast du immer in den kleinen Dingen genossen, bei einem Essen oder in einer Geschichte. Auch drüben hörst du Geschichten, und die Gespräche sind intensiver, verbindlicher. Die Gedanken haben mehr

Zündstoff, so als würde es sich bei euch noch lohnen zu denken, na, und dein Filet oder frische Schrippen hast du immer bekommen. Für Westgeld? Jedenfalls wußtest du wo und wie. Es ist dein Zuhause.

Für mich ist Zuhause immer nur das spontane Empfinden für den Ort, an dem gerade meine Bücher stehen und mein Bett. Wie ich manchmal durcheinanderkam mit Orten und Zeiten hat dich amüsiert. «Verlier nicht deine Heiterkeit.» Das war der letzte Satz, den du mir in der Hauptstadt auf dem Weg zur Grenze gesagt hast. Bilde ich es mir nur ein, oder waren deine Augen dabei kalt.

Wir wußten, es kann sein, daß wir uns lange nicht sehen oder nie mehr sehen. In Budapest hätten wir uns treffen können, oder in Prag. Aber daran dachten wir nicht in diesem Moment. Wir haben ein Abkommen geschlossen mit großem Indianerehrenwort, und frag nicht, wie oft ich es verflucht habe. Wir wollten uns nicht unnötig quälen. Was ist Qual?

Der Pressewirbel in den ersten Wochen, als du verschwunden warst, nicht zu deinen Terminen erschienen bist, du, der Zuverlässige. Die Kollegen von den Medien am Telefon, vor der Haustür. Was los sei mit dir, wollten sie wissen. Natürlich hatte es sich rumgesprochen, und ich sagte, was du mir aufgetragen hast. Du wolltest Ruhe, wolltest die Sache durchstehen, ohne den Westwirbel, und was hätte er auch genutzt. Daß sie dich freigeben, ja, vielleicht. Aber ohne Rückfahrkarte. Und ohne Rückfahrschein wäre es für dich keine Freiheit gewesen. Staatsangehöriger – in diesem Wort, sagtest du, würde eine Nähe vorgetäuscht durch die Silben «Angehöriger». Am Ende bliebe nur ein «Höriger».

Mag dir dein Staat auch fremd gewesen sein, so weiß ich doch, wie sehr du an dem Land gehangen hast. Du hast deine Menschen dort drüben gebraucht. Auch deine Widersacher. Was du und deine Freunde ihnen für Namen gegeben habt, Ingo Intrigantowitsch, Kalle Kopulierowitsch, Paulchen Phlegmatowitsch, Dilletantowitsch, Opportunistowitsch und wie und was sie alle waren. Deine Ecken und Plätze, die du aus dem Kopf beschreiben konntest, als hättest du eine Fotografie vor Augen, oder die Straße am Prenzlauer Berg, in der du aufgewachsen bist. Ich weiß, daß drüben dein Leben ist und daß du dir das nicht nehmen lassen wolltest. Richtig, das ist nur die eine Seite. Es gibt auch deine Widerstände gegen all das, und wahrscheinlicher ist, daß du zurückgekehrt bist, wie in eine alte Ehe, die eine Zeit der Trennung vergoldet hat, und kaum war die Klappe gefallen, standest du vor dem alten Blech. Alles ist nicht mehr möglich. Was heißt das jetzt für dich: Glück.

Hätte ich vielleicht doch etwas sagen sollen, als sie sich hier noch für dich interessierten, die Zeitungen, der Rundfunk, das Fernsehen. Du wärst ein Medienereignis gewesen, eines von vielen mit großen Worten, und wahrscheinlich ist, daß es dir dein Leben drüben erschwert hätte, hättest du dich gegen alle Erwartungen entschieden, dortzubleiben.

Aber meinen Schmerz wäre ich dabei losgeworden. Einen Teil davon, wenigstens meine Wut, denn du weißt, wenn man eine Geschichte hundertmal erzählt, gehört sie einem am Ende nicht mehr.

Die Geschichte, wie wir uns kennengelernt haben, ist längst zur Anekdote geworden. Zumindest bei unseren Bekannten. Dafür hatte Tavo gesorgt. Nicht nur dafür. Mit Spott hat er nicht gegeizt. Da kommen diese Zonis in den Westen, hat er immer wieder und jedem erzählt, besetzen Häuser, nehmen einem die Arbeitsplätze weg, und damit nicht genug, eh du dich versiehst, bist du auch noch deine Frau los. Darüber konntest du lachen. Aber als ich dich einmal fragte, warum du im Osten so zahm geworden bist, seit du den Paß hast und im Westen Häuser besetzt, Flugblätter verteilst, demonstrierst und in öffentlichen Diskussionen den Osten hochhältst als die bessere deutsche Hälfte – versteh das nicht falsch, sagte ich, aber verkehrt läuft der Karren doch hier wie dort –, da hast du mich unwirsch unterbrochen. Ich solle Unvergleichbares nicht vergleichen. Deine Stimme senkte sich auf eine Art, die mich sprachlos machte. Was war denn los mit dir, du Querdenker. Dein Staat, unvergleichbar. Warst du am Ende auch ein Höriger? Immer wieder sind wir an Grenzen gestoßen. Als ich einmal, etwas unbedacht, Deutschland sagte und Westdeutschland meinte, reagiertest du, als hätte ich dich persönlich beleidigt. In diesem Moment wär' ich gern wirklich sprachlos gewesen, nicht nur stumm. Hätten wir nur Augen und Hände, um zu verstehen, wünschte ich manchmal.

Mit Kutte habe ich anfangs häufig telefoniert. Als er mit mir zu reden begann, wie du immer mit mir geredet hast, mit «ja, meine Liebe», und «ich weiß», und «es wird schon und halt die Ohren steif» und «meld dich, wenn was is», hab' ich mich nicht mehr gemeldet. Was ist Trost, und was sind das für zerstörerische Verhältnisse, in denen die schmerzlichen die scheinbar wahrhaftigen sind, so als ließe sich Leben nur spüren, wenn es bedroht ist. Erzählen wir nicht heute von unseren gescheiterten Lieben wie die Alten vom Krieg. Das war es doch gerade, was wir nicht wollten. Mit der Liebe, sagtest du, sei es ganz einfach, sie zeige sich in einer Großzügigkeit in den alltäglichen Dingen. Nie haben wir uns aufgerechnet, wer gekocht, abgewaschen, eingekauft hat und wie oft. Wer Zeit hatte, hat's gern getan für den anderen. Wenn man anfange, Material gegen den anderen zu sammeln – du kommst spät nach Hause, du denkst nie daran, du räumst deine Sachen nicht weg, und warum hast du nicht, ich hab' dir schon immer gesagt –, sei es vorbei. Material haben die anderen gegen uns gesammelt. Das ist uns erspart geblieben. Mag sein, ich bin zynisch. Dein Satz «verlier nicht deine Heiterkeit» hat in mir gearbeitet. Eiskalter Zynismus, dachte ich bald, mußtest du mir diesen Streifschuß mitgeben. Alles eine Sache der Einstellung, würdest du sagen.

So fängt es an, das Sammeln, Aufrechnen, Abrechnen. Auf die Entfernung mußte ich mich einstellen. Was ist Entfernung. Wärst du in Nicaragua oder in Neuseeland, es gäbe die Möglichkeit, dir nachzureisen, zwanzig Stunden mit dem Flugzeug, und ich wär' bei dir. Aber es sind zwanzig Minuten zu Fuß, die uns trennen, doch dafür brauchen wir zwanzig Jahre. Oder wann bist du Rentner?

Erinnerst du dich, was Carlos einmal gesagt hat? Es war in der Wieland oder in der Bleibtreu, oder wo ist das «Salsa». Jedenfalls spielte eine brasilianische Band. Du lehntest an der Theke, die Hände in den Hosentaschen, die Schultern vorgezogen, etwas verklemmt. Eben so, wie du stehst, wenn du dich fremd fühlst. Ich blinzelte dir zu. Carlos wippte mit den Hüften, legte seine Hand auf deinen Oberarm. Du bestelltest drei Bier. Was heißt Verlust. Was heißt verlieren. Mir ist, als müßte ich alle Begriffe neu definieren. Den Glauben verlieren, das ist Verlust, sagte Carlos.

Neulich kam er mal wieder aus Val Paraiso in unsere Stadt. Mittlerweile spricht er gut deutsch, und ich erzählte ihm die Geschichte mit dem Schleifefahren. Er liebt skurrile Geschichten, wie du weißt. Aber erkläre diese Schleife mal einem Brasilianer. In deinem Teil der Stadt war er noch nie, und so mußte ich ganz von vorn anfangen. Wenn man in diesem Teil der Stadt lebt, sagte ich ihm, braucht man ein Visum, um in den anderen zu kommen. Und daß es im Westteil ein Büro gibt, in dem Beamte aus dem Ostteil sitzen, bei denen man Scheine beantragen kann, die berechtigen, für einen Tag drüben zu bleiben. Soweit hatte er verstanden. Als ich von Bearbeitungsergebnissen, Bestätigungsnummern, Zehnerpack und Reiseerleichterungen erzählte, kniff er die Augenbrauen zusammen. Als ich ihm Schleifefahren zu erklären versuchte, drückte er sein Kinn auf das Brustbein. Paß auf, sagte ich, wenn ich einen Zehnerpack habe, ist es möglich, mehrere Tage hintereinander im Osten zu bleiben. Ich muß nicht ins Büro gehen, um mir einen Stempel zu holen, das wird dann an der Grenze erledigt. Also, ich gehe nachts um zwei dorthin, reise aus und reise gleich wieder ein, klar? Carlos atmete tief durch, nachts um zwei? – Ja, nachts um zwei. Also, zur Güst. Wohin, fragte Carlos. Na, Grenzübergangsstelle, zunächst der Zoll. Ein Grepo. Ein was, fragte er. Ein Grenzpolizist, sagte ich, durchsucht meine Tasche, Pillendose, von der Kamera muß ich das Objektiv abschrauben, die Papiertaschentücher auseinandernehmen und so weiter. Dann zur Paßkontrolle. Ein junger Uniformierter verschwindet mit meinen Papieren in der Kontrollbaracke. Ich bitte ihn, mir gleich einen neuen Stempel auf mein Zehnerpack zu drücken, weil ich sofort wieder einreisen will. Er sagt, das ginge nicht, ich müsse erst ausreisen, kontrolliert die Dokumente, gibt sie mir zurück. Du mußt dir vorstellen, sagte ich zu Carlos, der Grenzbeamte und ich sind völlig allein auf weiter Flur, der Zöllner sitzt in einem anderen Häuschen. Ich gehe also mit meinen Papieren den langen, schmalen, mit grellen Scheinwerfern ausgeleuchteten Weg bis zu den rotweißgestrichenen Hölzern. Der Junge läßt die Schranke hoch. Ich gehe auf die andere Seite. Er läßt die Schranke runter. Ich drehe mich um. Er läßt die Schranke wieder hoch. Ich gehe hindurch, den angestrahlten Weg zurück, Papiere an der Baracke abliefern, einige Minuten warten, mit den Dokumenten zum Zoll. Tasche, Pillendose, Kamera wieder durchsucht. Carlos unterbrach mich. Das hast du geträumt, sagte er. Berliner Traum, sagte ich. Er steckte eine Zigarette an, reichte sie mir. Und jetzt sei Schluß mit der Reiseerleichterung? Ich nickte. Wir schwiegen lange. Ich solle mit ihm ans Meer fahren, sagte er dann.

Wie leicht es damals war, bei dir zu schlafen, und wie schwer es mir erschienen war. Denkst du noch an mich? Liebesgefühle lassen sich abtöten. Kalt waren deine Sätze manchmal. Gehaßt habe ich dich nur einmal für deine Abwesenheit. Es war das letzte Mal, als ich versuchte, über die Grenze zu gehen. Herablassend, beiläufig, mit halb abgewandtem Gesicht fertigte mich der Grenzer ab. Eine ganz normale Abfertigung, wie es auch offiziell heißt. Eine zuviel vielleicht. Die Gelassenheit, mit der ich den Grenzgang früher genommen hatte, eine belanglose Zwischenstation auf dem Weg zu dir, war mir verlorengegangen. Endstation, immer wieder. Chausseestraße – das kleine Stück Ostchaussee also zurück und wieder in die Westchaussee. In meinem Brustkorb eine Spannung, ein Druck, und dann platzte es heraus: verdammter, verfluchter Idiot. Wie oft ich es gebrüllt habe, weiß ich nicht. Mir war, als wärest du bei vollem Bewußtsein in eine Falle gelaufen.

In der Fabriketage, unserer Etage, saß ich also allein. Kam mir vor, nach ein paar Monaten, wie meine Großmutter, die mit ihren fünfundachtzig Jahren – wie lange wohnt sie schon allein in ihrem Haus – immer noch darauf wartet, daß Großvater aus dem Krieg heimkehrt, aus dem Zweiten Weltkrieg. Sie läßt es sich nicht ausreden. Es ist ihre Hoffnung, und wahrscheinlich wird sie hundert damit. Aber wir beide. Ich wage nicht, jemanden zu fragen, ob er bei mir wohnen will. Jeden Tag rechne ich damit, du kommst zurück. Das Geld, das ich bei meiner Zeitung verdiene, reicht nicht aus, um die Miete allein zu zahlen.

Ist es ein Zynismus der Umstände, daß wir in dem Moment getrennt wurden, aufgeteilt in hüben und drüben, vor und hinter, mein und dein, als wir entschlossen waren, alles zu teilen? Deine Abwesenheit in der ersten Zeit – wesenlos warst du nicht für mich, du existiertest in mir auf eine ungewohnte Art. Sehnsucht, dachte ich, diese Sucht sei überwunden, hatte sie lange nicht gefühlt. Klar, sind mir Menschen durch den Kopf gegangen, du vor allem, aber durch das Herz, den Magen, den Bauch – dieses aufwühlende Kribbeln, abgelöst von einem Druck, als würden sich Kiesel in meine Eingeweide senken. Ich wünschte uns eine Stunde in der Woche oder wenigstens eine im Monat. Selbst mein Lieblingsfoto von dir konnte ich bald nicht mehr sehen. Dieses, wo du im Jeep sitzt, eine Hand auf dem Lenkrad, die Zigarette zwischen den Lippen. Du hast noch das Lachen im Gesicht, und wie wir gelacht haben. Ein Esel, die Beine hinten und vorn zusammengebunden, versperrte uns den Bergpfad. Kein Locken half, kein Treten. Wir haben Zeit, sagtest du, und dann habe ich ihn fotografiert und später dich. Wir hatten Zeit.

Ausgegangen bin ich selten in den letzten zwei Jahren, meistens zu Hause gesessen nach der Arbeit und weitergearbeitet an anderen Dingen, um die Etage halten, behalten zu können. Hin und wieder kam Lena vorbei. Sie ist einige Wochen nach deiner letzten Ostfahrt in diese Stadt, in der sie aufgewachsen war, zurückgekommen. Auf der Flucht vor einer Liebe. Wir saßen vorn, in dem fast leeren Raum, auf dem abgewetzten Sofa. Oder Lena wippte auf der Schaukel, die zwischen die Deckenbogen gespannt ist. In das Kiefernregal, das dieses Zimmer von dem Badezimmer trennt, hab' ich die Stereoanlage gestellt und immer wieder die Platten gespielt, die wir gemeinsam gehört hatten. Biermann und das ganze Klassikerrepertoire, das du mir aus dem Osten mitgebracht hast. Lena wippte auf der Schaukel. Der Luftzug wehte mir durchs Haar. Sie, immer hin und her und hoch und höher. Plötzlich sprang sie ab, kam vor mir zum Stehen und sagte, so geht es nicht weiter mit dir. Ob ich mich etwa wohl fühlen würde, eingebettet in der Tradition der wartenden Frauen. Schon Penelope habe zwanzig Jahre ihres Odysseus geharrt. Was sind zwanzig Jahre, fragte ich, meine Großmutter wartet seit vierzig. Von hundert Jahren solle ich ihr erzählen, schrie Lena. Dieses Märchen sei schon geschrieben, und dann hielt sie mir in diesem zickigen Tonfall, der meinen Puls auf hundertachtzig bringt, einen Vortrag, von dem ich mir nur einige Sätze gemerkt habe. Die Umstände, sagte sie, die Frauen in die Rolle der Wartenden getrieben haben, habe es immer gegeben. Und du, tags schreibst du aufmüpfige Artikel in deiner Zeitung, abends stehst du zu Hause am Herd und hoffst auf den Liebsten. Das nenne ich Fortschritt. Lena preßte trotzig ihre Lippen aufeinander und fuhr mit gespreizten Fingern durch ihr wildes Schwarzhaar. Im übrigen fände dieses Ostwestgeplänkel nur noch in meinem Kopf statt.

Guck aus dem Fenster, sagte ich, aus irgendeinem hier, du siehst einen Hinterhof, vor dir, links und rechts Hauswände. Unten, kein Baum, kein Strauch. Parkende Autos. Wenn du hochguckst ein Quadrat Himmel. Du gehst durch die Toreinfahrt. Links und rechts zwei Meter hohe Backsteinmauern. Dazwischen Schotterweg, parkende Autos. Du überquerst die Straße. Stehst vor der drei Meter hohen Betonmauer. Ein paar Schritte weiter der Grenzübergang. Für dich auch Mauer. Dann runter in den U-Bahnschacht. Mauern. Wenn die U-Bahn einfährt, eine Stimme durchs Mikrofon «Letzter Halt in Berlin-West». Du steigst ein, fährst neun Minuten durch den Ostteil. Stillgelegte Bahnhöfe, auf denen bewaffnete Grenzposten patrouillieren, die in einer Stadt leben, die du nicht mehr betreten darfst. Du stellst dir vor, wie dein Liebster ein paar Meter höher über den Alexanderplatz läuft oder über den Rosa-Luxemburg-Platz oder den Rosenthaler. Orte, die für dich nur noch Namen sind. Weiße Buchstaben auf schwarzen Schildern an grüngekachelten Wänden. Du steigst aus, beim ersten Halt in Berlin-West, verläßt den Schacht, ein Gefühl in dir, als hättest du neun Minuten die Luft angehalten. Du gehst die drei Meter hohe Betonmauer entlang, liest die Graffitis «Ausländer raus» oder «Ausländer, laßt uns nicht mit den Deutschen allein», verschwindest in dem Hinterhof einer Fabrik, setzt dich dort zehn Stunden in ein Büro, wo dir über Telefon und Telex die Welt geliefert wird. Rauchst zwei Päckchen Schwarze, den Telefonhörer fast pausenlos zwischen Ohr und Schulter geklemmt, bist noch beim hundertfünfzigsten Klingeln freundlich, weil er es sein könnte, nicht der Anruf aus Washington oder Moskau. Er. Dein Atem wird flach und irgendwann das Gefühl, eine Gestalt in dem Traum eines Phantoms zu sein.

Lena stand auf dem Küchenpodest hinter der Theke. Kochte Kaffee, so wie du, frisch gemahlen, das Pulver in die Kanne, heißes Wasser drauf, durch ein Sieb goß sie den Satz ab. Phantom, sagte sie, selbstgewählten Horror nenn ich das. Sie schlug das Sieb über dem Spülbekken aus. Mir kommt es vor, fuhr sie fort, als würdest du den Kaffeesatz aus dem Rinnstein löffeln und dich beschweren, wie bitter er ist. Vor zwei Jahren noch hast du mir am Telefon vorgeschwärmt von deinem exotischen Kreuzberg. Deine Zeitung hast du die wichtigste Deutschlands genannt, und die Mauer war für dich eine Leinwand der Neuen Wilden. Dann die Geschichte mit deinem Zoni. Eine Leihgabe von einem anderen Stern. Du hättest niemals so tun dürfen, als sei es für immer.

Das ist doch die Essenz der Liebe. Dieses Gefühl, es ist für immer, sagte ich. Schnippisch antwortete sie, leiden in alle Ewigkeit, amen.

Was war los mit mir. Ewigkeit, daran hatte ich nie geglaubt. Du weißt, ich halte es nirgends lange aus, nicht in einer Wohnung, nicht in einer Stadt, nicht bei einem Menschen. Vielleicht sollte ich deinem Staat dankbar sein, für die Träume, die er mir läßt. Wir können uns nicht sehen, und langsam finde ich Halt in dem Traum, daß du es bist, mit dem ich es geschafft hätte zu bleiben. Bei einem Menschen, in einer Wohnung, in einer Stadt.

Sich binden, sich trennen, was bedeute das schon. Lena wippte wieder auf der Schaukel. Ihr Rock war etwas hochgerutscht, sie streckte ihre sehnigen Beine in die Luft, ließ ihre Schuhe von den Füßen fallen, und ich habe sie zum erstenmal mit deinen Augen gesehen. Ihr Profil, die hohen Backenknochen, die leicht gebogene Nase, die karmesinroten Lippen. Aber vor allem ihre schrägstehenden Augen, die ihre Farbe mit dem Licht wechseln, hätten dich angezogen. Plötzlich war ich mir sicher, du hättest sie begehrt. Hattest du nicht einmal gesagt, wenn eine das hätte, was du an Marie liebtest, und das, was du an mir liebst, du würdest mich dann wahrscheinlich verlassen, zumindest, fügtest du hinzu, könnte so eine Frau unsere Geschichte in Frage stellen. Wie unsinnig, wie idiotisch weh mir Lenas Erscheinung in diesem Moment getan hat, und zum erstenmal war ich froh, daß du hinter der Mauer sitzt. Das verfluchte Gift der Eifersucht schert sich einen Dreck um das Mögliche, das Wirkliche.

Lena schwebte an mir vorbei auf der Schaukel, vor und zurück. Wenn zwei das Schweigen aneinander binden würde, sagte sie, würde das Schweigen sie auch wieder trennen. Genauso sei es mit dem Reden, den Körpern, Kindern, Krieg und Frieden. Mit allem.

Was hat dich und mich aneinander gebunden. Außer unseren Gesprächen, unseren Körpern. Zunächst wohl unser Empfinden über diesen Fotobänden, Eisenbahnfahrplänen, Protokollen. Aber getrennt hat uns nicht dieses Empfinden, getrennt hat uns die Ursache dieses Gefühls. Lena ließ ihren Kopf in den Nacken sinken, schloß die Augen. Rico und ich, sagte sie, waren durch die Anziehungskraft unserer Körper aneinander gefesselt, wie zwei Gefangene, denen dieselben Handschellen angelegt wurden, die zwangsweise einen Weg gemeinsam gehen mußten. Es gab bald nichts mehr, nichts, was wir uns zu sagen hatten, nichts Gemeinsames, außer dieser Fessel.

Wie du geschwärmt hast von Rico, sagte ich, wenn Götter Körper hätten, dann so einen wie er, von seinen Muskeln, über die sich samtweiche Haut spannt, und wie sicher du dich bei ihm fühlen würdest.

Das sei das Dilemma, antwortete Lena. Wenn sie sich absolut sicher fühle bei einem Mann, könne sie sicher sein, daß sie irgendwann absolut sicher sein wolle. Vor ihm. Und mit mir sei es dasselbe, immer hätte ich gemauert, wenn mir Männer zu nahe gekommen seien, und nun stehe die Mauer, und ich wolle sie einreißen. Sie hielt mir die Schaukel hin. Wer fliegen wolle, müsse auch den Mut haben, notfalls abzuspringen.

Himmel, ist mir Lena auf die Nerven gefallen mit ihren klugen Sprüchen. Ich schaute in ihr sorgloses Gesicht, in ihre Augen. Es schien mir, als hätte sie nichts von alldem, worüber sie sprach, durchlebt. Mein Druck wurde stärker. Im Kopf, im Herz, im Bauch. Lena trank den Kaffee aus und ging.

Ich setzte mich auf die Schaukel, wippte hin und her,

hoch und runter, und dann wie mit einem Schlaglicht der Gedanke, das Gefühl: abspringen, abhauen, alles verkaufen, die Etage kündigen, die Arbeit und weg. Einfach weg.

Ich nahm die Tassen vom Tisch, zum Abwaschen, dachte an Grenzen, die mir offenstehen, dachte, «irgendwo auf der Welt spazierengehen, mit irgendwem» und dann dieses helle Klirren. Die Scherben werde ich gleich zusammenkehren und gehen. Heute noch nicht. Auch nicht morgen. Nichts überstürzen, nichts mehr zerschmettern und dann auf und davon. Den Stecker rausziehen, das hätte ich damals tun sollen in dem Pariser Hotel. Einfach rausziehen und Schluß. Aber ich dachte nicht mal daran, daß es einen geben muß.

Merkwürdig erscheint mir jetzt, daß ich so lange gewartet habe, mich gequält, gegen unser Abkommen. Erinnerst du, was du mir einmal gesagt hast, morgens im Bett, als du gegen die Zimmerdecke starrtest? Das wird bleiben. Großes Indianerehrenwort.

6

Am nächsten Morgen kam der Antiquitätenhändler, den ich einige Tage zuvor bestellt hatte. Er lief durch die Etage, mit fliegendem Finger, zeigte auf die Ledersessel, die Kommode, den Schachtisch, riß Schranktüren auf, warf sich auf das Sofa, nicht ohne über die Federung zu klagen, über die schadhaften Intarsien und Drechselarbeiten an dem Tisch, auf den er seine Beine legte. Mit der flachen Hand schlug er auf das Polster, stand auf, ging zu dem Tresor, nahm die Schubfächer heraus. Unter der letzten Lade, auf dem Boden, lag ein Ordner mit der Aufschrift RGS, den ich noch nicht bemerkt hatte. Er blätterte darin, als sei unser Geschäft schon gemacht. Den Satz, den ich am Telefon zu ihm gesagt hatte, begann ich zu bereuen.

Mit einem merkwürdigen Zucken in den Muskeln nahm ich ihm den Ordner aus der Hand, legte ihn zurück, und fragte ihn, ob er einen Durchsuchungsbefehl habe. Seiner Natur entsprechend folgte eine Altberliner Arie mit «wat denn, wat denn» und «passense ma uff». Auf dem Weg zur Tür machte er mir ein Angebot, das meiner Stimmung weniger entsprach. Wieder allein, war mir, als sei ich der Versuchung, mich der Körperverletzung schuldig zu machen, nie so nahe gewesen.

Ich stand also wieder am Anfang, gehen Sie über Los, ziehen Sie nicht viertausend Mark ein. Monopoly hatte ich seit über zwanzig Jahren nicht gespielt, aber Karten mit A, Hunderte von Nächten hatten wir uns damit um die Ohren geschlagen, und mit Sprüchen wie «wenn's läuft, dann läuft's». Wenn es bei ihr lief, vertraute ich auf das Gesetz der Serie, bis sie die Karten auf den Tisch warf. Ich beneidete sie um ihren Ernst dabei. Verliere ich, hatte sie gesagt, bin ich wütend, gewinne ich, bin ich auch wütend, weil es dich nicht ärgert. Als Kind sei der Schwarze Peter zu oft bei mir gelandet, irgendwann hätte ich angefangen, darüber zu lachen. Mit dieser Antwort ließ sich noch ein paar Runden spielen.

Warum es ausgerechnet der Antiquitätenhändler war, der den Zorn in mir nach langer Zeit wieder wachgerufen hatte, konnte ich mir nicht erklären. Es war, als hätte dieses Gefühl ein Gastspiel auf einer völlig verstaubten Bühne gegeben, unangekündigt, ohne Erfolg.

Ich setzte einen Kessel mit Wasser auf die Gasflamme, stellte das Radio an. Nachrichten kamen erst zehn Minuten später. Die Blumen brauchten Wasser, auch der Fußboden hatte es nötig. Seit ich hier wohnte, hatte ich nicht geputzt, als lebte ich in einem Hotel mit beurlaubtem Personal. Vielleicht, dachte ich, könnte ich mir die Wohnung durch Scheuern und Wischen etwas mehr zu eigen machen.

Der Wasserkessel pfiff, ich sprang auf das Küchenpodest, drehte die Gasflamme zurück und kochte Kaffee, wie ich es bei Fillide gelesen hatte. Die Holzmühle, die auf der Theke stand, füllte ich mit Bohnen und mahlte, die Mühle zwischen die Beine geklemmt. Wahrscheinlich ein Erbstück, dieses Gerät, oder Fillide hatte es bei einem Trödler erstanden, wie den Wecker und die Weingläser.

Ich zog die Lade aus der Mühle, hielt meine Nase über das Pulver, kippte es in eine Kanne. Zwei Jahre nicht ausgehen, arbeiten, warten, erschien mir unvorstellbar. Ohne Angst läßt sich in einer solchen Enge nicht leben. Den Brief hatte Wörlitz vielleicht nie bekommen. Oder Fillide hatte ihn nicht abgeschickt. Warum sie sieben Jahre gebraucht hatte, um ihren Entschluß zu gehen in die Tat umzusetzen, darüber nachzudenken erschien mir ebenso unsinnig wie die Frage, warum ich fünf Jahre mit A verbracht hatte.

Mit Menschen, die ihr Leben von einem auf den anderen Tag ändern müssen, hatte ich jeden Tag zu tun. Für mich machte das nichts leichter. Für Fillide war es ein abrupter Entzug gewesen, eine politische Entscheidung mit zwei Versuchspersonen, Experiment hatte sie es genannt. Mit dem Fall der Mauer mußte es abgeschlossen sein, zumindest außer Kontrolle geraten. Fünfzig Jahre zuvor wurden die Testpersonen am Ende erschossen, hatte Lena gesagt, worauf Wörlitz geantwortet hätte, sie solle Unvergleichbares nicht vergleichen.

Ich ließ den Kaffee stehen, ging ins Bad, hielt einen Eimer unter den Wasserhahn und kippte einen Schuß Essig dazu. Gegen schlechte Schwingungen. Dieser Rat kam von A. Auch das Wort Feudel. Damit meinte sie einen Scheuerlappen, den ich damals Aufnehmer nannte und zu dem hier Putzlumpen gesagt wird.

Ich scheuerte und wischte, rutschte auf den Knien, schob den Lappen in die Ecken. Schon nach wenigen Minuten zeigte das Putzen seine Wirkung, vielleicht auch der Essig. Ich träumte davon, in einem sonnendurchfluteten Raum zu liegen, auf einem breiten Bett, von weitem das Meer zu hören, ein paar Vogelstimmen und leisen Wind. Das Wasser im Eimer hatte längst ein dunkles Grau angenommen, als das Telefon klingelte. Es riß mich aus meinen Träumen, aber auch aus dieser kriechenden Haltung, die mir plötzlich unwürdig erschien, als würde ich beobachtet. Lena. Sie fragte, ob ich mit ihr auf den Flohmarkt gehen würde, sie sei seit Wochen nicht mehr dort gewesen. Das sagte sie so, als gehöre das Trödeln zu den menschlichen Grundbedürfnissen. Für einen Moment fragte ich mich, was ich zwischen all dem alten Zeug sollte. Davon hatte ich mehr als genug um mich, tausend Sachen, die ich nicht brauchte. Ich weiß nicht warum, aber statt nein zu sagen oder ihr von meinem Erlebnis mit dem Antiquitätenhändler zu erzählen, sagte ich ja. Eine halbe Stunde später wollte sie bei mir sein.

Noch eine Weile auf dem Boden kriechend, fand ich Gefallen an dem Gedanken, eine andere Richtung einzuschlagen, nichts aus der Etage hinauszuschaffen, sondern hinein. Auch die Aussicht, in dem Gewühle A zu begegnen oder einem unserer Freunde, konnte mich nicht umstimmen. Die Zeit der Quarantäne schien vorbei zu sein.

Pünktlich auf die Minute hörte ich diese Hupe im Hof. Lena wartete in ihrer Mülltonne, sie hatte eine Kassette mit spanischer Musik aufgelegt. Die Sonne kam etwas hinter den Wolken hervor, und auf dem «17. Juni» wäre ich gerne in Richtung Süden weitergefahren, auch wenn mir klar war, daß der Süden, zumindest der mit dem Auto erreichbare, um diese Jahreszeit nicht mehr als eine nördliche Fata Morgana war.

Lena parkte an der S-Bahnbrücke, zog unter der Fußmatte einen zweiten Autoschlüssel hervor, den sie in meine Manteltasche steckte. Der Wind war schneidend, ihren Schal wickelte sie um den Kopf, nur Augen und Nase waren noch zu sehen, und ich war zufrieden, daß sie nicht zu den Frauen gehörte, die sich unterhaken oder nach meiner Hand greifen.

Wir tauchten in diese Woge aus dunkel gekleideten Menschen, in der ich mich treiben ließ, ohne Lenas Jacke, bemalt wie das Zeug auf meinem Bett, aus den Augen zu verlieren. Der übliche Plunder rechts und links, ausgebleichte Postkarten aus dem letzten Krieg, Terrinen, Kannen, Koffer, Spiegel mit der Staubschicht vergangener Geschichten, Kram wie in meiner Wohnung, nur daß er mir hier wie Requisiten aus Stummfilmen erschien, wild zusammengeschnitten.

An einem Stand mit Schallplatten suchte ich nach Billie Holiday, an einer Kiste mit Comics blätterte ich in einem Band «Lucky Luke». «Fritz the Cat» ist mir lieber, sagte Lena, obwohl ich es eigentlich satt habe, zwischen schießwütigen Cowboys und schmutzigen Katern zu wählen. Ein paar Schritte weiter gab es

Mauerstücke als Schlüsselanhänger, Uniformen der Nationalen Volksarmee, Pelzkappen mit Hammer und Sichel. Ich setzte eine auf, die Lena mir gleich wieder abnahm.

Sie ging hinüber zu einem Stand mit Hüten, wickelte ihren Schal vom Kopf, probierte etwas Breitkrempiges. Die Hutmacherin strich Lenas Haar zurück und gab ihr etwas, das aussah wie aus den Zwanzigern, dann was Italienisches, Russisches, einen Hut mit Schleier, eine Mütze aus Leder, eine Kappe aus Samt. Lenas Gesicht, die Zeit, ihre Nationalität schien sich mit jeder Kopfbedeckung zu ändern. Nach wenigen Minuten waren wir von Menschen umringt, die neue Varianten kommentierten, applaudierten, dieses oder jenes noch einmal sehen wollten. Ein Fotograf hielt sein Objektiv auf Lena, die kaum eine Miene verzog und auf Zehenspitzen in den Spiegel sah, der von einer Gerüststange herabhing. Sie zupfte an einer Mütze, zog sie fast bis zu den Brauen, fragte nach einer Hutnadel, steckte sie in ihrem Haar fest und bezahlte. Die Menge löste sich auf bis auf drei, vier Frauen, die das Schauspiel ohne Publikum fortsetzten. Noch immer fühlte ich Blicke auf Lena ruhen, die mich an Fillide denken ließen, an die Szene auf der Schaukel, an Gefühle, die sich einen Dreck um das Wirkliche scheren. Langsam glaubte ich der einzige zu sein, der Lenas Reize nur mental nachvollziehen konnte. Mit anderen Frauen war es mir in den letzten Monaten nicht anders ergangen, eine Feststellung, die mich nicht beunruhigte, obwohl sie gegen eine jahrzehntelange Gewohnheit verstieß. Wahrscheinlich hatte sich eine Art zweite Hornhaut über meinen Augen gebildet, eine natürliche Reaktion auf Überreizung.

Lena stieß mich an. Ein Schäferhund mit einer Stoffpuppe im Maul trottete an uns vorüber. Eine ähnliche, sagte sie, habe ich früher auch gehabt. Die Töle der Nachbarn hatte sie mir immer aus der Hand gerissen. Irgendwann war die Puppe völlig zerfetzt, und meine Mutter nähte mir eine andere. Vielleicht war es Trotz, vielleicht war es die Wirkung der Bibelstunden, jedenfalls habe ich die Neue dem Köter vorgeworfen. Die Zerfetzte hat mein erster Freund verschwinden lassen, zehn Jahre später.

Lena blieb stehen, sah dem Hund nach. Für Momente dachte ich daran, dem Tier die Puppe zu entreißen. Als ich in die Augen des Hundebesitzers sah, ließ ich es. Mir war, als sei ich an diesem Tag der zweiten Schlägerei entkommen.

Lena schien es zu verstehen, ihre Geschichten mit der Geste eines Menschen darzubieten, der einem anderen in den Mantel hilft.

Ich ging hinüber zu einem Stand mit Geschirr, auf dem weder Staub noch Patina lag, nahm eine Kaffeekanne in die Hand, dann eine Tasse. Nach einem kleinen Handel griff ich in meine Taschen, mein Geld hatte ich vergessen. Juter Trick, sagte der Händler, aber umsonst is nich. Lena kaufte eine Tasse aus Ton und gab sie mir. Ich weiß nicht mehr genau, was ich gesagt habe, aber etwas Unbedachtes muß es gewesen sein, über Fillide und ihre Scherben, sieben, acht Jahre zuvor.

Lena sah mich an, erst fragend, dann, als würden Funken aus ihren Augen sprühen. Sie packte mich am Mantel, trommelte mit den Fäusten auf meine Brust, beschimpfte mich als Schuft. In der einen Hand die Tasse, versuchte ich mit der anderen Lena zu halten. Er kennt sie also doch, sagte sie, als hätte sie mich bereits in die Flucht geschlagen. An einer Imbißstube bei Glühwein und Currywurst erzählte ich ihr von dem Brief an Wörlitz.

Lena trank erst in kleinen Schlucken, dann leerte sie den Becher in einem Zug. Muß das sein; das Spionieren, fragte sie, Fillide ist jahrelang überwacht worden, ihre Post wurde kontrolliert, das Telefon abgehört.

Wieder griff ich in meine Taschen, auch die Zigaretten hatte ich vergessen. Und warum das alles, fragte ich, wahrscheinlich eine Spur zu unbeteiligt. Lena zerdrückte den Plastikbecher in ihrer Hand, warf ihn in den Müllbeutel und die halbe Currywurst mit Pappteller und Senf hinterher. Fillide sei eine Frau, die etwas zu sagen habe, weiter nichts.

Statt ihr Unsinn zu erzählen über meine halbherzigen Versuche, mir die Sachen vom Hals zu schaffen, schlug ich vor, sie könne alles abholen, am besten gleich, beim Packen würde ich helfen, bei ihr sei der Kram besser aufgehoben.

Lena streckte mir ihre Handflächen entgegen, so habe sie es nicht gemeint. Sie sprach von Fillides Rückkehr und davon, wie froh sie sein werde, alles relativ unberührt vorzufinden. Das Wort relativ betonte sie auf eine Weise, die mich ärgerte, und mehr noch ärgerte ich mich über mich selbst, über die Henkeltasse, die ich immer noch in der Hand hielt, und was damit zusammenhing.

Mein Glühwein war kalt geworden, Lena bestellte einen neuen Becher, den wir gemeinsam tranken, ohne ein Wort. Mit einemmal war mir, als sei der Punkt gekommen, an dem ich die Karten auf den Tisch werfen könnte, das Spiel beenden und Schluß.

Wenn du den Krempel nicht willst, sagte ich, irgendwo im Keller wird sich schon eine Ecke finden. Im übrigen verreise ich für einige Tage. Wohin, wußte ich in diesem Augenblick noch nicht.

Auf dem Weg zum Auto, als bliebe weiter nichts zu sagen, tauschten wir einige Satzfetzen aus, die wir in der letzten Stunde aufgeschnappt hatten. Die Frage eines Jungen, wo ist der Wind eigentlich, wenn er nicht weht. Der Refrain eines Liedes, it's never too late to do nothing at all, und andere Weisheiten, die ich vergessen habe.

An der S-Bahnbrücke gab ich Lena den Autoschlüssel zurück und die Tasse. Ob ich abergläubisch sei, fragte sie. Wörlitz, sagte ich, habe über Aberglauben immer gelacht.

7

Mit der Eisenbahn fuhr ich aus Berlin hinaus und dann noch eine gute Stunde gen Osten, in der ich mich mit geschlossenen Augen ganz den Geräuschen überließ, dem Gefühl, mit Wochenbart, speckigen Haaren, eingehüllt in eine Pferdedecke in der Transsibirischen zu sitzen. Es war ein alter Traum, den ich wohl schon auf der Schulbank geträumt hatte, auf dem Weg in ein Land zu sein, zu Menschen, deren Zeichen und Sprache ich nicht verstehen würde, irgendwo hinter einer Mauer.

Ich weiß nicht, wo genau ich damals herkam, wenn mein Name aufgerufen wurde und ich aus einer anderen Welt auftauchte. An diesem Tag, in einem Zugabteil der Reichsbahn, war es etwas anderes, das mich auf den Weg zurückriß, auf dem ich mich wirklich befand. An China muß ich gedacht haben, dann hatte es sich wie Glieder einer Kette aufgereiht, Ungarn 56, Prag 68, Polen 81, Peking 89. Bilder vom Platz des Himmlischen Friedens, von Panzern, die in Menschenmengen hineinfahren, Gestürzte überrollen, von einer Armee, die Unbewaffnete niederschießt, von Toten, Verletzten in stinkenden Wunden, Kot und Urin, Frauen, die sich über Kinder werfen, in Blut.

Mehr als ein Jahr war vergangen, seit ich diese Berichte in der Zeitung gelesen hatte. Tränen beim Lesen von Nachrichten waren neu für mich. Es war ein fernes Massaker in einem Land, von dem ich wenig wußte und noch weniger verstand. Warum es mir so nah gekommen war, konnte ich mir nicht erklären. Von einer Minute auf die andere war es dagewesen, hatte mich in meine Träume verfolgt, bis A mich aus dem Schlaf riß, mir die Bettdecke wegzog, einige Monate später. Los raus, sie kommen, sie kommen, wer kommt, na, die von drüben, keine Mauer mehr, wach auf, Mensch.

Während ich mich vor den Fernseher schleppte, es muß morgens zwischen fünf und sechs gewesen sein, rannte sie hinaus auf die Straße. Was willst du später deinen Enkeln erzählen, rief sie mir zu, daß du geschlafen hast, oder was. Die Tür fiel hinter ihr ins Schloß. Es dauerte eine Weile, bis ich begriff, was auf dem Bildschirm vorging. Später erzählte mir ein Kollege, ein Massaker habe nicht stattgefunden, weil ein Major, oder war es ein Oberst, den Gehorsam verweigert hatte. Das «leckt mich doch am Arsch» des Generals jedenfalls war bald zur Anekdote geworden.

Der Bahnhof, an dem ich ankam, lag am Rande eines Kiefernwaldes, zwei Gleise auf einer kleinen Anhöhe. Ich lief hinunter ins Dorf, kläffende Hunde, Hühner und Gänse auf der Straße, Frauen in Kitteln und Schürzen, Gemüsegärten, Giebelhäuser aus Waschbeton. Einen Alten, der seine Mütze zum Gruß zog, fragte ich nach dem Tagungsgebäude der Partei, der ehemaligen. Als hätte er nicht verstanden, zeigte er auf den Turm der Kirche, ein Storchennest, sagte er, ob ich mal kurz mit anfassen könne. Eine Tür, frisch gestrichen, die auf zwei Böcken in seinem Vorgarten lag, hängten wir in den Hauseingang. Gegen die Farbe an unseren Händen brachte er Terpentin und gegen den Durst zwei halbvolle Wassergläser Wodka, mein zweites Frühstück.

Wir saßen auf den Böcken, in seiner Welt schien alles beim alten, es fiel kein Wort über Ost und West, nur über den Telefonanschluß, auf den er seit über zwanzig Jahren wartete. Vor gut einem Jahr sei er in der Hauptstadt auf einer Demonstration gewesen, mit Hunderten von Menschen, die ihren Antrag auf ein Telefon vor mehr als zehn Jahren gestellt hätten. Einige Leute aus dem Nachbardorf, sagte er, haben sich die Masten für die Leitungen jetzt selber aufgestellt. Wieder zeigte er auf das Nest im Turm. Vor einigen Wochen seien die Störche über den Bosporus.

Ein paar Schritte begleitete er mich die Straße hinunter, am Feldweg rechts, hinter dem Forsthaus links, dann käme eine Straße, nicht zu übersehen.

Im Sand folgte ich Spuren von Autoreifen, Schuhsohlen, Pferdewagen und dachte über gelöschte Spuren nach. Was bedeutet es, Spuren zu löschen, zum Beispiel die von Panzerketten. Am Rande eines Maisfeldes stieg ich auf einen Hochsitz, sah zwei, drei Hasen, weiter nichts, die Ernte war längst eingefahren. Wieder auf dem Weg, ging mein Herzschlag merkwürdig in die Höhe bei jedem Knacken im Unterholz, was ich zuerst auf den Wodka zurückführte und nach einer Weile auf die Stimmung dieser Landschaft. Am Forsthaus vorbei, ein paar hundert Meter noch bis zur Straße, war mir, als sei ich weit entfernt von allem, auch wenn ich die Schlüssel zu meiner Wohnung noch in der Hosentasche fühlte.

Vor einer Gründerzeitvilla, auf einem Schotterweg, parkten einige Westautos, von denen mir eines bekannt erschien, ein Ersatz für Straßenschilder und Hausnummer. Auch Klingel und Namensschild gab es hier nicht, die Tür stand offen. Bei den ersten Schritten in das Gebäude glaubte ich für Momente, dieser Staat sei an dem Geruch seiner Reinigungsmittel zugrunde gegangen.

Ein Mann, wahrscheinlich der Portier, begleitete mich die Treppen hinauf in ein Zimmer, in dem es zwar keine zweistöckigen Betten, aber dreiteilige Matratzen gab. Es hing kein Bild an der Wand, kein Wasserhahn tropfte, es gab nichts, was meine Aufmerksamkeit wekken konnte, als sei ich in einem Vakuum. Am Fenster, mit Blick über das Feld, auf eine Eiche, in die anscheinend der Blitz eingeschlagen hatte, suchte ich nach einer Möglichkeit, Westblick und Westnase abzustellen. Ich zog zwei zerknitterte Hemden aus meiner Tasche und breitete sie über dem Bett aus.

Unten im Saal, auf Stühlen in Reih und Glied, saßen fast nur Männer, deren Gesichter und Alter ich von hinten an ihren Haarschnitten zu erkennen glaubte. Die Wirkungsweise der Homöopathie nach den neuesten Forschungsergebnissen der Physik, stand auf dem Programm. Einen Arm auf die Plastikstühle gestützt, die an der Wand gestapelt waren, noch unentschlossen, ob ich mich neben den Pferdeschwanz oder die Locken setzen sollte, nahm mir ein Schlag auf den Rücken die Entscheidung ab. Es war Lukas, den ich immer Müller genannt hatte, so wie Freunde sich damals beim Nachnamen nannten. Das war ein besonderer Ausdruck von Intimität gewesen, eine Nähe, die auf angemessene Distanz gebracht werden mußte.

Wie er neben mir stand, den Kopf etwas zur Seite geneigt, die Arme vor der Brust verschränkt, erschien er mir fast unverändert, als würden die Bilder der Erinnerung die Spuren seines Alters überdecken. Wir umarmten uns, drehten uns im Kreis wie früher, wenn wir uns einige Wochen nicht gesehen hatten. Nur durch sein Lachen fühlte ich, daß mehr als ein Jahrzehnt vergangen war. Komm raus, inhalieren, sagte er und bot mir erst mal Zigaretten an. Unsere Wünsche, zumindest die kleinen, schienen sich noch zu decken, wie sie sich meistens gedeckt hatten. Während der Studienzeit wurde das auf unsere Herkunft zurückgeführt, eine Art Geburtsdelikt, das etwas zu hoch gehalten wurde.

Entfremdet, wie damals gesagt wurde, hatte uns eine private Angelegenheit, die mir etwas bizarr erschien, als wir rauchend vor dem Tagungsgebäude der Einheitspartei standen. Wir liefen die Allee hinunter, bogen in einen Feldweg ein, und ohne Lukas zu sehen, spürte ich seinen Gang zwei, drei Schritte hinter mir, etwas langsam, aber leicht, als würde er von einer Kraft getragen, die nicht zu seiner Statur passen wollte. Kam einer ihm dumm, brauchte er nur seine Hemdsärmel hochzukrempeln, ein Argument, um das ich ihn immer beneidet hatte. Ob ich mich noch an Kratzberg erinnern könnte. Ich blieb stehen, trat meine Zigarette aus. Mein letzter Stand sei zweiundzwanzig. Der neueste sei dreiundsiebzig, sagte Lukas, bei fünfundsiebzig gebe es ein Fest in der Meldestelle.

Kratzberg hatte es immer verstanden, das, was er Beziehungsprobleme nannte, durch den Kauf eines anderen Autos auszugleichen. Auf jede Frau kamen fünf bis sieben verschiedene Fahrzeuge. Im übrigen, sagte Lukas, als wolle er Ausführungen meinerseits vorbeugen, gebe es nichts, was ihn weniger interessiere als Geschichten von gescheiterten Beziehungen.

Ich dachte daran, daß ich ihn in einer Zeit kennengelernt hatte, in der er jeder Kerze den Docht abschnitt. Die Stimmung, die er mit dieser Art von Licht verband, war ihm unerträglich gewesen. Ob er sein altes Fahrrad noch habe. Lukas hob die Augenbrauen. Alles noch dran, sagte er, auch die Luftpumpe. Übersetzt hieß das, er war noch mit Ina befreundet. Dem Dieb ihrer Luftpumpe hätte er damals am liebsten sein Fahrrad dazu geschenkt. Du weißt ja nie, hatte er gesagt, ob es einen anderen Weg gegeben hätte, sich kennenzulernen.

Ina, die zu jener Zeit Physik studierte, war fünf Jahre älter als Lukas und für ihn die einzige Frau, bei der sein Bauch warm blieb und der Kopf kühl. Bei anderen Frauen hatte er, wie er sagte, immer Blähungen im Hirn bekommen. Was sie redeten und taten war für ihn nie gesund zu verdauen gewesen. Nach jeder Bauchlandung aus himmlischen Höhen hatte er die Lippen aufeinandergepreßt, die Luft durchgestoßen, und ich wußte Bescheid.

Wir waren schon nah an dem Kiefernwald, als ich den Trieb in mir fühlte, wieder auf Bäume zu klettern, über Zäune zu springen oder Hühner zu jagen, ein Drang, den ich oft mit Lukas gespürt hatte. Es war, als würde ein Funke überspringen, und warum ich es war, der ihn gut zehn Jahre zuvor gelöscht hatte, verstand ich nicht mehr. Als seien die alten Rechnungen beglichen, antwortete er mir immer noch auf Fragen, bevor ich sie gestellt hatte.

Diese Existenz, diese Arbeit im Maschinenraum, die ganzen Apparate und Strukturen, die damit zusammenhingen, würden ihm langsam das Wasser abgraben. In einer solchen Atmosphäre könne es keine wirkliche Genesung geben, höchstens eine Verlagerung von Krankheitssymptomen, das zeige die Zahl der Dauerpatienten. Er fühle sich mehr und mehr wie in einem Sterbehaus. Ein Arzt, der nicht gerne lebe, sei wohl ein schlechter Arzt. Für ihn sei es Zeit, einen anderen Weg zu nehmen.

Was mit dem Malen sei, fragte ich ihn, wohl wissend, den Punkt zu berühren, den vielleicht einzigen, der ihn immer wieder aus dem Gleichgewicht gebracht hatte. Lukas war in einer Familie aufgewachsen, in der seine Liebe zum Malen nichts als eine Schwäche war. Maler zu werden bedeutete zu achtundneunzig Prozent, nichts zu werden. Sein Vater war Viehhändler in Niederbayern, und auch sein Sohn sollte, wie es hieß, einen anständigen Beruf lernen. Die einzig sinnvolle Art zu malen sei anzustreichen. Um dem Jungen die sogenannten Flausen auszutreiben, mußte Lukas eine Lehre in einem Malereibetrieb machen. Erst danach durfte er studieren, alles, außer Kunst.

Lukas hockte sich auf einen Baumstumpf, strich mit der Hand von seinem Ohr über den Backenknochen hinunter zum Kinn, wo er seine Finger liegenließ, eine Geste, die mir vertraut war.

Das Malen, sagte er, ich bin nie in der Lage gewesen, nicht ein einziges Mal, die Farben so auf die Leinwand zu bringen, wie ich sie in meinem Inneren empfinde, wenn ich einen Stein betrachte, eine Pflanze, ein Tier, einen Menschen. Auch jede Situation hat ihre eigene Farbe, selbst Zahnschmerzen. Die Farben sprechen, du mußt hinhören, das klingt einfach und ist Magie. Dieses Wissen ist uralt, anscheinend fehlt mir die Kraft, es sichtbar zu machen.

Wahrscheinlich, sagte ich, fehlt dir nur die Zeit und der Raum. Was du Tag und Nacht auf der Station siehst, muß dir deine eigenen Bilder vertreiben. Ich hatte den letzten Satz noch nicht ausgesprochen, da wußte ich, es ist Blödsinn. Lukas stand auf, ging ein paar Schritte, setzte sich wieder. Vergiß das mit dem Malen, sagte er, ich habe nie eigene innere Bilder gehabt, oder ich habe sie nie stark genug empfunden. Früher, vor der leeren Leinwand, wenn ich einen Pinsel in die Hand genommen habe, hat mein Blut verrückt gespielt, wie vor einem Autorennen, wenn die Motoren aufheulen. Was am Ende herauskam, war meistens eine Fehlzündung. Mir fehlte der Wille zur Gewalt, das habe ich im OP begriffen. Auch Malen ist ein Akt der Gewalt, das wirkliche Malen. Die zwei, drei Maler, vor denen ich so etwas wie Ehrfurcht habe, waren auf die eine oder andere Art gewalttätig. Wenn du mit dem Pinsel auf die Leinwand losgehst, ist das, als würdest du mit einem Messer auf einen Menschen losrasen, nur, die Leinwand bist du selbst. Und wäre ich Maler, brauchte ich nicht diesen Unsinn zu reden. Du kannst sicher sein, sobald du anfängst, dir über solche Dinge Gedanken zu machen, läuft was falsch.

Lukas lachte mit einem merkwürdigen Beiklang, der mir schon in der ersten Minute aufgefallen war. Und du, fragte er, was ist mit dir. Hundert Dinge gingen mir durch den Kopf, die mir nicht würdig erschienen, erwähnt zu werden, dazu kam die Scheu, in einem Stapel abgelegter Zeiten zu blättern. Am liebsten, sagte ich, würde ich mein Hirn einige Zeit zum Stillstand bringen. Lukas schlug die Hacken zusammen, die Handkante gegen die Stirn, du hättest doch zum Militär gehen sollen. Oder ins Kloster, fügte ich hinzu. Das wäre Gotteslästerung, sagte er und hob die Brauen. Über die letzten Dinge hätten wir immer nur nach Mitternacht gesprochen.

Eine Weile gingen wir wortlos nebeneinander her, ein Schweigen, das auch früher nie bedrückend gewesen war. Für die Rolle, die Lukas damals für mich gespielt hatte, wären in einer normalen Besetzung mindestens sechs bis acht Personen nötig gewesen. Es war, als hätten wir uns alle paar Monate neu erfunden. Das, was wir sind, so gut wie möglich sein, war einer der drei

Sätze, die für uns eine Art Trinität bildeten. Ich sah uns mit seinem Vater auf dem Viehmarkt, Lukas mit einem Skizzenblock und Bleistift, wie er die Tiere von allen Seiten zeichnete, wie wir herumgestoßen wurden, wie er die Blätter am Abend ins Feuer werfen wollte und ich sie ihm abnahm, wie wir über die Felder rannten, und er, mit einer Heugabel hinter mir her. Wie wir bei Neumond durch eine Steinwüste stolperten, einen Sack voller Tierknochen auf dem Rücken, die wir gesammelt hatten. Wie er sich von einem Felsen, höher als ein Zehner, kopfüber ins Meer stürzte. Ich bleib solange unter Wasser, bis du auch springst, rief er mir zu. Fast zwei Minuten später tauchte er wieder auf und schrie: Willst du mich umbringen.

Dann wieder Neukölln, das mir immer wie das Kellerloch Berlins erschienen war, seine Wohnung, Hinterhof, vier Treppen, Außentoilette, ein Zimmer, in dem wir an seinem Tisch saßen, eine alte Tür auf zwei Böcken, sein Regal, Bretter zwischen den Sprossen einer farbverkleckten Leiter, sein Bett, ein Klappsofa aus den Fünfzigern, Pflanzen, Gitarren, Bilder bis hoch unter die mit Tüchern abgehängte Decke. Im Winter lag über allem ein feiner, rötlicher Staub aus dem Kachelofen, in dem wir Tausende von Litern Kaffee warm gehalten hatten. Wie viele Nächte hatten wir durchgezecht, auf einem Stoß abgewetzter Teppiche mit orientalischen Mustern, die unter seinem Fenster lagen. Von außen, durch die Ritzen drang ein Geruch aus Abgasen und aufgewärmter Erbsensuppe. An einem Morgen, es muß schon Mittag gewesen sein, stand

Lukas neben mir, winkte aus dem Fenster, ruderte mit den Armen, hey God, wake up, waky, waky, it's me, Müller, I love you. Ich war mir nicht ganz sicher, wach zu sein. Ob ich ihm vielleicht einen Kaffee machen solle. Lukas warf noch ein paar Handküsse gen Himmel. Ich glaube, hatte er gesagt, der Bursche da oben spricht lieber englisch. Zumindest sei es einen Versuch wert.

Lukas blieb stehen, packte mich an der Schulter. Für Momente ohne Orientierung, glaubte ich von einem Traum in den anderen zu gleiten, der Boden unter mir schien zu vibrieren. Etwa hundert Meter vor uns lief eine Rotte Wildschweine, acht bis zehn Tiere, deren Schädel auf mich wie Wurfgeschosse wirkten, langgestreckt, keilförmig. Es waren nur Sekunden, in denen sie unseren Weg kreuzten, und ich weiß nicht, wie lange wir standen, ohne uns zu rühren. Lukas nahm die Hand von meiner Schulter. Normalerweise seien sie erst später unterwegs, bei Einbruch der Dämmerung, aber November bis Januar sei Rauschzeit. Ich sah ihn an, und er zeigte mir eine Narbe an seinem Unterarm. Ein Keiler, sagte er, doch diese Geschichte erzähle er mir ein anderes Mal.

Es blieben uns fünf Tage und Nächte, von denen mir die erste noch gegenwärtig ist. Nach dem Abendessen war ich in mein Zimmer gegangen, hatte mich auf das Bett gelegt, eine Weile unter die Decke gestarrt, die mit Styropor verkleidet war, die Nachttischlampe mit dem Plastikschirm aus- und wenige Sekunden später wieder angeschaltet. Ein Strom von Gedanken begann sich zu einem Kopfschmerz zu stauen. Die Vorträge am Nachmittag, Ähnlichkeitsgesetz, AMP, Arzneimittelprüfungen über Phosphor, Nux vomica, Lachesis, eine Überdosis Homöopathie.

Ich nahm mir noch einmal meine Notizen vor, als könne eine Ordnung der Gedanken diesen Druck hinter den Augen lösen, was ein Irrtum war. Erst als Lukas ins Zimmer kam, sich an mein Fußende setzte und zwei, drei Kollegen imitierte, ging es besser. Sein Lachen, auch mit Beiklang, war noch immer wie Medizin. Er zog seine Schuhe aus und legte sich auf das andere Bett, die Hände auf der Brust, so wie er immer gelegen hatte. Mit den Zehen zeigte er zur Decke. Sieht aus wie Einschußlöcher, sagte er. Wahrscheinlich Sektkorken, sagte ich, und dann fragte ich ihn doch, ob er mittlerweile mit Ina verheiratet ist.

Innerlich, sagte er, daran hat auch dieses Papier nichts ändern können. Er stand auf, ging hinaus, ohne Schuhe, und saß wenige Minuten später wieder auf dem Bett, mit einer Flasche Wein und zwei Gläsern, seinen Reisegläsern, die das letzte Jahrzehnt anscheinend schadlos überstanden hatten.

Für einen Augenblick war es wie früher, in irgendwelchen Jugendherbergen, in denen wir abgestiegen waren, oder billigen Hotels. Via Romana, Via Vecchia Firentina. Lukas nickte, drehte die Gläser im Licht, goß sie randvoll.

Es war unsere erste Reise mit Ina gewesen. Sie war mit ihm auf dem Motorrad gefahren und ich in einem Auto von Kratzberg. Wir hatten etwas gegessen, es muß an einer Autobahnraststätte nördlich von Florenz gewesen sein. Ina, noch in Motorradkluft, wollte mit mir weiterfahren, es war kalt geworden. Auf dem Parkplatz zog sie sich um, kniete nieder, um das Plastikzeug in ihrer Tasche zu verstauen. Lukas hockte sich zu ihr, ging dann auch auf die Knie, legte seine Handflächen an ihre, sah sie an, was mich merkwürdig berührt hatte. Diese Geste zum Abschied schien der Natur ihres Verhältnisses zu entsprechen, auch wenn es weder Lukas noch Ina entsprach. Sie war dann zu mir ins Auto gestiegen, und ich weiß nicht, warum ich die ganze Fahrt über das Gefühl nicht loswurde, das mich auch jetzt wieder befiel. Lukas stieß sein Glas gegen meines. Auf eure Ehe, sagte ich. Ob sie auch in der Kirche gewesen seien. Lukas sah mich an, einen Moment zu lange, für mein Gefühl. Ich winkte ab. Die wahren Bindungen, hatte er früher behauptet, seien religiöser Art. Als ich ihn jetzt daran erinnerte, fragte er, was das mit der Kirche zu tun habe, Gott könne er an jeder Currywurstbude treffen. Ob ich das elfte Gebot noch kenne.

Das zwölfte, sagte ich und dachte an die Neuköllner Orientteppiche, auf denen wir uns bemüht hatten, die Relativitätstheorie zu verstehen, nachdem er Ina begegnet war.

Lukas nahm die Taschenlampe von meinem Nachttisch, knipste sie an und die andere Funzel aus. Die gibt es also auch noch, sagte er. So wie deine Gläser, sagte ich. Er leuchtete hinaus auf das Feld in die Eiche, sein Gesicht wirkte fast etwas dämonisch in diesem halben Dunkel. Von draußen, ein Geräusch wie das Klopfen eines Spechtes. Irgendeinem unserer Gebote folgend, verließen wir das Tagungsgebäude, rannten die Straße hinunter, beim Förster vorbei, mit der Taschenlampe durch den Wald. In der Dorfkneipe traf ich den Alten vom Vormittag wieder, zwei Gin später, in seinem Haus, spielten wir Dart.

8

Fünf Tage später saß ich mit Lukas im Auto, auf dem Weg nach Berlin, durch Alleen, über Landstraßen zwischen Feldern, an deren Rand immer noch diese Holzgerüste standen, Plakatwände, auf denen die Botschaften seit fast einem Jahr andere waren. Plakatwende, nannte Lukas das. Statt mit der Sowjetunion auf der Straße des Sieges, ging es jetzt mit einer amerikanischen Zigarette auf den Weg in die Freiheit. «Mit der Kraft des Volkes, für das Wohl des Volkes», dafür standen die Pferdestärken eines Volkswagen. «Die Lehre des Marxismus Leninismus ist allmächtig, weil sie wahr ist», gegen diese Wahrheit behauptete sich das einzig Wahre, ein Warsteiner Pils. Na, dann prost, sagte Lukas, auf das Wohl des Volkes, und schob eine Hendrix-Kassette in den Rekorder.

Wie es möglich sei, fragte ich ihn und drehte die Musik etwas leiser, daß er sich diese alten Einheitspartei-Sprüche habe merken können. Glaubst du, fragte er, unsere Slogans hören sich für sie genauso unglaublich an wie für uns die ihren? Unglaublich ist eher, sagte ich, daß sie diese Agitationspropaganda genausowenig wahrgenommen haben werden wie wir unsere Westwerbung. Unsinn. Lukas schüttelte den Kopf. Test the

West, daran kommen wir nicht spurlos vorbei. At least the East, wenigstens der Osten, war das einzige, was mir dazu einfiel.

Im Westen fragte er, ob ich mit ihm nach Schöneberg kommen wolle, auf einen Kaffee, er hätte dort seit Jahren eine ruhige, aber leider etwas dunkle Wohnung mit Ina. Der Kiez, in dem ich lebe, sagte er, ist für mich mittlerweile zum Dorf geworden, mit einem Marktplatz in der Mitte, beim Metzger und Bäcker kann ich anschreiben lassen, beim Gemüsehändler steht immer Tee im Samowar bereit. Mein Buchhändler besorgt mir alles, nicht nur Bücher, auch Dessous für Ina, im Notfall sogar Koks für Kratzberg. Wenn ich ein paar Tage weg bin, werde ich vermißt, und wenn ich zurückkomme, auf ein Bier eingeladen. Geht ein Virus oder so was um, ist mein Feierabend allerdings dahin.

Das ist üblich bei einem Landarzt, sagte ich, und lud ihn in die Fabriketage ein. Von Nestwärme könne in meiner Gegend zwar keine Rede sein, aber Kaffee gebe es auch, sogar frisch gemahlen.

Bei «Burning the Midnight Lamp» oder war es «Purple Haze» parkte Lukas vor der Toreinfahrt und las die Graffitis auf der Brandmauer. Er versprach, ein anderes Mal vorbeizukommen, schrieb mir seine Adresse auf, legte den Rückwärtsgang ein, hupte, und ich drehte mich noch einmal nach ihm um. Schon im Hinterhof suchte ich nach seinem Zettel, fragte mich, ob er ihn mir überhaupt gegeben hatte, kramte in meinen Taschen und zog den Haustürschlüssel heraus.

Die letzten Nächte waren fast schlaflos gewesen, nicht

nur wegen Lukas. Statt mein Hirn auszumisten, wie wir die Viehställe seines Vaters ausgemistet hatten, war alles wieder aufgetaucht, auch Bilder, Sätze, Erinnerungen, von denen ich glaubte, sie hätten sich schon vor einem Jahrzehnt aufgelöst. In den Gesprächen mit Lukas, mehr noch in den Zeiten dazwischen, war der Schutzwall gefallen. Stein für Stein, und er hatte eine Art Mauerspecht gespielt. Ein leerer Raum, in dem nichts mehr ist, keine Menschen, keine Möbel, keine Erinnerung, hatte in diesen Nächten zu meinen neuen Illusionen gehört.

Ich trat in den Hausflur, sah die Backsteine unter den abblätternden Farbschichten, den verrosteten Lastenaufzug, den verrotteten Briefkasten, auf dem immer noch Fillides Name stand und darunter meiner, die Eisenstufen dröhnten bei jedem Schritt, die Tür quietschte, als ich sie öffnete, was mir noch nie aufgefallen war.

Es war kälter als die Wochen zuvor, Samstag, drukkerfrei, Stille, ich ging an den Kühlschrank, ein Glas Marmelade, Käse, Butter, Sekt, Bier, der Wecker, es war nichts Besonderes, gar nichts, doch etwas stimmte nicht, als sei ein merkwürdiger Geruch in der Wohnung. Mit Bier und Zigaretten setzte ich mich an den Eichenholztisch, legte die Beine hoch, meine Augen glitten über die hochstieligen Weingläser, die Tonkrüge, Schallplatten, die Marmorskulptur.

Hinter dem, was ich sah, erschienen andere Bilder, wie sie immer kamen, wenn ich zu wenig Schlaf gehabt hatte. Lukas schwebte in der Kuppel einer Kirche, unten die versammelte Gemeinde, die dem Priester das «Vater unser» nachplappert, bis von oben Lukas' Stimme ertönt, etwas rauh, raumfüllend, aufhören, Kinder, hört auf, ihr betet falsch. Augen, die in die Kuppel schauen, suchend, sonst nichts.

Das Bier trank ich aus der Flasche, beim Anzünden der Zigarette merkte ich, daß meine Hände leicht zitterten. Selov, redete ich mir zu, deine Nerven sind etwas überreizt, denk an die letzten Nächte, leg dich hin, ruh dich aus, das geht vorbei.

Ich stand auf, lief über die knarrenden Holzdielen, sah durch die hohen Bogenfenster in den Hof, ging zum Schreibtisch, sah die Glasfäßchen, vier Farben Tinte. Fillides Armreif aus Ebenholz, ein handgroßes Etui aus schwarzem Wildleder, das ich noch nicht geöffnet hatte. Mit den Gedanken, ich weiß nicht wo, zog ich den Reißverschluß auf, nahm das Diktiergerät heraus, zögerte kurz und drückte dann doch die Starttaste.

Die Tonlage, der Rhythmus ihrer Stimme erschienen mir, ja, wie denn, wie das Echo von einem Klang, der längst in mir verstummt war, oder wie die Antwort auf eine Frage, die ich lange nicht gestellt hatte, oder, ich weiß nicht wie. Was sie sprach, nahm ich kaum wahr, es war Free Jazz mit Worten, etwas, das mir das Gefühl gab, es sei möglich, aus alten Träumen hinauszugehen wie aus einem einsturzgefährdeten Haus. Wie gegen meinen Willen ließ ich das Band, das sie nur wenige Minuten besprochen hatte, immer wieder zurücklaufen.

Eine Frau, die lachend läuft, ohne Gepäck, frei, die hineinläuft in etwas Unbekanntes, das ich nicht sehen konnte, dieses Bild aufzulösen, war nicht möglich, bis ich selbst darin verschwand und gleich wieder auftauchte.

Es fiel schwer, es mir einzugestehen, und doch glaubte ich, während ich ihre Stimme hörte, die Frau, die hier vor mir gelebt hatte, zu verstehen, und etwas anderes. Ich fühlte mich von ihr verstanden, als sei dieses Szenarium, das sie hinterlassen hatte, eine persönliche Mitteilung, die ich mich scheute, Botschaft zu nennen, ein Wort, bei dem ich lachen mußte. Verstanden oder nicht verstanden zu werden, danach hatte ich nie gefragt. Überhaupt hegte ich ein Mißtrauen gegen alle Wörter, vor denen ein «ver» stand, vermissen, verführen, verantworten, vertrauen, nicht, ich traue dir oder ich traue mich, das «ver» war ein Zeichen, daß etwas schief, schräg, verkehrt lief.

Fillide war eine Unbekannte für mich, ich wußte nicht, wo sie war und wie sie war. Es ist möglich, dachte ich, als ich das Diktiergerät in das Etui zurücklegte, daß alles ein Irrtum ist, das schloß ich nicht aus. Es war sogar wahrscheinlich, daß es einer ist, aber wenn, dachte ich, dann ist es ein schöner Irrtum.

Noch eine Zigarette, noch ein Bier, und statt hinaufzugehen, ins Bett, blieb ich unten vor dem Tresor stehen, das erste Schubfach stand halb offen, ich zog es heraus, dann die anderen, bis zu dem untersten, wie der Antiquitätenhändler vor meiner Abreise. Der Ordner, auf dem RGS gestanden hatte, diese drei Buchstaben, die mir seit Tagen im Kopf umgegangen waren, wie ein Rätsel, das auch Lukas nicht lösen konnte, RGS, hatte er gefragt und die Schultern gehoben, er sei weder Neurologe noch Internist. Mit Medizin, sagte ich, habe das wohl nichts zu tun. Dieser Ordner war verschwunden.

Ein paar gewöhnliche Dinge zu tun, schien mir jetzt das beste zu sein, ins Badezimmer gehen, Wasser in die Wanne laufen lassen. Einige Heilige und Enthauptete nahm ich von der Leine, legte sie über die Schallplatten, Goliath und Amor ließ ich hängen, packte meine Reisetasche aus, warf die Wäsche in die Waschmaschine und einen Blick in meine Kisten, mir schien nichts zu fehlen. Ein paar meiner Bücher stellte ich ins Regal, auch meine Aktenordner, ging zurück ins Bad, schraubte die Ölfläschchen auf, die am Wannenrand standen, roch an Rosenholz, Sandelholz, Lavendel, schraubte sie wieder zu und zog mich aus.

Wie immer beim Baden, muß ich mir auch an diesem Tag Gedanken über Dinge gemacht haben, die ich eigentlich nicht wissen wollte. Woran ich nicht gedacht hatte, aber hätte denken sollen, damit beschäftigte ich mich erst Stunden später. Bis zum Hals im Wasser, schlief ich ein.

Meine Haut war aufgeweicht, das Bad fast kalt, und ich wunderte mich, wie es möglich gewesen war, in dieser Haltung zu schlafen, den Mund kaum einen Zentimeter über Wasser, die Beine angezogen wie in einem zu kleinen Bett. Ich tauchte unter, tauchte gleich wieder auf und versuchte die Fetzen meines Traums zusammenzufügen, die mir nicht mehr so leicht entglitten wie in den Wochen zuvor.

Es war etwas mit A, mit atemlosem Küssen, Rucksäkken, Suppenpulver, und dem Satz, unsere Zukunft liegt hinter uns, ein Satz, der mir anscheinend nur im Traum einfallen konnte. Zum erstenmal dachte ich, mit A alles gehabt zu haben, was wir zusammen haben konnten. Mehr könnte es wohl kaum werden, selbst wenn wir es zehnmal wiederholen würden. Es geht nicht um mehr, würde Lukas sagen, es geht um tiefer. Es würde auch nicht tiefer gehen, dachte ich, betrachtete meine vom Wasser verschrumpelte Haut, die geschwollenen Adern, stand auf, zog den Stöpsel aus dem Abfluß, wickelte eines der Badetücher um mich, und ärgerte mich zum hundertstenmal über den Spiegel, der in Bauchhöhe hing.

Statt ihn abzuhängen, den Nagel aus der Wand zu ziehen, einen Hammer zu suchen, setzte ich mich an den Schreibtisch, fast ein bißchen froh darüber, einen Anlaß zu haben, an A zu denken. Ich nahm den Federhalter, der auf dem Tisch lag, schrieb ein paar Worte in Lila, und ich weiß nicht, was mir lächerlicher erschien, das, was ich schrieb, oder die Farbe, in der ich es schrieb, drehte den Füller auf und ließ die Tinte über das Blatt laufen, einen Klecks, der die Form eines dreibeinigen Käfers annahm.

Das Telefon stand in Reichweite, es gab keinen Widerstand in mir, als ich ihre Nummer wählte, und doch legte ich halb erleichtert den Hörer wieder auf, als sie nach dem dritten Klingeln nicht abnahm. Was hätte ich sagen sollen, oder können, daß ich mein Herz in den letzten Monaten nicht mehr gefühlt hatte, daß es mir zu

Kopf gestiegen war oder sonstwohin, wo es nichts zu suchen hatte, daß ich froh bin, ihre Stimme zu hören, was nicht gestimmt hätte. Es stimmte nicht mehr. Ich packte meine Kisten aus, legte sie zusammen, räumte die Sachen in den Schrank, hängte den Spiegel im Badezimmer ab und zog mich an.

Das beste war, Musik zu hören, «The Sisters of Mercy» hatte ich zwischen Boccherinis Stabat Mater und Bruckners Siebter entdeckt, was immer sie dort zu suchen hatten, A, den Ordner und sonst was eine Weile zu vergessen, die innere und äußere Rasterfahndung einzustellen, Pogo zu tanzen gegen ich weiß nicht wen, «Vision Thing» hieß das erste Lied.

9

Es war ein Sonntag, Anfang Dezember, noch dreitausenddreihundertsiebzehn Tage bis zur Jahrtausendwende, wie in der Zeitung stand, Vollmond, Wahltag, die erste sogenannte freie Wahl für alle Deutschen seit neunzehnhundertzweiunddreißig. Schlagzeile, links oben: «Verdirbt der Mond die Wahl?» Und darunter: «Das kühle Licht scheint den Menschen zu sonderbarem Handeln zu verleiten.» Auf die sonst eher prosaischen Redakteure hatte es anscheinend schon im Vorfeld seine Wirkung. Nach der Wahl, das war klar, würde das Licht vorerst kühl bleiben. Heiße Hoffnungen hatte ich nicht gehegt, auch nicht in den ersten Tagen dieser Novemberrevolution. Köpfe sind keine gefallen, hatte ein Kollege gesagt, aber das Beste in den Köpfen, und das in den besten Köpfen. Siehe links oben, ich blätterte weiter bis zur «Berliner Prominenz», die das Maß mit Sätzen füllte, wie «Ich wähle nicht, ich entstalinisiere mich gerade selbst», oder «Gott sei Dank habe ich in allen Parteien Freunde sitzen». Die Antwort eines Schriftstellers, «Ich wähle die Opposition», gab mir eine Weile zu denken. Meine Stimme in die Urne zu werfen, zögerte ich bis zum Abend hinaus. Vorher wollte ich mit Lena sprechen. Seit dem Tag auf dem

Trödel hatte ich nichts von ihr gehört, was ich auf die Sache mit dem Ordner zurückführte. Den Mann im Hausflur hatte ich nicht mehr im Verdacht, so offensichtlich, dachte ich, versteckt sich im Westen niemand. Er gehörte dazu, auch ohne Gruß, oder gerade weil er nicht grüßte. Das Grüßen schien in dieser Gegend aus der Mode gekommen zu sein, beim Bäcker, zum Beispiel, nur ein muffiges «der Nächste», als gäbe es die Pappschrippen umsonst. Ein Dorf wie bei Lukas war das nicht. Hier, wo früher die Mitte der Stadt gewesen war und wo eine neue Mitte wachsen würde, lebten Städter.

Lenas Nummer suchte ich aus dem Telefonbuch. Ihren Namen gab es nur einmal, er war eingetragen ohne Vornamen, auch ohne Straße. Sie schien etwas irritiert zu sein, mich zu hören, bestand aber darauf, gleich zu mir zu kommen, was mich irritierte. Was sollte ich tun, in dieser halben Stunde? Die Zeitung war gelesen, die Tür geölt, ein neues Schloß bestellt, aber noch nicht geliefert, das Geschirr war abgewaschen. Mir war es immer schwergefallen zu warten, und seien es nur fünf Minuten irgendwo an einem Bahnsteig. Warten war wie eine Blockade, eine künstliche Stauung des natürlichen Flusses. Ich lief auf und ab, vom Tresor zum Bad, wieder zurück, setzte mich auf die Schaukel, rauchte, Musik wollte ich keine hören. Eigentlich gab es nichts, an das ich denken konnte, nichts Wesentliches, die Kollegen und Patienten, seit Burger, verschwanden, sobald die Glastür an der Pforte des Krankenhauses hinter mir ins Schloß fiel. Eine Woche ohne Nachtdienst lag hinter mir, nach der ich mich fast erholt fühlte von dem freien Fall in die Tage, der mich um den Schlaf gebracht hatte. Das Regelmaß einer Arbeit, hatte Lukas gesagt, sei in Phasen des Umbruchs neben Schlaf und gutem Essen das Wesentliche. Mich daran zu halten, hatte mir Halt gegeben in dieser klapprigen Bahn, mit der ich die alten Strecken im Inneren noch einmal abgefahren war. Henkersfahrten waren das, auf denen ich die meisten dieser Linien stillgelegt hatte. Letzter Halt in Berlin-West, dachte ich, und dann hörte ich das Klopfen.

Wie das genau war, als ich Lena die Tür öffnete, weiß ich nicht. In den zwei Wochen zuvor hatte es nichts gegeben, das mich zu ihr ziehen konnte, auch nicht in Gedanken. Gleich beim Kaffeekochen bat ich sie, mir den Schlüssel zu meiner Wohnung zu geben, den sie wohl noch von Fillide habe.

Lena stand am Fenster, mit dem Rücken zu mir, und zupfte trockene Blätter vom Wein. Ich weiß nicht, wovon du redest, sagte sie, ich habe diesen Schlüssel nicht, ich habe nie einen gehabt. Sie drehte sich zu mir um und sah mich merkwürdig intensiv an. Mir war nicht danach, mit ihr über Schlüssel zu streiten, auch wenn ich ihr nicht glaubte. Weißt du, sagte sie dann, eigentlich geht es dich nichts an, aber nach dem letzten Tag mit dir, bin ich Achterbahn gefahren. Es ging runter bis zu «ich will ihn nicht mehr sehen» und wieder rauf.

Das Bild mit der Bahn scheint in der Luft zu liegen, sagte ich, und gleich tat es mir leid, nicht geschwiegen zu haben. Ich goß das kochende Wasser in die Kanne, stellte Tassen auf den Tisch und fragte, ob sie Milch oder Zucker will. Was hätte ich sonst sagen sollen, daß mein Herz derzeit geschlossen ist, wegen Umbau und Renovierungsarbeiten? Lena nahm die Milch aus dem Kühlschrank, mach dir keine Sorgen wegen der Achterbahn, sagte sie, die gehört zu einem Wanderzirkus.

Eigentlich wollte ich sie fragen, wer sonst, außer Fillide, einen Schlüssel haben kann, ob auch früher schon Sachen aus der Wohnung verschwunden sind, ob sie weiß, was RGS bedeutet, und ob sie schon wählen war, doch dann schien es mir nicht mehr wichtig.

Lena versuchte, ihr Haar mit einer Kordel zu bändigen, es strählte in alle Richtungen und erinnerte mich an ein Gedicht, das ich vor einiger Zeit gelesen hatte: Haare wie schwarzer Holunder, ein Lachen wie gelber Ginster, als würde es duften, als könne es fliegen wie Blütenblätter im Wind. Indianer, sagte ich, würden dich wahrscheinlich «Wie der Wind» nennen.

Lena warf drei Würfel Zucker in ihre Tasse und ließ den Löffel gegen das Porzellan klirren. Merkwürdig, sagte sie, Fillide hat mir einen ähnlichen Namen gegeben. Kannst du auch Fillides Namen erraten? Mir war, als wollte Lena mich auf eine Probe stellen. Ich hielt ihr meine Zigaretten hin, sie zog ihr eigenes Päckchen aus der Tasche und sah mich an, daß ich nicht wagte wegzusehen, ein Blickduell, das sich in einem Lächeln löste. Fillide, sagte Lena, war stark in Situationen, in denen andere Frauen schwach werden, das haben Männer gespürt. Es war wie eine Herausforderung, ein

Kräftemessen, an dem ihr nichts lag. Einer sagte, sie sei eine Autistin mit dem Fluch des Schreibens. Sie ließ ihn in dem Glauben, und manchmal glaubte ich das auch. Wenn ich zu ihr gekommen bin, war sie offen, es gab Süßkram, Liköre, Ostwitze, Zauberzeug, sieh dich um, und Hokuspokus, mitten im Gespräch, schien sie plötzlich woanders zu sein, nicht mehr zu erreichen.

Wieder das Klirren gegen das Porzellan, drei Würfel Zucker und noch ein viertes Stück, eine Stille, in der ich mich gerne ans Klavier gesetzt hätte. Ich nahm Lenas Hand, in der sie den Löffel hielt, betrachtete ihre Finger, die Nägel waren diesmal ohne Lack. Siehst du, wie krumm mein kleiner Finger ist, fragte sie, als Kind habe ich immer versucht, ihn gerade zu biegen. Sie malte mit ihm ein paar Kreise in die Luft. Wir haben die Wahl, sagte sie dann, Bett, Straße oder Fillide. Bevor ich antworten konnte, stand Lena auf, setzte sich auf die Schaukel, den Rücken gegen das Seil, die Füße auf dem Brett. Die Berliner Färbung ihrer Stimme schien etwas stärker zu werden, wenn sie erzählte.

Fillide, sagte sie, ist am Meer aufgewachsen, ihr Vater hat südlich von Neapel eine Stadt ausgegraben, er gräbt immer noch, seit Jahrzehnten. Fillide saß als Kind stundenlang am Wasser, hat die Wellen beobachtet, Zahlen in den Sand geschrieben und versucht, Gesetzmäßigkeiten zu erkennen. Auf die eine oder andere Art war sie wohl immer damit beschäftigt, das Unberechenbare zu berechnen. Kam ihre Mutter, hat sie aus den Zahlen Tiere oder Pflanzen gemalt, und irgendwann kam die Flut. «Im Zaubergarten der Mathematik» war ihr liebstes Buch damals, ein Geschenk ihres Vaters. Ihre Mutter vergrub sich in Bildbänden und war es nach einigen Jahren leid, am Strand zu liegen. Sie fuhr dann nach Neapel oder Rom, zog Fillide durch Kirchen und Museen. Später in Berlin eröffnete sie eine Galerie, Fillide war acht oder neun, als sie Italien verließen, ihren Vater hat sie nur noch in den Ferien gesehen. Da war ihr eigentliches Zuhause, bei den Ruinen am Meer, schwimmen, tauchen, zählen. In Dahlem hat sie Mathematik und Philosophie studiert, oberhalb des Halses immer Zahlen, bis sie sich Hals über Kopf verliebte. Sie war Anfang Zwanzig, als er verunglückte, das Bremsseil war gerissen, und dann fing das an, mit dem Schreiben.

Am Tag ihrer Einstellung als Redakteurin lernte sie Wörlitz kennen. Sie fuhr jede Woche in den Osten, obwohl er damals schon seinen Paß hatte, aber die Geschichte kennst du. Gesehen habe ich ihn nie, nur einmal auf einem Foto in der Zeitung, das war in meiner Landzeit. Ich war an den Körper eines Mannes verlorengegangen und an diese südspanische Landschaft. Eigentlich war es Fillide, die mich da heraus-, hierher zurückgeholt hat. Wörlitz war gerade hinter der Mauer abgetaucht, wir brauchten uns zum Wundenlecken, und nicht nur dafür. Es gab einige Illusionen, von denen wir uns trennen mußten. Für sie war, glaube ich, nur ein Mann in Frage gekommen, der bereit war, mit ihr zu sterben. Nicht, daß sie wirklich sterben wollte, es war eine Möglichkeit, eine Art Option. Sie wollte nicht wieder alleine zurückbleiben, und genau das ist dann passiert. Über solche Dinge sprach sie nicht, zumindest nicht mit mir, auch wenn sie es hin und wieder ansprach, das Grab am Wannsee, da hatte sie Wörlitz getroffen. Es war kaum auszuhalten, Fillide zerbrechen zu sehen, ihre Hingabe, so lachte sie auch, oder arbeitete, oder wartete. Und dann M, den sie fast zwei Jahre gesucht hat.

Lena zog sich mit den Händen am Seil hoch und sprang von der Schaukel. Fillide, sagte sie, würde mich jetzt rauswerfen, wortlos, auf ihre Art, wie sie es öfter getan hat. Es gebe Dinge, behauptete sie einmal, die scheuten zu Recht die Berührung mit dem Wort, und das Gefühl dafür hätte ich verloren.

Lena kam an den Tisch, schenkte Kaffee nach, ich sah auf die Uhr an ihrem Handgelenk, noch knapp eine Stunde, bis die Wahllokale schlossen. Ob es nicht sein könne, fragte ich, daß sie bei Wörlitz auf dem Land sei, danach habe sie sich doch gesehnt, ungeteerte Wege zu gehen, Spuren im Sand zu folgen, es gebe nichts mehr, das sie davon abhalten könne, keine Grepos, kein Visum, nichts.

Lena stellte ihre Tasse etwas zu laut auf den Tisch zurück. Was weißt du, sagte sie, wonach sie sich gesehnt hat. Weißt du es denn, fragte ich. Fillide, sagte sie, würde niemals zurückgehen, warten ja, aber nicht zurück. Es lag etwas in ihrem Ton, das mich abhielt, ihr zu widersprechen, obwohl sie auf dem Trödel etwas anderes behauptet hatte. Auch Lena schien daran zu denken. Je länger ich in der Etage bin, sagte sie, desto sicherer fühle ich, Fillide hat alles mitgenommen. Der ganze Kram ist anders gewesen, vor ein paar Monaten.

In der Post der letzten Tage suchte ich meine Wahlbenachrichtigung, auch einige Briefe für Fillide waren dabei. Die Urnen, las ich, standen im Seniorentreffpunkt. Ich zog meine Jacke über, steckte Ausweis und Wahlschein in die Tasche, Lena wollte auf mich warten, sie war schon am Morgen im Veterinäramt wählen gewesen.

Eisiger Wind fegte über den Platz, mein Schal hing im Spind. Einige Tage zuvor hatte ich ihn gesucht, obwohl ich ihn am Hals trug. Mit hochgeschlagenem Kragen lief ich die Prinzen runter, Richtung Wassertor, über die Ritter, Sechzigerjahre-Einheitsbau, hinter den Gardinen flackerndes Licht von Fernsehgeräten. Wahrscheinlich wurden schon die ersten Hochrechnungen übertragen.

Im Seniorentreff blieben vier Kreuze zu machen, die Erststimme auf rosa, die Zweitstimme auf lindgrün. Die zweite, hatte ich gelesen, sei die Entscheidende, die Wahl allerdings schien längst entschieden zu sein, seit fast einem Jahr, daran, dachte ich, könnten meine Kreuze nichts ändern.

Das Gefühl, mit dem ich sie an diesem Tag machte, behagte mir nicht, auch wenn ich weit davon entfernt war, an den Einfluß des Mondes zu glauben. Zwischen ein bißchen mehr und ein bißchen weniger zu wählen, damit hatte Fillide sich anscheinend nicht abfinden können, die beiden Uniformierten, die Lederhandschuhe, sie, einen Schritt voraus, aber wohin, und wer hatte den Satz gesagt, solange du nicht überwacht wirst, machst du was falsch.

Auf dem Weg zurück zum Heine-Übergang empfand ich eine Unruhe, in der ich mich fast zu Hause fühlte. Wieder im Hof, zögerte ich eine Weile, nach oben zu gehen, dann sah ich Lena, wie sie die Rollos vor meinen Fenstern herabließ.

10

Das Bier in der Pizzeria trank ich, weil ich noch nicht nach Hause wollte. Aus demselben Grund ging ich zum Wahlabschlußfest am Alex, was ich bald bereute. Lärm wurde als Musik präsentiert, die Reden langweilten mich, und Getränke gab es nur in Plastikbechern, zu Westpreisen. Der Eintritt zu dieser Veranstaltung kostete einen Zehner, den ich lieber beim Rausgehen hingelegt hätte. Rauszukommen wäre mir auch zwei Zehner wert gewesen. Damit, dachte ich, lassen sich noch Geschäfte machen, Eintritt umsonst, nur der Austritt will bezahlt sein. So erschienen mir auch die Wahlversprechen der siegreichen Partei. Der Eintritt in den Westen war frei für die sogenannten neuen Bundesländer, nur, aus dem Bund wieder auszutreten, würden sie sich nicht leisten können.

Vom Alex lief ich die S-Bahnlinie entlang zur Friedrich und bog dann doch auf halbem Weg zum Silberstein ab. Die Kneipe war relativ leer, ich hockte mich an die Theke, bestellte ein Hefeweizen, wahrscheinlich weil der Junge neben mir auch ein Weizen trank. Er gab mir nicht das Gefühl, meinen Blick auf unendlich stellen zu müssen, was ihn mir gleich sympathisch machte. Eine Weile betrachtete ich ihn aus den Augenwinkeln, schwarze Haare, blonde Augenbrauen, Ring im Ohr, schwarzes Halstuch und auch sonst alles schwarz, Jacke, Hose, Stiefel. Wat kiekste, fragte er irgendwann. Ich murmelte eine Entschuldigung, ich käme gerade von diesem Fest am Alex, was er nur mit einem Schulterzucken kommentierte. Seine Reaktion erschien mir angemessen, das Ergebnis der Wahl hatte meinen Glauben an so etwas wie eine bessere deutsche Hälfte ohne Mauer gekränkt. Den Satz hatte ich noch nicht ausgesprochen, als der Junge mich unterbrach, wählen, sagte er und lachte, die Uhren zerschlagen, das ist es, sämtliche Uhren zerschlagen. Ich sah ihm ins Gesicht, seine Augen wirkten klar, und nach einer Weile glaubte ich zu verstehen, was er meinte.

Mein Glas trank ich in einem Zug leer, bezahlte und machte mich auf den Weg. Heimweg, ein Wort, das mir merkwürdig fremd war. So wie A die Rolle, die bessere Hälfte für mich zu spielen, abgelehnt hatte, lehnten sie jetzt auch die Ostler ab. Das Ende der Projektionen hatte Lukas dieses Phänomen genannt und den Anfang von einem anderen Bewußtsein. Auf meine Frage, wie das aussehen könnte, hatte er weit ausgeholt, geistesgeschichtliche Entwicklung durch die letzten fünf Jahrhunderte, die er zuletzt auf den Begriff «Sich-Bewußt-Sein» gebracht hatte. Es gehe jetzt darum, den Schritt vom «Ich-Sehe» zum «Sich-Sehen» zu tun.

Die Sache weiterzudenken gelang mir nicht, denn dem, was sich Denken nennen ließe, stand plötzlich Fillide im Weg. Sie hat das Kunststück vollbracht, im Erleben zu beobachten, auch sich selbst, dachte ich auf meinem Fußmarsch zurück in den Westen. Ihre italienische Kindheit, die deutsche Mauergeschichte, vielleicht ging der Weg vom Ich zum Sich über das Sich-fremd-Fühlen im Ich.

Berlin, West wie Ost, war immer etwas Deutschfremdes gewesen. Es waren Orte, die ich als eigentliches Deutschland empfunden habe, weil mir Deutschland von dort aus fremd erschien. Dieses Gefühl hatte mir genügend Raum gegeben, um die Stadt, zumindest den Westteil, eine Art Heimat nennen zu können. Das war vielleicht so etwas wie «Sich-fremd-Fühlen» im Ich. Die Grenzen dieses Ichs verschwammen, lösten sich auf wie die Grenzen der Stadt. Die Stadt, die ich meinte, war verschwunden, wie Fillide verschwunden war. Wohin geht eine Frau, wenn sie alles zurückläßt? Ich weiß nicht, wie oft ich mir diese Frage schon gestellt hatte. Die Heine runter, Richtung Moritzplatz, war mir, als hörte ich Lukas' Stimme. Sehnsucht nach Unbekannter in Utopia, sagte er und lachte. Sein Lachen war wie Boden unter den Füßen.

Es war weit nach Mitternacht, kalt, fast eisig, als ich den Fabrikhof wieder betrat. Die Rollos waren noch herabgelassen. Mein Ministerium für Innere Sicherheit riet mir, nicht hinaufzugehen, und entsprechend unsicher fühlte ich mich, als ich den abgedunkelten Raum betrat. Dunkel, das fiel mir erst jetzt auf, war es hier nie. Das Licht der Hoflaternen reichte als Abendbeleuchtung, die Jalousien benutzte ich nicht. In der Nähe der Tür, auch das war mir neu, gab es keinen Lichtschalter. In meinen Manteltaschen kramte ich nach einem Feuerzeug, steckte die Kerzen auf der Küchentheke an, auch die auf dem Tisch. Das Wachs war noch warm und weich, Lena mußte gerade gegangen sein. Der Plattenspieler lief, Musik von den «Doors», auf dem Boden lagen Plattenhüllen, Rock der sechziger, siebziger Jahre. Das Weinglas war halbvoll, auch die Flasche Soave und der Aschenbecher. Ich riß zwei, drei Fenster auf und schloß sie gleich wieder. Die Luft von draußen war kälter, aber nicht besser.

Hinten im Raum, auf dem Hochbett, stand der Diaprojektor, eingeschaltet, der Kontrast von Licht und Schatten erschien mir wie in den Räumen der Bilder im Bad. Neben dem Lichtkegel an der Wand hing «Amor der Sieger» ohne Plastikhülle, auf dem Boden, darunter, auch ohne Hülle, lagen einige der Heiligen und Enthaupteten, die ich von der Wäscheleine genommen hatte und ins Regal gelegt.

Es war nicht das Gefühl, in einer Wohnung zu sein, in meiner Wohnung. Ich fühlte mich wie auf einer Bühne, wo einer dieser modernen Regisseure sich bemüht, eine alte Geschichte neu zu inszenieren. Barocke Gemälde und Rockmusik, Kerzenlicht und Scheinwerfer, aus den Lautsprechern dröhnte «I am the Lizard King, I can do anything», unter einem Fenster hing das Porträt eines Jungen, der von einer Eidechse gebissen wird. Eigentlich fehlte hier nur noch Amor Morrison in Schlangenleder, ein Heer von Reptilien anführend. «Run with me, let's run!» sang er. Ich stellte die Musik leiser, nahm ein Glas aus dem Regal, die Flasche vom Tisch und stieg hoch aufs Bett.

Neben dem Projektor lag das Diktiergerät, das ich seit meiner Rückkehr vom Kongreß nicht mehr angerührt hatte. Auf dem Band waren die ersten Takte von «Not to touch the earth», wovon die letzten gerade auf dem Plattenspieler liefen. Ich füllte mein Glas, steckte eine Zigarette an, suchte Fillides Stimme, aber es war Lena, die sprach. Ihre Stimme klang etwas höher und klar, obwohl sie vom Rauschen des Bandes unterlegt war.

«Es war einmal und war auch nicht», sagte sie und andere Merkwürdigkeiten, die mir unverständlich blieben. Die Zeit schien sich in ihrer Rede aufzulösen, ihre Worte gingen in Musik über, wurden übertönt, gingen wieder daraus hervor. Gerade als ich die Stop-Taste drücken wollte, sprach sie von Fillide. «Davon ist Fillide ausgegangen», sagte sie, «je genauer du den Anfang kennst, desto genauer kannst du das Ende berechnen. Ihre Mutter hat ihr den Namen eines Malermodells gegeben. Die Bilder, für die sie Modell gesessen hat, Katherina, Magdalena, Judith, vor fast vierhundert Jahren, das wäre ein Anfang.

Wir waren sechzehn oder siebzehn, als Fillide mir die Gemälde in einem Kunstband zeigte. Bildnisse einer Frau mit fuchsroten Haaren, dunklen Augen, gerader Nase, prallen Lippen, mit Palmwedel, Rad und Degen, mit Spiegel und Jasminblüte vor der Brust, mit Schwert, Holofernes enthauptend. Nur ein Porträt gab es von ihr, Fillide als Fillide, die Augen mandelförmig, ein Blick, der sagt, ich bin, die ich bin, die Lippen weich, unbetont, es sind die Augen, die sprechen. ‹Die Dirne Fillide› war neben der Zeichnung zu lesen, und ‹der Maler suchte sich seine Modelle im Volk›. Huren, Schlägereien, Gerichtsprozesse, einer, der es geschafft hatte, nicht nur berühmt zu sein, auch berüchtigt. Es war, als würden wir uns gegenseitig in diese Geschichte stoßen, in die Geschichte mit einem von den Männern, die ausgestorben zu sein schienen. Irgend etwas hat uns getrieben, die Wahrheit bei einem zu suchen, dem sein Messer heiliger war als das Kreuz, der das Leiden der Gekreuzigten ohne Pathos zeigte, der seine Heiligen von der Straße holte und sie mit schmutzigen Füßen malte. Davon ließ er sich nicht abbringen. Gearbeitet hat er nur mit Auftrag. Das Porträt von Fillide und der Schlafende Amor waren Ausnahmen, die hatte er für sich gemalt.

Sein Auftragsamor war der Irdische, der Sieger. Sein Auftraggeber, ein Marchese, wollte den Sieg der fleischlichen Liebe sehen. Er malte ihm einen Knaben mit Adlerflügeln, eine Federspitze, die den nackten Schenkel streift, in der geballten Faust den Bogen mit gelöster Sehne und Pfeile, den roten, der die Liebe entfacht, den schwarzen, der sie löscht. Der Bogen ist entspannt, die Spannung liegt in seinem Körper, sein Körper ist der Bogen, come on baby light my fire, specialize in having fun, das ist Musik, die aus ihm klingt. Die Instrumente liegen zu seinen schmutzigen Füßen, eine Laute, die Geige, Notenblätter, Lorbeer, Zepter, Krone, allem scheint er zu spotten. Auch dem Krieg, den Rüstungen, als käme der Slogan ‹Make love, not war› aus dieser Zeit. Der Faltenwurf des Tuches unter seinen gespreizten Schenkeln bildet eine Vulva, unter dem Tuch schwebt der blaue Planet, den hält er mühelos besetzt. Kein gebeugter Atlas, der die Welt trägt, ein Amor, spezialisiert auf Spaß, das war sein Auftrag. Er malte das Gesicht und den Körper eines Jungen, mit dem er schlief. Das ist sicher, sicherer als der Sieg seines Fleisches über Fillide. Vielleicht war es dieses Lachen, mit dem er siegte, mit Fillide wird er gelacht haben.»

Der Plattenspieler führte den Tonarm automatisch zurück, das Diktiergerät schaltete ich ab. Irgend etwas mußte ich essen, es war kein Hunger, der mich an den Kühlschrank trieb. Ein paar Sardellen, Oliven, Tomaten gab es noch. Das Weißbrot legte ich in den Toaster, die Butterdose war leer. Ich drehte am Radio, Nachrichten wollte ich keine hören, eigentlich wollte ich nichts mehr hören. Die Kerzen waren fast heruntergebrannt, die Flammen flackerten leicht. Ich zog die Jalousien hoch, der Mond hing rund wie ein Rad über der Toreinfahrt. Ein Wochenende war vorbei, ohne daß ich etwas wie Erholung fühlte, in wenigen Stunden würden die Druckmaschinen wieder in Betrieb genommen. Fünf Arbeitstage lagen vor mir, überschaubar wie der Hof, in den ich durch das Fenster hinabsah. In dieser Vorstellung lag nichts Bedrückendes, es war, als würde sie mich von einem Druck befreien.

Ich schnitt die Tomaten, entkernte die Oliven, legte Sardellen aufs Brot, packte alles auf ein Tablett, blies die Kerzen aus, stieg wieder aufs Bett, streckte mich auf den Baumwollmatten aus, an die ich mich gewöhnt hatte. Ich aß im Liegen, zwei Kissen unter dem Kopf, und schlief, ohne mich auszuziehen, ein.

Am nächsten Morgen blieb gerade noch Zeit, mir eine Handvoll Wasser ins Gesicht zu werfen, bevor ich mich auf den Weg zur U-Bahn machte. Wirklich wach wurde ich wohl erst am Abend, als ich die Etage wieder betrat. Keine Minute länger wollte ich Gastgeber für irgendwelche phantastischen Geschichten sein. Ohne meinen Mantel auszuziehen, stellte ich die Rockmusik hinter die anderen Schallplatten ins Regal, sammelte die Bilder ein, legte sie in den Tresor, nahm den Diaprojektor vom Bett, packte ihn in den Schrank, hängte Amor mit Hülle zurück an die Wäscheleine und meinen Mantel an den Kleiderhaken, wusch das Geschirr ab, bügelte Hemden und entstaubte Fillides Schachfiguren.

In einer fast heiteren Stimmung vertrödelte ich die nächsten Abende am Schachtisch, trank grünen Tee aus einer chinesischen Schale und spielte gegen mich selbst.

11

Am folgenden Samstag, nach einem Nachtdienst, fuhr ich mit der Bahn zum Nollendorfplatz, wo mich lange nichts mehr hingezogen hatte. An den Wochenenden war A meist ohne mich auf den Markt gegangen, und mir war es recht gewesen, besonders im Winter. Mit vollgepackten Körben und Taschen vorm Slumberland zu stehen, mit einem Glas Sekt in der Hand, war ein Ritual, dem ich mich gerne entzog. Was es war, das mich an diesem Morgen in halber Müdigkeit und fast ohne Widerstand in dieses Treiben gleiten ließ, weiß ich nicht. Ich ging an den Ständen vorbei, von rechts nach links, die Händler trugen dicke Pullover unter den Kitteln, die meisten waren in Mützen, Schals und Handschuhen eingehüllt. Es roch nach Bratfett, Kartoffelpuffern, Früchten, Käse, Kräutern, Fisch. Mir war, als würde nach langer Zeit mein Geruchssinn wieder geweckt, als wäre es möglich, die Nase zu schließen wie die Augen.

Ich hatte es immer absurd gefunden, wegen eines Brotes oder Tomaten Schlange zu stehen. Jetzt stand ich wegen Oliven an, mindestens zehn Minuten, und fühlte nicht die Spur von Ungeduld. Blicke gingen hin und her, hier ein Lächeln, da ein Wort, auch mal ein, zwei Sätze zwischen Menschen, die anscheinend nicht mehr voneinander wollten, als diesen einen Blick, diesen einen Satz auszutauschen. Es war ein Tauchen in Bilder, ein Mann, der einen Blumenkohl auswählt wie einen Blumenstrauß, ein Mädchen mit Ringelstrümpfen und roten Zöpfen, zehn Jahre älter als Pippi Langstrumpf, hier ein Gesicht, da ein Körper, ein Hut, eine Brille, dies oder das fiel heraus aus der Menge und verschwand wieder darin. Eine Frau sah aus wie ein Cowboy, obwohl sie weder Hut noch Stiefel trug. Es ist ihr Gang, dachte ich, und dann sah ich seine Mütze, mit der er winkte. Lukas mußte mich schon eine Weile beobachtet haben.

Er wartete in einer Schlange vor einem Käsestand, wo eine Alte Regiment führte, als sei sie soeben von der Obersten Heeresleitung freigestellt worden. Die Kunden standen in Reih und Glied. Preußen heute, sagte Lukas und nahm mich zur Begrüßung in den Arm. Das Stellense-sich-jefälligst-hinten-an-junger-Mann mit den entsprechenden Nachklängen, ließ nicht lange auf sich warten. Lukas' Antwort, wir wollen Käse kaufen und keinen Käse hören, stellte die Preußin eine Weile ruhig. Klarer Bayernsieg, dachte ich, aber dann lächelte die Alte.

Vorm Slumberland sah ich die Cowboy-Frau wieder. Sie wirkte zart, fast hilflos, wenn sie nicht ging. Die Kraft schien in ihrem Gang zu liegen. Ihre Art zu gehen erinnerte mich, ich wußte nicht an wen, ein paar Schritte fehlten mir noch, wir sahen uns an, Fillide war es nicht. Lukas ging die Maaßen runter ins Berio, ich, einen halben Schritt hinter ihm, sah mich noch einige Male um.

Am Fenster wurden gerade zwei Plätze frei, der Tisch wackelte, es gab keine Bierdeckel, Lukas zog seine Zeitung aus der Tasche. Vor der ersten Tasse Kaffee war nicht mit ihm zu reden, daran hatte sich nichts geändert. Er reichte mir den hinteren Teil, Lokales. Auf der letzten Seite war ein Kreuzworträtsel, «rätselhaftes Berlin» stand darüber, «ab heute jeden Samstag». Gefragt waren Tiefflieger unter der Gürtellinie, ein Berliner Säulenheiliger, ein Orakel ohne Gewerkschaft oder wie Punks zu einem englischen Hund kommen. Hot dogs, sagte Lukas halb abweisend. Das paßte nicht, zwei Buchstaben fehlten. Er bestellte Croissants, Konfitüre, Milchkaffee und verschwand wieder hinter der Zeitung, EG-Dickköpfe, Kohl und Dioxin standen auf der Titelseite.

Ich legte das Rätsel weg, sah aus dem Fenster, gegenüber war ein Schuhladen. Neue Schuhe konnte ich gebrauchen, auch wenn es mir schwerfiel, mich von einem alten Paar zu trennen. Schuhe sind für mich das persönlichste Kleidungsstück, eine Art Signal, manchmal auch Alarm. A besaß mehr, als ein Mensch in einem Leben auftragen kann, für jede Stimmung ein Paar. Sie wechselte manchmal mehrmals am Tag. Soweit, daß irgendwo die Sohlen abgelaufen waren, kam es meist nicht. Lena baute sich nicht mit hohen Absätzen auf, was mir gefiel. Die Formen und Farben, die sie wählte, waren mir fremd. Fillide hatte keine Schuhe zurückgelassen, zumindest waren sie mir bisher nicht aufgefallen. Lukas trug welche aus dunklem, weichem Leder zum Reinschlüpfen, darin hätte ich laufen können. Budapester, sagte er, aber dieses Modell gebe es nicht mehr. Bevor er wieder hinter der Zeitung verschwinden konnte, kamen die Croissants. Der Kaffee duftete, Lukas schlürfte aus der Schale, warf noch einen Blick auf das Rätsel, underdogs, sagte er, faltete den Lokalteil zusammen, legte ihn unter das Tischbein und schlürfte weiter. Das hätte er sich in Japan angewöhnt, da sei es unhöflich, nicht zu schlürfen. Wenn du dich einmal wirklich fremd fühlen willst, sagte er, wenn du kein Wort verstehen willst, nicht einmal eine Geste, mußt du nach Japan gehen.

Was ich eine Woche zuvor in meiner Wohnung erlebt hatte, schien mir eine Art Japanerfahrung zu sein. Ein paar gewohnte Zusammenhänge gehen verloren, und du fühlst dich fremd. Ich erzählte ihm von den Bildern, der Musik, von Amor und Morrison und zum erstenmal auch von Lena und Fillide. Wirr und ungeordnet brach es aus mir heraus, und Lukas sah mich dabei an, als könne er verstehen, was ich selbst nicht verstand. Er schob den Teller zurück, wischte mit dem Handrücken über seine Lippen, sah hoch unter die Decke, dann wieder in meine Augen. Den Maler kenne ich, sagte er, der läßt dich nicht mehr los, der zwingt dich zum Hinstarren, und wenn du einmal damit angefangen hast, fangen die Bilder dich ein, diese Gesichter. Vor allem die Hände, die er malt, die scheinen ins Leere zu greifen und fassen nach dir.

Er erzählte von zwei Modellen, die immer wiederkehrten, von Lena und Fillide. Ob ich die Madonna del Palafrenieri kenne, die mit dem Kind die Schlange zertritt, mit nackten Füßen. Ich schüttelte den Kopf. Nie gesehen. Das ist Lena, sagte Lukas, oder die Madonna von Loreto, zwei Pilger fallen vor ihr auf die Knie, der eine streckt dem Betrachter das Hinterteil und die schmutzigen Fußsohlen entgegen und ihr seine gefalteten Hände. Sie steht auf einer Stufe, zart, fast schwebend, mit dem fetten Kind im Arm. Sie scheint nicht in ihrer Gestalt zu ruhen, die vollkommen ist, sie ruht in etwas anderem, sieht herab auf die Knienden, mit einem Ausdruck, du weißt nicht, ob es Demut ist oder Anmut, und ihr Profil, da fehlen mir die Worte.

Lukas schloß die Augen für einen Moment, rief nach dem Kellner, bestellte zwei Kaffee, zwei Cognac und redete sich in eine Begeisterung, als würden zwanzig Jahre von ihm abfallen oder mehr. Er bewegte sich in der Welt dieses Malers, als spräche er von einem Freund, rügte ihn, ehrte ihn, gab einige Anekdoten zum besten von Saufgelagen, Schlägereien, Verfolgungsjagden, als sei er selbst dabeigewesen und kehrte wieder zu Lena zurück.

Sie ist keine Hure gewesen, sagte Lukas, sie stand aber im schlechten Ruf, weil sie mit dem Maler lebte, ohne Segen der Kirche. Einem jungen Notar, Pasqualone hieß er, hat er den Schädel eingeschlagen, weil er Lena beleidigte. Sie muß feste Bindungen ebenso gescheut haben wie er. Eine Ehe kam für ihn nicht in Frage, aber wie der Pilger ist er vor ihr auf die Knie gefallen, um sie zu einem Lächeln zu bewegen. Lächelnd gemalt hat er sie nie. Das ist der Segen in seinen Bildern, und das ist mehr, als ein Ja in der Kirche. Lukas hob das Glas auf Michele Merisi und seine Madonna. In seinen Augen war wieder dieses Leuchten, fast ein Blitzen wie früher auf dem Viehmarkt beim Zeichnen oder auf dem Neuköllner Orientlager. Auf Lena, sagte ich und fragte nach Fillide.

Lukas rückte seinen Stuhl zurück, streckte die Beine aus, stellte sein Glas auf den Tisch. Mit Fillide, sagte er, das ist einige Jahre vorher gewesen. Das Porträt von ihr ist fünfundvierzig in Berlin zerstört worden, bei einem Bombenangriff verbrannt. Es war eines seiner wenigen Porträts und das einzige ohne Auftrag. Geglückt war es nicht. Anscheinend konnte er diese Frau nicht einfach als Frau erfassen. Ihre Züge wirken eingefroren, steif, ihre Augen könnten seine sein. Nur in der Erhöhung ließ er ihr Gesicht leben, als heilige Katharina, für seinen Kardinal, bei dem er fünf Jahre untergeschlüpft war, vor der Jahrhundertwende. Das war seine Fillidezeit, sechsundneunzig bis sechzehnhundert, LAG, Lebensabschnittsgefährtin. Sie war auch seine Magdalena und Judith. Es könnte sein Kopf sein, den sie Holofernes abschlägt, ein Selbstporträt, wie er sie ansieht, von unten hinauf, mit aufgerissenem Mund, das Blut spritzt ihm aus der Kehle, er malte nicht, er bannte diese Szene auf schwarzem Untergrund, in einem Raum, mit dunklen Tüchern verhangen, wie sein Atelier. Fillide als Judith sieht streng aus auf dunklem Grund, zornig, aber nicht wie eine, die siegt, eher wie eine, die etwas von sich selbst vernichtet. Er hat sich ihr auf der Leinwand ergeben und ist gleich darauf wieder in irgendeine Kneipe geflüchtet, oder in eine Schlägerei, oder zu einem der Jungen, mit denen er schlief. Einer von ihnen hängt in Dahlem, in der Gemäldegalerie, Amor der Sieger.

Mein Kaffee war kalt geworden, der Zucker löste sich nicht auf, ich bestellte ein Glas Wasser. Mir war, als würde sich ein Kreis um mich schließen, als kreisten mich diese Figuren ein, mit denen ich nichts zu tun haben wollte. Eigentlich nicht. Es muß aufhören, dachte ich, aber dann fragte ich Lukas doch, wie es für ihn angefangen hat, mit diesem Maler.

Lukas rückte seinen Stuhl wieder vor, stützte die Ellbogen auf den Tisch und sein unrasiertes Kinn auf die Hände. Das ist fast zwanzig Jahre her, sagte er, der Klassenausflug nach Rom. Die Herde wurde durch Kirchen und Museen getrieben, und ein Schaf blieb naturgemäß zurück. Warum ich ausgerechnet vor der Kreuzigung Petri stehenblieb, kann ich dir nicht erklären, oder doch, vielleicht war es dieser Sog des Stürzens, die stürzenden Linien, das war doch dieses Alter, wo du fällst und fällst und nirgends ist Halt. Aber Boden unter den Füßen ist das letzte, was du willst, und dieser Maler hat sein Leben lang keinen Fuß auf die Erde bekommen, aber das wußte ich damals noch nicht.

Neben mir stand ein Mann, ein Italiener, in unserem Alter vielleicht, der mir damals alt erschien. Er stand vor dem Gemälde und rührte sich nicht von der Stelle, es muß eine halbe Stunde vergangen sein oder mehr. Gerade als ich ihn ansprechen wollte, in Latein oder

Englisch, bekreuzigte er sich, faltete seine Hände, neigte den Kopf, als würde er mich nicht bemerken. Bevor er ging, grüßte er mich ohne ein Wort, mit den Augen. Meine Knie waren weich, ich setzte mich auf eine Bank. Nach einer Weile bemühte ich mich nicht mehr, die Tränen zurückzuhalten. Es war das Gefühl, zum erstenmal etwas verstanden zu haben.

Lukas fuhr mit der Hand durch sein Haar, das immer noch voll war, keine Spur von Grau in dem dunklen Braun, nur seine Stirn schien etwas höher zu werden. Ob ich Zigaretten hätte. Ich fühlte in meinen Jackentaschen, hob die Schultern, er sah sich nach einem Automaten um. Aber was, fragte ich, was hast du verstanden. Nichts natürlich, sagte Lukas und zog eine Handvoll Kleingeld aus der Hosentasche, es war nur das Gefühl, das reichte erst mal. Ich hatte etwas mit einem Menschen erlebt, was mein Vater mir seit Jahren auszureden versuchte, die Achtung vor einem Bild, Empfindungen dafür und keine Scheu, sie auszudrücken. Ich war nicht mehr allein, auch wenn ich den Rest des Tages ohne meine Herde durch Rom irrte.

Lukas stand auf, ging zu dem Automaten, ich winkte dem Kellner, um zu zahlen. Wieder auf der Straße, fühlte ich die schlaflose Nacht dann doch. Lukas war in seinem Element, sein Redefluß nicht aufzuhalten. Meine Müdigkeit schien diesmal nicht auf die Augen, eher auf die Ohren zu schlagen. Was er sagte, nahm ich nur noch verschwommen wahr. Er sprach vom Anfang und Ende unseres Zeitalters, von Merisi als ersten modernen Maler, von der Zerstörung der Ideale, vom

Zusammenhang zwischen Kunst und Wissenschaft einer Epoche. Wieder ging ich einen halben Schritt hinter ihm und konnte ihm eigentlich nicht mehr folgen, vom Manierismus zum Kubismus, von Giordano Bruno zu Einstein. Erst als er stehenblieb, irgendwo auf halber Höhe der Goltz, seine Tüten vor einer Haustür abstellte und mir den Sprung von der dritten in die vierte Dimension erklären wollte, unterbrach ich ihn. Ob er mir auch den Weg zu seinem Schuhladen erklären könne.

Lukas sah mich an, etwas irritiert, klar, die Schuhe, sagte er, stotterte einigen Unsinn, wie immer, wenn er den Faden verlor, schlug sich mit der flachen Hand gegen die Stirn, beschrieb den Weg, ob ich nicht noch mit hochkommen wolle, Ina begrüßen. Wir verabredeten uns für die folgende Woche zum Billard oder bei mir.

Ich lief zur Grunewald, Linie sieben, Eisenacher, Adenauer aussteigen, hatte er gesagt, den Kudamm runter, bis Ecke Bleibtreu. Auf halber Strecke, Ecke Leibniz, blieb ich vor einem Laden mit italienischem Namen stehen, den ich aus Mailand kannte. Für A hatte ich dort auf unserer letzten Reise Schuhe gekauft. Kauf mir keine, hatte sie gesagt, sonst lauf ich dir damit weg. Aberglauben, hatte ich geantwortet. Hier kosteten sie das Doppelte, und ich ging zur Bleibtreu weiter. Auf dem Gehweg vor den Schaukästen standen zwei Punks der zweiten Generation, sogenannte Postpunks, die Haare hochgebürstet, nicht gefärbt, die Lederjacken verschlissen, kein A im Kreis auf den Rücken gesprüht. Für so miese Treter, sagte der eine, neunhundert Kröten, kann nicht wahr sein. Ich rechnete, das war mehr als das Doppelte vom Doppelten. Wo er denn seine Schuhe kaufe. Er drehte sich zu mir um, lachte, ein Vorderzahn fehlte ihm, Mann Alter, sagte er. Und die hier, fragte ich, für dreihundertachtzig. Beide musterten mich von oben bis unten, hoben, wie aufeinander eingespielt die Schultern, schüttelten die Köpfe und gingen weiter.

Ich kehrte um, zur Ecke Leibniz, rechnete aus, was Schuhe am Tag kosten, vorausgesetzt, sie halten zwei, drei Jahre. Diese Italienischen, das wußte ich, hielten länger als eine durchschnittliche Liebesgeschichte. Fünfzig Pfennig am Tag dafür auszugeben, erschien mir nicht zu viel.

12

Die Zeit vom späten Nachmittag bis zum nächsten Morgen verbrachte ich im Bett, wachte alle paar Stunden auf, ging zum Kühlschrank oder ins Bad und legte mich wieder hin. Das Bett war mein bevorzugter Platz in diesem Raum geworden, durch seine Höhe gab es Überblick, und in dem Gefühl, den Überblick zu haben, war es leicht einzuschlafen oder, besser, es wäre leicht gewesen. Es war wohl nicht nur das Klingeln des Telefons, das mich abhielt, mindestens fünfzehn Stunden zu schlafen, wie ich es nach Wochen mit Nachtdiensten gewohnt war. Das Läuten begann gegen neun, es kann auch später gewesen sein, gegen halb zehn jedenfalls stand ich am Kühlschrank, unentschlossen, wieder ins Bett zu gehen oder mir ein Frühstück zu machen. Beim zweiten Läuten ging ich mit Frühstück ins Bett. Beim dritten ärgerte ich mich, den Stecker nicht herausgezogen zu haben, beim vierten stellte ich das Diktiergerät an, das seit einer Woche neben meinem Kopfkissen lag. Am Telefon, da war ich mir sicher, war nicht Lena, sie würde es einmal versuchen oder zweimal, nicht öfter. Seit ihrer letzten Inszenierung hatte sie sich nicht mehr gemeldet, und es war fast angenehm, ihre Stimme wieder zu hören, auch vom Band. Ich ließ es vorlaufen und zurück, wählte zwischen Musik und Wort wie am Radio und blieb bei Lenas Amor. Es gebe drei, sagte sie, den Irdischen, den Schlafenden und den Himmlischen. Der Himmlische sei zerstört oder gestohlen, jedenfalls seit Jahrhunderten verschollen, Zeitzeugen hätten von ihm berichtet, von Amor Divino, den Merisi gemalt hatte. Ich hörte ihre Stimme, hörte ihr nicht eigentlich zu, bis sie von dem Schlafenden im Palazzo Pitti sprach. Schlafen schien in diesem Moment das einzige zu sein, das mich wirklich ansprechen konnte. Sein Schlaf sei der eines Sterbenden, zumindest der eines Kranken, er liege auf seinen Flügeln, mit verdrehten Gliedern, den rot-schwarzen Pfeil in der erschlafften Faust, der Raum sei nicht dunkel, das Dunkle scheine aus ihm zu kommen, ein fahles Licht falle auf seinen aufgedunsenen Leib, sein Mund sei geöffnet, als würde er röcheln oder schnarchen. Lena spekulierte über seine Träume, verstieg sich in wilde Phantasien, bis ihre Stimme wieder von Morrison übertönt wurde, «this is the end, beautiful friend, no safety or surprise, the end . . .» Merisi und Morrison, behauptete sie, gehören zusammen, auch wenn zwischen der Geburt des einen und dem Tod des anderen genau vierhundert Jahre lägen.

Die Verbindung, die Lena zwischen dem Barockmaler und dem Rockmusiker spannte, erschien mir sentimental. Auch Lukas hatte vom Anfang und Ende unserer Epoche gesprochen, das Ende sah er allerdings erst mit dem Hereinbrechen einer neuen Dimension kommen. Eine neue Dimension hatte Rock für mich nie eröffnet, eher war er mir wie ein Herzschrittmacher für abgestorbene Gefühle erschienen. Durch Punk wurden sie endlich begraben, was mir lieber war, auch wenn ich an diesem Morgen weder das eine noch das andere hören wollte. Ich drückte die Stop-Taste, goß den Rest Kaffee in meine Tasse und ärgerte mich, meine Thermoskanne bei A gelassen zu haben. Ebensogut hätte ich mich über etwas anderes ärgern können, diese Gleichgültigkeit hatte ich in letzter Zeit häufiger beobachtet. Erst war da ein Gefühl, dann begann die Suche nach einem Grund, und war einer gefunden, wurde er zur Ursache für dieses Gefühl erklärt.

Ich lag noch eine Weile, trank den kalten Kaffee, dachte nach über die Grundlosigkeit von Gefühlen und die Stimmung, die Abwesenheit von Lärm, in einem Fabrikgebäude erzeugt, bis das Telefon zum fünftenmal klingelte. Als Grund aufzustehen war es mir jetzt ebenso willkommen wie als Anlaß, mich zu ärgern. Ich hatte es satt, kalten Kaffee zu trinken, ich hatte es satt, innere Monologe zu halten, die zu nichts führten, und vor allem hatte ich es satt, alleine im Bett zu liegen. Es war kein Gespräch für mich, Fillide wurde verlangt, und es war ein Mann, der nach ihr fragte, was mir selbstverständlich erschien, genauso selbstverständlich wie seine Stimme, die mir vertraut war, als hätte ich sie schon oft gehört. Ich erklärte ihm die Lage, worin ich mittlerweile einige Routine erlangt hatte, aber ich erklärte sie ihm nicht routiniert wie anderen Anrufern, vielleicht weil er mir bekannt erschien, auch sein Name, Clemens oder Clement hatte er gesagt. Nach einer Weile wurde mir klar, woher ich ihn kannte, und als er mich fragte, ob er kurz vorbeikommen könne, sagte ich ja.

Keine halbe Stunde verging, bis er an meiner Tür klopfte. Bevor ich öffnete, fühlte ich eine Spannung, als hätte ich die Bedeutung, die er für mich bekommen sollte, geahnt. Knapp zwei Meter mußte er messen, ein Mann, der ein Gesicht hatte, keine regelmäßigen Züge, kein klassisch zu nennendes Profil, aber ein Gesicht, den Trenchcoat aufgeknöpft, darunter ein Jackett, ein Mann, der mir jede Hoffnung nahm, neben ihm auf eine Frau irgendeine Art von Eindruck zu machen. Clement also, ich bat ihn herein, er sah sich um, nickte, es war klar, er war oft hiergewesen. Sein Duft brachte mich auf den Gedanken, mir ein neues Rasierwasser zu kaufen, fast war ich versucht, ihn zu fragen, welches er benutzt, ließ es dann aber doch. Er warf seinen Mantel über die Schaukel, die Ärmel seines Jacketts waren aufgekrempelt, seine Augen glänzten wie die eines Menschen, der Freude am Leben hat, was ihm sicher oft übelgenommen wurde. Die Leichtigkeit, mit der er sich bewegte, erinnerte mich an ein Gefühl, das mir nicht fremd war, aber in den letzten Monaten immer blasser wurde. Mit ihm ins Gespräch zu kommen war leicht, er hatte zwanzig Jahre in den USA gelebt, und ich ließ mich eine Weile von seinem Redefluß tragen. Während ich Wasser aufsetzte und mit der Kaffeemühle beschäftigt war, schüttelte er die Ölfläschchen, beobachtete, wie die Farbschichten sich mischten, und ich versuchte mir zu merken, in welcher Reihenfolge er die Farben wählte, die Bedeutung der Folge hatte Lena mir erklärt.

Clement war Rundfunkjournalist, seine Stimme war mir aus dem Radio vertraut. Fillide hatte er kennengelernt, als Wörlitz hinter der Mauer abgetaucht war. Zu denen, deren Fragen wie Messer in ihre Wunde stießen, wie sie im Brief geschrieben hatte, schien er nicht zu gehören. Er war einer, der es verstand, angemessene Distanz zu wahren, und wahrscheinlich war er ihr nähergekommen, zumindest näher als ich. Für Momente erschien mir meine Sympathie für ihn übertrieben, fast lächerlich, als würde ich mir etwas vormachen, nur was, wußte ich nicht.

Im Schrank hinter dem Geschirr fand ich ein Stövchen für die Kaffeekanne, Clement zog eine Schublade auf, in der die Teelichte lagen. Zufall, sagte er, oder gute Intuition, sagte ich und meinte eigentlich gutes Gedächtnis. Wir saßen an dem langen Eichenholztisch, er mit dem Rücken zum Fenster, als er mir von seiner ersten Begegnung mit Fillide erzählte. Das sei bald zehn Jahre her, damals sei sie fast noch ein Mädchen gewesen, mit langen, glatten Haaren, Pullover, Jeans und einem Gesicht, das die Unverdorbenheit eines kleinen Kindes gehabt hätte. Ihre Augen, sagte Clement, seien ernst gewesen, aber auch das, sagte er, war der Ernst eines Kindes, dem sie sich kaum bewußt gewesen sein wird. Sie lachte, sie fand immer etwas, über das sie lachen konnte. Vor allem konnte sie über sich selbst lachen. Sie klammerte sich nicht an dieses eine Selbst, das Selbst war für sie wohl eine Art Kaleidoskop mit unzähligen Möglichkeiten. Wenn sie von sich erzählte, hatte sie diesen fremden Blick, als spreche sie über eine andere. Clement schwieg, schaute an mir vorbei, wahrscheinlich sah er nirgendwohin oder sah sie. Mit dem Zeigefinger drückte er die Nagelhaut seines Daumens hinunter, das schien er öfter zu machen, sein Nagelbett war gerötet und etwas geschwollen.

Ob Fillide ihm auch vom RGS erzählt habe, fragte ich ihn. Clement schüttelte den Kopf auf eine Art, die mir glaubhaft erschien. Er sprach die Buchstaben einige Male aus, schüttelte wieder den Kopf, sah mich fragend an, und ich erzählte ihm von dem verschwundenen Aktenordner und auch, daß ich ein neues Schloß eingebaut hatte.

Clement schob seine Kaffeetasse zurück, ohne einen Schluck getrunken zu haben, stand auf, schritt die Reihe der Regale ab, nahm das eine und andere Buch heraus, stellte es wieder zurück. Wörlitz hätte wahrscheinlich einen Schlüssel, ob ich ihm nie begegnet sei, und dann fragte er, ob ich seine Musik ertragen könne. Clement sah die Reihe mit den Kassetten durch, Fillide hätte Live-Mitschnitte, in fünf Wochen sei wieder ein Konzert von ihm, in der Akademie. Er zog einige der Plastikhüllen heraus, las die Aufschriften, nichts, sagte er, nicht eine Aufnahme von Wörlitz. Das Zigarettenetui, das er aus seiner Jackettasche nahm, schien aus den zwanziger Jahren zu sein, er klappte es auf, hielt es mir hin, selbst seine Zigaretten rochen besser als andere, nach Holz, Erde, Tabak ohne Parfüm. Ich stand auf, nahm einen Aschenbecher von der Küchentheke, Clement setzte sich wieder an den Tisch, betrachtete das verchromte Rechteck, Bauhaus, dachte ich, das paßt zu seinem Etui. Eigentlich sei es M gewesen, sagte er, durch den er Fillide kennengelernt habe. Er gab mir Feuer, blies den Rauch durch die Nase, er rauchte nicht, er paffte. Über Wörlitz habe sie nicht mit ihm sprechen wollen, sie habe mit niemandem über ihn gesprochen, zumindest mit keinem Journalisten.

Clement sah auf die Uhr, in einer halben Stunde habe er einen Termin. Ich kippte seinen Kaffee in den Abguß, schenkte ihm heißen nach, wenigstens eine Tasse, sagte ich und fragte nach M.

Clement drückte seine Zigarette aus, die er nur bis zur Hälfte geraucht hatte. Es war einige Monate nach der Paßgeschichte, sagte er, Fillide rief mich im Büro an, und ich dachte, sie wolle doch mit mir über die Sache reden. Noch am selben Abend trafen wir uns in einem Café, gleich hier um die Ecke. Sie wolle nicht mehr rausfahren, hatte sie gesagt, als sei hier die Mitte der Stadt. Für mich war dieser Bezirk damals nichts als eine Berliner Notausgabe der Bronx. Fillide schrieb gerade an einer Serie über SO 36, Stadtteilgeschichten. Sie war froh, auf diesem Trümmergelände zu leben, in einer Fabrik an der Grenze. Jeden Abend ging sie an der Mauer entlang bis zum Mariannenplatz, lief zum Bethanien, am Rauchhaus vorbei und die Oranien zurück. Der Platz, an dem ich lebe, ist das letzte Loch, sagte sie und lachte. Über Wörlitz sprach sie nicht. Sie fragte, ob mir in den letzten Wochen die übermalten Werbeplakate aufgefallen seien. Eines hatte ich gesehen, einen Marlboro-Mann auf einem Schaukelpferd. Fast wäre ich vorbeigelaufen, wären nicht einige Leute stehengeblieben. Sie lachten oder regten sich auf, nannten den Maler genial oder chaotisch, bis einer einen anderen am Kragen packte und ihm ins Gesicht schlug. Das ist Kunst, dachte ich, welches Bild gibt noch Anlaß zu einer Prügelei. Jahre zuvor, bei einer Vernissage, hatte ein Maler einen anderen Kolonialist genannt. Der so Genannte hatte zugeschlagen, ein paar Bilder waren von den Wänden gefallen. Die beiden waren Freunde und schlugen sich öfter, erfuhr ich später. Es tat mir leid wegen der Glasrahmen, aber welches Bild gibt noch Anlaß zu einer Rauferei. Fillide hatte die mit M signierten Plakate seit Monaten fotografiert und einige in ihrer Zeitung veröffentlicht.

Zuerst war ich enttäuscht, sagte Clement, nichts über Wörlitz zu erfahren. Fillide war froh, fast etwas aufgeregt, weil sie am Tag zuvor endlich jemanden getroffen hatte, der den Maler kannte. Sie stürzte sich wohl in diese Geschichte, um nicht durch Wörlitz abzustürzen. Schon damals, glaube ich, hatte sie Einreiseverbot nach Obstberlin. Als sie mich fragte, ob ich M für eine Sendung interviewen würde, sagte ich zu.

Clement sah wieder auf die Uhr, entschuldigte sich, trank die Tasse in einem Zug leer, stand auf und nahm seinen Mantel von der Schaukel. Er wollte zum Kleistpark fahren, und wahrscheinlich wäre mir auch jede andere Richtung recht gewesen, ich wollte raus. Im Treppenhaus fragte ich ihn, was ich ihn schon seit einer Stunde fragen wollte. Clement lachte und zog zwei kleine Fläschchen aus seiner Manteltasche. Ich bin gestern aus den Staaten zurückgekommen, sagte er, der

Likör ist eigentlich für Fillide. Den habe ich immer von Flugreisen mitgebracht. Im Sommer habe ich sie zum letztenmal gesehen. Vor ihrer Art, sich einem Mann zu entziehen, kann ich nur in Demut den Kopf neigen. – Er schraubte die Fläschchen auf und reichte mir eines. Ich verabscheue süßen Alkohol, aber der irische Sahnelikör wurde durch die Situation im Treppenhaus fast genießbar.

Im Auto, das mit Tonbandrollen, Kisten und Büchern vollgepackt war, räumte Clement den Beifahrersitz frei und gab mir einen Bildband, Berlin aus der Luft, vor und nach dem Krieg. In dem Buch lag ein Artikel von Fillide. Manchmal, sagte Clement, sind wir zusammen durch die Straßen gelaufen, als hätten wir Bomben in den Taschen. Was uns nicht gefiel, wurde gesprengt.

Ich versenkte mich in die Bilder des Buches, Potsdamer 1979, Wolkenkratzerskyline im Nebel, der lange Alex, die Betonbibliothek, eine siebenspurige Straße, Autokolonnen, Ampeln, Straßenschilder, Blumenkästen auf einer Verkehrsinsel, erst nach einigem Suchen entdeckte ich vier, fünf Fußgänger. Auf der gegenüberliegenden Seite des Buches war ein Foto von der Potsdamer vor dem Ersten Weltkrieg, 1913. Straßenbahnen, Pferdekutschen, zwei, drei Autos mit offenen Verdekken, Frauen mit Hüten und langen Kleidern, Männer mit Hüten und Anzügen, Läden, in denen Flügel und Pianos angeboten wurden, auch eine Redner-Akademie hatte es dort gegeben.

Aus den Bildern der Plätze tauchte ich erst wieder

auf, als Clement am Kleistpark anhielt. Er fragte noch einmal, ob ich in das Konzert von Wörlitz gehen wolle, zwei Pressekarten könne ich haben. Clement gab mir seine Telefonnummer.

Ich lief die Grunewald hoch, Richtung Goltz. Lukas war nicht zu Hause, auch nicht in der Billardbar gegenüber, die er Wohnzimmer nannte. Der Wirt winkte mich gleich an die Theke, als käme ich jeden Tag und spendierte eine Runde schwarzen Afghanen. Wo gab's das noch in diesen Jahren.

Der Anstrengung, ein Gespräch zu vermeiden, bedurfte es hier nicht, keine Situation existierte länger als ein, zwei Minuten, ein Rein und Raus, die Musik von Rap bis Rock, Auftritte, Abtritte, blitzschnelle Schnitte, als springe jemand mit einer Fernbedienung durch die Programme.

Der Wirt blickte auf einen, der seinen Kopf mit zwei Lackgürteln geschmückt hatte, Brille, zerschundene Lippen, wie nach einer Schlägerei, Rucksäcke auf Brust und Rücken. Der war Professor für Mathematik, sagte der Wirt, bis seine Frau ihn verlassen hat.

Ein Hund wie ein Wolf legte sich zu meinen Füßen, eine Frau in Opernoutfit, aber ungeschminkt, betrat die Bühne, gefolgt von Apoll in kariertem Sakko, ein Pferdeschwanz mit Zahnlücken stürzte an die Theke, dalli, dalli, einen Dreifachen, Herr Rosenthal, Donna Diva küßte den Karierten mit Hingabe, Lackgürtel hob sein Glas, so möchte ich einmal geliebt werden. Nach einer Pause fügte er hinzu: vom Sozialamt. Der Pferdeschwanz neben mir zeigte fünf bis sechs Restzähne.

Die skurrilste Figur in diesem Laden allerdings, schien ich zu sein, ein sogenannter Stino, Stinknormaler. Ein Mädchen mit dicken Haaren und hohen Brüsten nahm einen Queue, rieb die Spitze mit Kreide, sah mich ernst an, als ich zu ihr trat, lachte sie.

Für Stunden wurde uns der Billardtisch unter den Hängelampen Zentrum dieses Ortes, der keine Perspektive zu haben schien, die Linien des Raumes verliefen nach irgendwo. Wie die Kugeln in den Löchern, verschwanden auch die Menschen, doch waren es immer wieder andere, die in einem neuen Spiel aneinander vorbeirollten oder aufeinander zu, sich für den Bruchteil einer Sekunde berührten und gleich wieder abstießen. Nur der Professor kam irgendwann zurück, nahm eine rote Papierserviette aus seinem Rucksack, eine Tüte Suppenpulver und bat um einen Teller heißes Wasser. Er zog seinen Gürtel vom Kopf, stellte sich vor, Heldenleben sei sein Name, und sprach vom Ernst jenseits der Ernsthaftigkeit.

Es muß nach Mitternacht gewesen sein, an der Theke lungerten einige Gestalten, die der Professor Primzahlen nannte, degenerierte, anscheinend nicht einmal mehr durch sich selbst teilbar. Seine Blicke ruhten auf dem Mädchen neben mir, göttlich schön, sagte er und streute Zucker in seine Suppe, er selbst sei nur ein Hohn Gottes. Nach ein paar Löffeln dann die Erklärung, er sei durch die Hölle eines Weibes gegangen.

Ich gab eine Runde, fragte den Wirt nach seinem Namen und zahlte. Nach dem Namen des Mädchens fragte ich nicht, auch nicht, als sie neben mir im Bus saß. Potsdamer Ecke Bülow stieg sie aus, mein Puls ging etwas schneller, zumindest war es das Gefühl. Wieder zu Hause, legte ich mich in die Badewanne, im Radio suchte ich Clements Stimme, sechsundneunzig Komma drei, hatte er gesagt.

13

Am nächsten Abend in Steglitz, auf dem Weg zu der Familie eines Kollegen, hingen meine Gedanken noch an der Ecke Bülow. Es war nicht das Mädchen, dem ich nachtrauerte, eher dem Gefühl, das es in mir ausgelöst hatte und dem ich nicht nachgegangen war. Ein Jahrhundertwendefahrstuhl brachte mich in ein ausgebautes Dachgeschoß mit Teppichböden. Ich hängte meinen Mantel auf einen Bügel an die Garderobe, zog meine Schuhe aus und ging auf Socken in ein geregeltes Leben, gegen das es nichts zu sagen gab. Ich wußte nicht, was ich sagen sollte. Die Kinder, die Wohnung, die Arbeit, bei ihnen war alles, wie es sein sollte, und sie hatten Freude daran, zumindest klagten sie nicht. Es war das erste Mal, daß ich ohne A hier war, und auch das erste Mal seit unserer Trennung, daß ich einen Kollegen besuchte. Bei einem Gespräch über Weihnachtsgeschenke wurde mir klar, daß es niemanden gab, der von mir ein Geschenk erwarten könnte. Diese Situation war mir ein Jahr zuvor noch wünschenswert erschienen. Jetzt spürte ich einen haarfeinen Schmerz, den ich nicht lokalisieren wollte. Du bist, hatte Lukas gesagt, wie ein Bauer, der nichts mehr sät, aus Angst, die Ernte könnte wieder von Gott weiß was vernichtet werden.

Gleich am Anfang der folgenden Woche rief ich Lena an, nicht nur wegen Clement und der Karten. Eigentlich wußte ich nicht genau, was ich von ihr wollte, nur, daß ich etwas wollte, fühlte ich. Ihre Stimme klang leicht gehetzt, nicht abweisend. Hochsaison, sagte sie, fast Tag und Nacht sei sie in der Werkstatt. Ich fragte nach der Adresse ihres Ateliers. Seit einigen Monaten arbeitete sie im Osten, etwas außerhalb von Berlin, auf einem ehemaligen Bauernhof, den sie gemeinsam mit Malern und Bildhauern gemietet hatte. Lena war Keramikmeisterin, von ihrer Arbeit hatte sie bisher fast nichts erzählt, wohl auch, weil ich nicht danach fragte.

Am Samstag, es muß vor dem dritten Advent gewesen sein, fuhr ich mit Bahn und Bussen zu ihr hinaus, ein Weg von gut einer Stunde, auf dem ich mir die Zeit mit der Zeitung vertrieb. Ich überflog die Seiten, die mir eigentlich nur eine Beilage zum Kreuzworträtsel waren. Die Republik schien kurz vor Weihnachten von einer Sammelleidenschaft ergriffen zu werden. Die Redakteure sammelten für die Opfer von Tschernobyl, Bundeskanzler Kohl sammelte für den russischen Generalsekretär Gorbatschow, Neonazis sammelten die Daten ihrer Gegner, unbehelligt von der Justiz. Auch China kam nicht zu kurz. Bonn, las ich, gibt Peking großzügige Entwicklungshilfe. Das Massaker auf dem Platz des Himmlischen Friedens lag gerade ein gutes Jahr zurück, und Deutschland sandte der greisen Diktatur freundliche Signale. Im Rätsel war das römische Gewand des Siegesengels gefragt, ein Brückengeneral, ein Scherbenkaiser und das Ende von Berlin. Kurz vor der Stadtgrenze fand ich das Lösungswort. Milieu.

Lena hatte mir den Weg beschrieben, an eine Eiche am Feldrand war eine Holztafel mit Richtungspfeil genagelt, «zu uns 300 m», die Erde war gefroren, über den Äckern schwebte ein leichter Nebel. Der Hof lag hinter einem knorrigen Wäldchen, an einem Teich, scheinbar unberührt von einem Jahrhundert, das fast vorüber war. Durch das staubige Fenster einer ehemaligen Stallung sah ich Lena, sie saß in einem weißen Männerunterhemd an der Drehscheibe, anscheinend versunken in ihre Arbeit. Stören wollte ich sie nicht, und gleich wieder gehen wollte ich auch nicht. Ich stand eine Weile, sah, wie sie durch die Werkstatt ging, mit leichtem Schritt, ihre schmale Silhouette im langen Rock, dem Unterhemd, das Haar gezähmt von einem breiten Band, wie sie näher kam, ohne mich zu sehen, ein paar Packen Ton stapelte, die sichtbar schwer wogen. Auf den Gedanken, ihr zu helfen, kam ich nicht. Es war, als müsse ich das Bild erhalten, diesen Kontrast, ihre zarte Gestalt, das Spiel der Muskeln in Schultern und Armen, die scheinbare Leichtigkeit, mit der sie die Packen hob. Ob es dieser Kontrast war, das Licht, das irisierende Blau ihres Rockes, für Momente begann ich Merisis Lena in ihr zu sehen, das Halbprofil der Madonna dei Palafrenieri, ihre runden Schultern, die schöne Nackenlinie der Madonna von Loreto. Sie trat in den Halbschatten, raffte ihren Rock, kniete nieder zwischen Tongefäßen, nahm das eine und andere, glitt ohne hinzusehen mit den Händen hinein und wieder heraus, ertastete mit Fingerspitzen die Rundungen, fuhr mit der flachen Hand über Flächen, fühlte die Formen von außen, glitt noch einmal hinein und wickelte die Gefäße in eine Art Pferdedecke.

Ich ging ein paar Schritte hinüber zum Teich, die dünne Eisschicht war gebrochen, etwas Düsteres lag über diesem Hof, das auch mit dem Wetter zusammenhängen konnte. Der Schrei einer Krähe zerriß die Stille, und dann hörte ich meinen Namen, Lenas Stimme. Sie war vor die Tür getreten, über dem Hemd trug sie eine Wolljacke, das Haar war gelöst. Sie schien überrascht, mich zu sehen, daß ich tatsächlich zu ihr hinausfahren würde, sagte sie, damit hätte sie nicht gerechnet. In ihrer Werkstatt entschuldigte sie sich, es täte ihr leid, kaum sei ich hier, müsse sie fort nach Westberlin, ein paar Sachen in Zehlendorf abliefern, ob ich sie begleiten wolle. Ich setzte mich auf einen Hocker neben die Drehscheibe. An den Wänden standen Holzregale mit Krügen, Vasen, Tellern, Tassen, auch Tierfiguren und Büsten. Der Brennofen heizte den zugigen Raum. Sie fragte nicht, und doch war mir, als müsse ich etwas zu ihren Arbeiten sagen. Ich dachte an die tönerne Henkeltasse, die Fillide aus der Hand gefallen war, die könnte von Lena gewesen sein, und die Tasse vom Flohmarkt, die hätte sie schöner geformt, das sah ich.

Lena setzte sich zu mir, so nah wirkte sie erschöpft, ihr Gesicht war leicht gerötet. Eine Trigeminusneuralgie, sagte sie, die habe sie immer vor Weihnachten, schon seit Jahren. Die einzelnen Attacken dieses Hirnnerves waren heftig und wiederholten sich in kürzeren oder längeren Intervallen, ein Kraut war meines Wissens dagegen nicht gewachsen. Es war ein Schmerz, gegen den nichts zu machen war, man mußte ihn kommen und wieder gehen lassen. Gestern, sagte sie, sind mir zwei große Schalen im Ofen gesprungen. Es war ein Fehler in der Glasur, beim Zusammenmischen der Farben. Das ist mir lange nicht passiert. Ich brauche Ruhe, nichts als Ruhe, und wenn ich im Bett liege, sind die Schmerzen am stärksten. Die letzte Nacht habe ich hier in der Werkstatt verbracht. Lena stand auf, knöpfte ihre Jacke zu, die Müdigkeit gab ihrem Blick etwas Weiches. Ich nahm ihre Hand, rieb sie an meiner Wange und war froh, mich rasiert zu haben. Lena hob die Pferdedecke mit den Gefäßen hoch. Ich nahm ihr das Bündel ab und packte es in eine Holzkiste. Woher sie ihre Muskeln hatte, wurde mir jetzt klar.

Lange bleibe ich nicht mehr hier, sagte sie und schloß das Holztor hinter uns. Ich bin zu oft alleine hier draußen, die anderen sind meistens in Berlin. Eigentlich bin ich nicht empfindlich, was solche Stimmungen angeht. Meinen eigenen Raum habe ich mir bisher überall schaffen können, auch in Andalusien. Aber hier, hinter diesem Wald ist es anders. Das Empfinden, eine Fremde zu sein, werde ich nicht los. Menschen begegne ich hier kaum. Es ist, als würde dieser Landstrich mich abweisen. Ich habe es satt, mich immer wieder gegen das Gefühl wehren zu müssen, nicht hierher zu gehören, wo ich arbeite.

Die Kiste trugen wir gemeinsam über den Hof. Zu ihr hinausgekommen zu sein, bereute ich nicht, fühlte mich aber auch merkwürdig wohl, den Platz so schnell wieder verlassen zu können. Im Auto fuhren wir den holprigen Feldweg ins Dorf hinunter. Ich erzählte ihr von den Konzertkarten, die Clement mir angeboten hatte. Lena trat leicht auf die Bremse, umfuhr ein Schlagloch, Clement, sagte sie und bat mich, ihr eine Zigarette anzuzünden. Meinen fragenden Blick mußte sie bemerkt haben. Ich erzähl' es dir später, sagte sie.

Ein, zwei Stunden waren wir unterwegs, hörten Musik, spanische Gitarre von Williams, manchmal sah Lena zu mir herüber oder ich zu ihr, nie zu lange, als hätten wir Angst, falsch verstanden zu werden, vielleicht war auch nur ich es, der Angst hatte.

Wieder im Westen, kaum hatten wir dieses Ödland am Potsdamer Platz durchquert, war es, als würden wir unsere Sprache wiederfinden, zumindest Lena. Das mit dem Ton, sagte sie, ist schon lange nichts mehr für mich, in den Stall zu gehen, mich an die Drehscheibe zu setzen, Glasuren zu mischen, das gehört nicht mehr wirklich zu mir. Was ich sagen möchte, kann ich mit Ton nicht mehr ausdrücken, und dann springen die Schalen. Glas, sagte sie, das ist es, einen Glasblock gießen und bearbeiten oder Formen blasen, gigantische Körper aus Glas. – Und warum tust du es nicht, fragte ich. Lena lachte, ganz einfach, sagte sie, es ist zu teuer.

Im Fischerhüttenweg, vor einem Backsteinhaus mit Vorgarten, Türmchen und Erkern hielt Lena an, lud die Kiste aus und ging die breite Treppe hinauf. Wer ihr öffnete, konnte ich nicht erkennen. Als sie wenige Minuten später zurückkam, wirkte sie merkwürdig erholt.

Wie es mit einem Sparziergang wäre, fragte sie und nahm ihre Jacke vom Rücksitz, die buntbemalte, die sie auch auf dem Flohmarkt getragen hatte.

Wir gingen die Allee hinunter, über die Goethe, die Kleist und bogen links in einen schmalen Waldweg, der sich bald zum See hin öffnete. Wie das Silberblau der Wasserlandschaft wirkte in diesem Winterlicht auch Lenas Rock, etwas metallisch. Sie lief vor mir her, hüpfte alle paar Schritte, die Neuralgie hatte sie anscheinend gehen lassen. Nach einer Weile blieb sie stehen, drehte sich zu mir um und fragte, wo ich die Feiertage verbringen würde. Im Krankenhaus, sagte ich. – Freiwillig? – Ich nickte. Lena sprang auf eine Bank am Ufer und hockte sich auf die Lehne. Ich gehe zu meiner Mutter, sagte sie, Fillides Mutter ist vor ein paar Jahren gestorben. Seitdem hat Fillide die Weihnachtsfeste mit Clement verbracht, der hatte sonst auch niemanden. Wie war er? – Ich hob die Schultern, beeindruckend wollte ich nicht sagen, also sagte ich, ziemlich angenehm.

Lena pfiff durch die Zähne, Clement strahlt Macht aus, sagte sie, er ist wahnsinnig erotisch und macht auch etwas Angst. Fillide hat das nicht wahrgenommen, überhaupt habe ich ihren Gleichmut immer bewundert, mit dem sie anziehenden Männern begegnet ist. Außer Wörlitz. Wann, sagtest du, ist das Konzert?

Ich setzte mich zu Lena auf die Bank, in vier, fünf Wochen, sagte ich. Lena rückte ein Stück, sah mich an, wie hat Clement reagiert, auf, sie machte eine Bewegung mit der Hand, mit der sie nur Fillides Verschwinden meinen konnte. Relativ gelassen, sagte ich, wir haben im Treppenhaus mit einem Likör auf sie angestoßen. – Lena nickte, und was hat er von Wörlitz erzählt? Nichts, sagte ich. Und M, fragte sie, was hat er über M gesagt.

Wir gingen den Weg am Ufer entlang, ich fühlte einen Anflug von Eifersucht, wobei ich nicht einmal genau wußte, auf wen sie sich richtete. Vielleicht lag es an dieser Spannung, die mich innerlich plötzlich in eine andere Richtung trieb. Mir war, als würde Lena etwas wissen, das sie nicht sagen wollte. Dieses Gefühl spitzte sich bis zu einer Vermutung zu, die ich eigentlich abwenden wollte. Woher weißt du, fragte ich Lena, daß Fillides Telefon abgehört wurde, und woher wußte es Fillide?

Lena bückte sich nach einem Kiesel und ließ ihn über das Wasser hüpfen. Fillide, sagte sie, konnte das besser, sechs, sieben, manchmal sogar acht Sprünge. Lena nahm einen anderen Stein, warf ihn aus dem Handgelenk, drei, vier und weg. Ohne das Abhören, sagte sie, wäre das mit M anders gelaufen, zumindest am Anfang. Sie hätten nur halb soviel Spaß gehabt. Lena spuckte dreimal auf den nächsten Stein, bevor sie ihn springen ließ. Ich vergrub die Hände in den Manteltaschen und fragte sie nach dem Interview, das Clement mit M gemacht hat.

Fillide hatte ihn überredet, M zu interviewen, sagte Lena, ohne zu wissen, wo sie M finden kann. Sie wußte nur von seiner Ausstellung in einer Galerie, wo er sich natürlich nicht blicken lassen durfte.

Das Rätsel in der Tageszeitung war mir einfacher erschienen. Was heißt natürlich, fragte ich, warum stellt er seine Bilder in einer Galerie aus, in der er sich nicht sehen lassen kann?

Er hätte sich in keiner Galerie sehen lassen dürfen, sagte Lena, er wurde gesucht, die Polizei war hinter ihm her.

Ich war immer etwas langsam gewesen, und langsam stellten sich auch für mich Zusammenhänge her, zumindest ansatzweise, Fillides Bilanz von 81, die Köpfe an der Wäscheleine, Lenas Budenzauber. Ob sie mir das Lösungswort verraten kann, fragte ich sie.

Lena raffte ihren Rock wie in der Werkstatt, hockte sich an den Wegrand und betrachtete Steine. Es gibt keine Lösungen, sagte sie, du denkst in völlig antiquierten Strukturen. Es gibt ein paar Tatsachen, und die Zusammenhänge, die du herstellst, sind deine Zusammenhänge.

Dir ist es doch immerhin gelungen, sagte ich, eine Verbindung zwischen Merisi und Morrison zu sehen. Gibt es vielleicht auch eine zwischen Merisi und dem abgehörten Telefon? Lena stand auf und steckte eine Handvoll Steinchen in ihre Jackentasche. Schon bevor Wörlitz aufgetaucht ist, sagte sie, hat Fillide M gesucht, zunächst wohl nur wegen seiner Bilder. Es gebe einen neuen Merisi, hatte sie mir geschrieben, was ich nicht ernstgenommen hatte. Irgendeiner von den Neuen Wilden, dachte ich, Bilder, die mir nichts Neues sagten, zumindest nichts, was ich wissen wollte. Als sie mir Fotos schickte, dachte ich anders darüber. Fillide lief durch die Stadt und fotografierte übermalte Plakate, die mit M signiert waren. Es war klar, er brauchte den Schutz der Dunkelheit zum Malen, tags wäre er gefaßt worden. Jeden Morgen, bevor sie in die Redaktion ging, machte sie sich auf die Suche. Je früher sie suchte, desto größer war ihre Chance, eines dieser Plakate zu finden. Oft wurden sie noch am gleichen Tag abgerissen oder überklebt. Was er malte, galt als Sachbeschädigung. Eigentlich beschädigte er nichts, er stellte nur etwas Falsches richtig. Immer wenn ich auf die Straße gehe, hatte er in dem Interview mit Clement gesagt, muß ich Bilder sehen, die falsch sind, das macht mich wütend. Er malte, weil er wütend war. Diese Wut, der Druck, unter dem er arbeitete, die Nacht, das war die Kraft in seinen Bildern. Tatsächlich war es eine ähnliche Kraft wie in Merisis Bildern, sagte Lena, da hatte Fillide recht. Sie hat bald ein Gespür entwickelt, wo sie seine Bilder finden konnte. Die fotografierte sie und ließ sie in ihrer Zeitung drucken, bis ein Mann zu ihr in die Redaktion kam, der M kannte.

Lenas und Clements Version dieser Geschichte stimmten im wesentlichen überein. Und dann, sagte ich, hat dieser Mann ihr Ms Telefonnummer gegeben, und Fillide hat ihn angerufen, und dann. Lena schüttelte den Kopf, es gab keine Telefonnummer, Fillide hat wochenlang auf seinen Anruf gewartet, Wörlitz war schon weg. Irgendwann bekam sie die Einladung zu dieser Ausstellung in einer Kellergalerie. Fillide fuhr mit Clement dorthin, dem die Sache wohl suspekt erschien, ein Maler, der auf seiner Vernissage nicht anwesend ist. Zunächst nahm er an, M müsse noch einiges mehr auf dem Kerbholz haben, als die nächtlichen Malaktionen. In der Galerie, als er Fillide vor den Bildern stehen sah, glaubte er, es gebe diesen M nicht, M sei Fillide. Er zog sie hinaus auf die Straße und forderte sie etwas barsch auf, die Wahrheit zu sagen, er habe keine Lust, noch länger an der Nase herumgeführt zu werden. M saß hinter ihnen auf einem Treppengeländer. Später hatte M Fillide gesagt, sie habe ihm sofort gefallen, und am meisten habe ihm gefallen, daß ihr offensichtlich alles zugetraut wurde. M hielt sich weiterhin bedeckt, und Clement riet ihr, die Sache zu vergessen.

Gut, sagte ich, und was hat das alles mit meiner Frage zu tun?

Mit dem Telefon, fragte Lena etwas spöttisch, glaubst du, sie belauschen dich auch? Ob ich etwas zu verbergen hätte. Ich will nur wissen, sagte ich, in welche Geschichte ich seit Monaten verwickelt bin, und es ist mein verdammtes Recht, das zu wissen.

Finde es heraus, sagte Lena.

Eine Weile gingen wir schweigend nebeneinander her, Lena blieb bald ein paar Schritte zurück, in diesem Licht, in dem es leicht gewesen wäre, eine Krimiszene zu drehen. Selbst die Birken am anderen Ufer schienen mitzuspielen, sie hatten etwas von erstarrten Blitzen.

Lena kam wieder näher, sie sang den Refrain von den Fünf Wilden Schwänen. Ich hatte sie noch nicht singen hören, ihr Alt gefiel mir, auch wenn ich den Alt, in dem sie sprach, vorzog. Ich summte die Melodie, um mir keine Gedanken machen zu müssen. Am Bootshaus blieb sie stehen, sprach vom Rudern mit Fillide, im Sommer seien sie oft an Seen gefahren. Kein Wort mehr über M, auch nicht auf der Rückfahrt, nur über Wörlitz, sie wollte mit mir in sein Konzert gehen. Was ich von ihr gewollt hatte, als ich am Morgen losgefahren war, blieb auf der Strecke.

14

Lena war frech, und eigentlich gefiel mir das, auch bei A hatte es mir gefallen. Scheinbar grundlos war seit einigen Tagen alles wieder da, was ich glaubte überwunden zu haben. Ich wachte auf und der erste Gedanke, das erste Gefühl war A, auch wenn ich sicher war, nicht von ihr geträumt zu haben. Ohne sie einzuschlafen, allein aufzuwachen, wurde mit den Monaten nicht leichter, im Gegenteil.

Ich drehte am Radio, Adventskonzerte, Weihnachtskantaten, setzte Wasser auf, zündete die Petroleumöfen an und versuchte mir einzureden, dieses Gefühl für A sei nichts weiter als eine Art Neuralgie, ich mußte sie kommen und gehen lassen. An diesem Morgen ging sie nicht, und kurz davor, A anzurufen, beschloß ich wirklich, Schluß zu machen, endgültig. Irgend etwas schien mit mir nicht zu stimmen, etwas schien mit ihr und mir nicht gestimmt zu haben, von Anfang an. Vielleicht lag es daran, dachte ich, daß mein Vater Untertage arbeitete und ihrer auf höchster Ebene, daß ich bei einem Bergwerk aufgewachsen war und sie an einem Weinberg, daß sie grüne Augen hatte und ich blaue, daß sie Tee trank und ich Kaffee, daß sie Kinder wollte, daß sie schnell war und mutig, daß sie auf dem Rücken einschlief und vor dem Frühstück Geige spielte. Sie wahrte ihr Geheimnis und blieb mir etwas fremd, wogegen nichts zu sagen war. Als ich ihr fremder wurde, hätte ich etwas dagegen tun sollen, aber was. Nach zwei, drei Jahren konnten wir zusehen, wie unser Kurs von Tag zu Tag fiel. Keiner hat Schuld, das hatte ich schon vor Wochen gedacht, A und ich, wir spielten aus unterschiedlichen Partituren. Und doch gab es immer wieder Sehnsucht nach diesem außerordentlichen Mißklang. Berührten wir uns, löste er sich auf. Unsere Körper waren aufeinander eingestimmt, als sei es eine Pflicht der Natur, derartige Mißklänge auszugleichen.

Ich weiß nicht, ob es die jahrelange Gewohnheit war oder die monatelange Enthaltsamkeit oder das tatsächliche Bedürfnis, A wiederzusehen, ihre Haut zu riechen, an den Schläfen, am Hals und in die schönste Hypnose zu fallen. Ich war sicher, würden wir uns begegnen, wir würden aufeinander zugehen, es würde uns ziehen, genau dieses Es, das uns auseinandergetrieben hat. Es trieb ein Spiel mit uns. Es ist aus, sagte ich mir, vergiß es Selov, denk nicht mehr daran, es ist ein Spiel, in dem beide verlieren, immer wieder.

Ich weiß nicht, wie viele Varianten dieses Satzes ich ausprobierte, die Sätze wurden leer und füllten sich mit anderen Erinnerungen. Ich sah die Männer, die sie vor mir hatte, und die Frauen, die ich nie wirklich gewollt hatte.

As Finger, wie er durch die Luft flog, durch die Straßen, sieh mal hier, sieh mal dort, sieh mal das. Mir war, als könnte ich immer noch nicht gehen, ohne das zu sehen, was A sehen würde. Ich wollte mich nicht mehr erinnern wie sie und wie das und wie wir. Ich weiß nicht, wie oft ich hin- und hergegangen bin, vom Tresor zum Badezimmer und wieder zurück. In dieser Stunde muß ich etwas von der Kraft begriffen haben, der es bedarf, um aus einer Geschichte herauszugehen. Ich fragte mich, was größer sein muß, die Kraft oder der Wille, Fillide dachte ich, würde diese Frage beantworten können.

Vor dem Tresor blieb ich stehen, zog die Schubfächer auf, wie ich es öfter tat, und hätte sie wahrscheinlich wieder geschlossen, die Fotos kannte ich, die Wäsche und der Papierkram hatten mich nicht weiter interessiert. Es war das Datum auf diesem etwas vergilbten Papier, das mich irritierte. Ich nahm noch ein anderes Blatt, Manuskriptpapier, aufgeteilt in dreißig Zeilen, sechzig Anschläge. Unter den schwarzen Rand war gedruckt: Bitte, halten Sie dieses Schema ein! Sie erleichtern uns die Umfangberechnung. Überschreiten Sie die Begrenzungslinie, so gleichen Sie das bitte bei den folgenden Zeilen aus. Ich stellte das Radio ab, legte mich auf das Sofa unter dem Fenster, sah wieder den Himmel im Quadrat und fühlte mich plötzlich wohltuend leer, wie an dem Tag, als ich zum erstenmal dort gelegen hatte.

Rom, August 1596, eine Gasse, ein Hauseingang. Sie trägt ein Kleid aus grobem Leinen, fast bis zu den Knöcheln. Es ist die Stunde des Pan. Sie wiegt ein Kind in ihrem Arm, das Kind einer Nachbarin. Sie streichelt seine Wangen, schließt für Momente die Augen, fühlt Kinderhaut in ihren Handflächen, hört das Dröhnen der Stimmen aus den Gassen, Schreie, das Klappern von Pferdewagen, Hämmern und Klopfen, die Luft ist schwer wie das Kind in ihren Armen.

Sie öffnet die Augen, ein Ragazzo steht vor ihr, etwas größer als sie, mit nackten Füßen, das Hemd ist gewaschen, zu ihr kommt er im gewaschenen Hemd, die Schultern sind kräftig, sein Blick ist nicht herausfordernd, nur fragend, fast weich. Einer von den zwei, drei Ragazzi, die hier alle Tage vorbeischlendern, um sie zu sehen. Sie drückt das Kind fester an ihre Brust, schließt die Augen, nickt nicht, läßt sich nicht etwas weiter in den Eingang drängen, nicht mit dem Rücken gegen die Wand. Das Kind legt sie nicht neben sich, zu ihren Füßen. Das kennt sie, seine Hände an ihren Waden, rauhe Hände fühlen, die ihr Kleid hochschieben, das Gewicht seines Körpers kennt sie und die Kühle der Mauer, wie sie durch ihr Kleid dringt. Sie denkt sich nichts weiter dabei, zwei, drei Ragazzi, die vorbeischlendern. Sich wohl und ausgefüllt fühlen zur Stunde des Pan, mehr will sie nicht, was sie bekommt, ist genug.

Heute will sie nichts, nichts von diesem. Sie wartet auf M. M ist nicht groß, vielleicht etwas kleiner als sie. Er hat keine Angst, schwach zu sein. Er hat keine Angst vorm Zuschlagen. Er schlägt zu, da drüben auf dem Platz hat sie ihn einmal gesehen, wie er zuschlug. Er würde sich für sie prügeln.

Er will sie malen. Sie muß sich nicht ausziehen. Er malt eine Heilige aus ihr, sie möchte seine Haut fühlen, wenn er nach Farben riecht, den Schweiß seiner Stirn zwischen ihren Brüsten fühlen.

Die Luft ist schwer heute. Sie wiegt das Kind in ihren Armen. Die Stunde des Pan sind Stunden, wenn sie wartet.

Ich nahm die Beine vom Sofa, setzte mich, blieb eine Weile sitzen. Vielleicht war es das, was Fillide mitgenommen hat, eine Geschichte, von der sie zwei Seiten zurückließ. Im Tresor, im selben Schubfach wie diese Blätter lag eine Mappe, in der Mappe Briefe und einige Fotos, von denen Lena und Clement gesprochen hatten. Ich setzte mich an den Tisch, nahm den ersten Brief aus dem Umschlag, mit einem Gefühl, als würde ich beobachtet.

Rom 85, M an Fillide. Laufen, laufen, laufen. Am Tiber hinauf und hinunter, durch Straßen und Gassen und immer wieder über Plätze. Obelisken reißen mich hoch, und ich sehe nichts. Meine Augen steigen und steigen, ich glaube, ich müßte etwas erkennen über der Pyramide, und ich sehe nicht durch. Nichts als Licht. Weiß der Teufel, wie die Sklaven diesen Granit aus Ägypten hierhergeschafft haben. Geklaut wie die Raben haben die alten Römer. Die Beute wächst in den Himmel, und den Himmel scheint das alles nicht zu kratzen. Dieses alte Zeug wirkt an manchen Tagen wie Gewalt. Im Pantheon werde ich immer wieder weich und fliehe. Mir fehlt die Kraft standzuhalten. Vielleicht fehlt mir auch was anderes.

Rom 85, M an Fillide, einhundertsechste Stunde des Tages, Villa Melini

Das Licht auf der nackten Mauer, dem abgestoßenen Kalk, den zerfetzten Tapeten ist besser als alles, was ich heute aus mir herausbringen kann. Der Pinsel will nicht mit mir zusammengehen, und die Farben wollen auch nicht. Es kommt nichts in mich, und es kommt nichts aus mir heraus. Ich bin verdammt etwas erledigt. Ich werde ein bißchen gehen.

zweihundertzwölfte Stunde, irgendeine Bar

Schon die Hitze vorm Mittag erschlug mich, und ich mußte sehen, mich von Menschen fernzuhalten. Hätte mich einer aus Versehen angerempelt, ich hätte ihn aus Versehen erschlagen können. Ich lief über den Popolo, stürzte in die Santa Maria, landete in der Cerasi-Kapelle und wäre am liebsten mit dem Gaul vom Saulus abgehauen, aber wohin? Ich griff zum Telefon, steckte ein paar Lire in den Schlitz. Ein Telefon in einer Kapelle, dachte ich, kann nur die Verbindung nach oben sein, nach ganz oben. Das Klacken des Geldes, und dann war nur die Sekretärin dran. Erzählte was von Nero, aus seinem Leib sei ein Baum gewachsen. Auf den Ästen müssen wohl einige Dämonen rumgelungert haben, und die Santa Maria wurde erbaut, um sie zu vertreiben. Weiß der Fuchs, wo sie jetzt sind. Ich bin eine wirklich leichte Beute für Dämonen, wenn ich nicht gut arbeiten kann, und heute konnte ich nicht mal schlecht arbeiten. Das Licht in der Kapelle ging immer wieder aus. Also kramte ich nach Lirestücken und steckte sie in den Schlitz für das Licht. Das Licht in der Bekehrung Pauli. Es hat mich in eine Art Nervenkrise getrieben. Gerade wenn ich begann zu sehen, den Kreis zu sehen, die Bewegung, die Mensch und Tier zusammenzieht, die Auflösung dieses Kreises, das Tier wird aus dem Bild herausgeführt, Saulus ist niedergestreckt unter den Hufen des Pferdes, schon blind, die Bewegung geht von ganz unten, strebt nach oben, dem Licht zu ... Wenn ich begann zu sehen, durch die Farben hindurchzuschauen, ging das Licht aus. Das Kramen nach Münzen, das Klacken des Geldes, dann wieder Saulus-Beine, gespreizt, Saulus-Arme, hochgereckt, die offenen Hände, sie empfangen etwas. Dieses etwas, dieses etwas, du fühlst es fast, noch ein Blick oder zwei, um es aufzunehmen, und dann hast du keine Münzen für das Licht. Ich hatte nicht eine Münze mehr, nicht ein lausiges Lirestück.

Der Ragazzo bringt den dritten Wein, in der Villa Melini wartet Adam. Auf einer der nackten Mauern streckt er die Hand aus, und sein Schöpfer ist noch nicht erschaffen.

Kein Ort, 87, M an Fillide. In meinem Klosteratelier stehen drei schmale Betten mit weißlackierten Metallrahmen. Das eine benutze ich zum Schlafen, das andere zum Denken. Das dritte ist noch nicht benutzt. Aber ich denke, ich sollte es benutzen. Ich sollte mein Schwert wetzen, daß es schön scharf bleibt für dich. Die Feuchtigkeit hat einen blauen Drachen in die Wand gefressen, gleich unter dem gerahmten Bildnis einer Nonne.

Unter meinem Atelier ist die Bildhauerwerkstatt. Der Bildhauer arbeitet mit weißem Marmor. Morgens in der Küche ißt er Haferflocken, und ich trinke Milch, mal mit, mal ohne Kaffee. Wir sehen, wie sich eine Kruste über den Ofen zieht, wie er langsam zuwächst, wir freuen uns darüber. Die Küche ist wie mein Atelier, zehn Schritte breit, zwanzig Schritte lang, mit Holzbalkendecken. Ich male ein Bild in Gelb, wie das Gelb der Villa Melini. Ich male nicht mehr nachts, ich male, was in mir ist. Manchmal ist es auch grün oder rot. Blau kann ich nicht finden.

In meinem Herzen ist noch Rom. C nimmt selten Blau. Doch, die Hose von Narciso ist blau. Ich habe ihn im Palazzo Barberini gesehen. Er kniet am Rande des Wassers. Im Spiegel des Wassers trägt er metallische Gewänder. Sonst ist Blau selten. Ich erinnere mich an kein Blau, nur an dieses, in das er die Lenden von Narciso hüllt, mit Blau war er sparsam, das war teuer, besonders überseeisches Azurblau, das ließ er sich extra bezahlen. Der Drachen in der Wand ist blau. Weiß ist wie Marmorstaub. Ich wate gern durch den Staub unten in der Werkstatt.

Ich möchte mit dir Riesenrad fahren oder Achterbahn. Ich möchte dich schreien hören, ohne dir weh zu tun.

Über meinem ersten Bett hängt der Gekreuzigte. Wenn mein Ding hochschnellt, bekommt er ein Gutenachtküßchen. Jeden Abend frage ich ihn, ob er das Problem auch hatte. Er sieht mich an, und ich glaube ihm. Das beste ist, schnell einzuschlafen. Das beste ist schwer zu haben, und er sieht mir beim Zweitbesten zu. Er ist wirklich ein feiner Kerl.

Rom 88, M an Fillide. Heute habe ich Muscheln gegessen, Ikarissima, aus einer Glasschüssel, fast zu groß für zwei, in einer Trattoria in der Via Palermo. Ich war allein, du saßst mir gegenüber. Deine Augen waren nah, als wärst du hier. Die Muscheln haben wir mit den Fingern aus der Schüssel gegessen. Wir brachen die Schalen auf, lutschten, saugten, du lecktest deine Finger und meine dazu. Du saßst mir gegenüber, mit nichts unter deinem Rock. Meine Füße waren nackt unter dem Tisch.

Ich fühl' es noch, ich fühle wie mein Fuß sich zwischen deine Schenkel drängt, wie meine Zehen feucht werden, wie du meine Finger saugst, und später, denke ich, werde ich deine Zehen saugen, jeden Zeh, an deinen Fesseln lutschen. Meine Füße würden nach frischem Bambus riechen, wärst du hier. Meine Zehen riechen nach dir, nach Bambussprossen, und ich stoße meinen Sprößling im Allegro, im beethovenschen, du weißt schon, in deinen Schlund, die Kirchturmuhr schlägt neun, zehn, elf, und ich im Allegro. Adagio. Mir ist übel vor Wollust. Ich höre dein Lachen, und du hast recht, das Schlagen der Kirchturmuhr. Das Schlagen macht mich närrisch, zwölf, eins, zwei, an den Stromleitungen über meinem Bett hängen Eselsknochen, wochenlang bin ich um den Kadaver herumgeschlichen, die Ameisen waren fleißig, auch die Vögel, es roch süß, es schlägt zwei.

M stellt etwas Falsches richtig, hatte Lena gesagt, hatte M gesagt. Ich betrachtete die Fotos in der Mappe. Aus einem Hakenkreuz, das an eine Mauer geschmiert war, hatte er einen knienden, nachdenklichen Mann gemalt. Narciso, Adam, Saulus, Paulus, von denen er geschrieben hatte, kamen nicht vor. Ein paar Fotos steckte ich in meine Manteltasche und machte mich auf den Weg.

15

Von meiner alten Barmeile hatte ich mich seit Wochen ferngehalten, einen anderen Grund, über die Heine-Grenze zu gehen, hatte es nicht gegeben, auch wenn sie gleich vor meiner Tür lag. Es zog mich nicht in den Osten, ich wollte einfach gehen und ging den Weg, den ich in den ersten Tagen Nach A gegangen war. Der Tag, an dem ich die Etage gemietet hatte, war für mich zum Tag Null geworden. Vor A und Nach A war meine neue Zeitrechnung. Als ich wieder die Heine hinaufging, erschien sie mir überholt, oder richtiger, ich wollte, daß sie überholt ist. Sie hielt sich, wie die Stimmung dieser Straße, auch wenn die Mauer schon vor über einem Jahr gefallen war. Das Tempo der äußeren Ereignisse entsprach meinen inneren Möglichkeiten nicht. Dieses Mißverhältnis zu akzeptieren, dachte ich, ist eine gesunde Reaktion, so wie es mir gesund erschien, nicht weiter an die Briefe von M zu denken. Mir gefiel es, der einzige zu sein, der am Sonntagmittag durch diese Straßenschlucht spazierte. Der beleuchtete Weihnachtsschmuck hinter einigen Fenstern, stilisierte Tannen und Sterne, paßten gut zu dieser betonierten Tristesse. Der zehnstöckige Plattenbau der Heine-Straße war auf eine Art wirklich, der sich anscheinend niemand freiwillig aussetzen wollte. Es war eine Wirklichkeit, den Verhältnissen ähnlich, in denen ich meine Kindheit verbracht hatte. Die Klarheit, mit der ich das wahrnahm, machte mich für einige Sekunden fast glücklich. Vielleicht war es das erste Mal, daß ich meine Herkunft weder verklärte noch verdammte. Verleugnet hatte ich sie nie, oder doch, vielleicht ein-, zweimal, ich wußte es nicht mehr genau. Mein Vater ist mit fünfundvierzig Jahren gestorben, an einer Staublunge. Diesen Satz auszusprechen, besonders den Nachsatz, war mir immer schwergefallen.

Ich lief und lief, mein innerer Antrieb zu laufen war groß, ich bewegte mich mühelos wie im Leerlauf, ich wollte leerlaufen. Vor der Jannowitzbrücke blieb ich stehen, eine vernietete Stahlkonstruktion aus den zwanziger Jahren, die mir bisher nicht aufgefallen war, auch wenn ich sie ein dutzendmal unterquert hatte. An den Backsteinmauern unter der Brücke hingen Plakate, Zigarettenwerbung, wie M sie übermalt hatte, ein paar Schritte weiter, im Zigarettenautomaten, nur Westmarken, die öffentlichen WCs rochen nach Ostputzmitteln. Ich ging die Treppen hinab zum Spreeufer, in den kahlen Baumkronen der Platanen waren einige Vogelnester, es können auch Misteln gewesen sein, auf dem Brückengeländer spazierten Möwen. Ich zwang mich zu sehen, was ich sah, um nicht denken zu müssen, und als ich die Schwäne auf dem Fluß sah, es waren mehr als fünf, einige graue waren auch dabei, dachte ich an Lena. Was sie gesagt hatte, auf dem Weg von Zehlendorf nach Schöneberg, hatte ich versucht zu überhören. Ich hatte sie reden lassen und nach rechts aus dem Fenster geschaut. Ob ich wollte oder nicht, einige Sätze hatten sich festgesetzt. Du siehst aus wie einer, hatte sie gesagt, der die Leidenschaft in sich besiegt hat, zumindest versuchst du es. Als ich nicht reagierte, fügte sie hinzu, ich meine nicht, daß du kalt oder herzlos wirkst, eher traurig, das willst du nicht zugeben, nicht einmal vor dir selbst. Sie führte das noch eine Weile aus, sprach vom Unterschied zwischen dem Verlust und der Verdrängung von Gefühlen, was ich wohl tatsächlich verdrängt habe. Den Zusammenhang zu der Anekdote, die sie dann erzählte, kann ich nicht mehr herstellen. – Ein Mann geht zu einem erleuchteten Meister. Verehrter Meister, sagt er, was muß ich tun, um erleuchtet zu werden. Der Meister antwortet, das sei einfach, er dürfe an alles denken, nur nicht an Affen. Der Mann lacht und meint, wenn das alles sei, werde er wohl bald zur Erleuchtung gelangen, er habe noch nie an Affen gedacht. Er bedankt sich und verläßt den Meister mit einigen Verbeugungen. Kaum steht er vor dem Haus, fängt es an, erst ist es nur einer, dann zwei, dann drei, und je heftiger er sich bemüht, die Affen aus seinen Gedanken zu vertreiben, um so mehr werden es.

Ich hatte Lena gebeten, an der nächsten Ecke zu halten. Ein paar Straßen weiter wären wir bei ihr gewesen. Ich wollte nichts durcheinanderbringen und wußte eigentlich nicht, welches Durcheinander ich fürchtete.

Das und ähnliches ging mir um, während ich am Spreeufer stand, Schwäne zählte und mich bemühte, nichts zu denken. Ich lief weiter unter den Ästen kahler Bäume, sprödem Zweigwerk, das den Gehweg bis ans Ufer überdachte, Rolandufer, auf der anderen Seite stand ein langgestrecktes Gebäude aus der Kaiser-Wilhelm-Zeit, an der Fassade Köpfe in Stein, Frauengesichter, Männergesichter, die mich an niemanden erinnerten. Klosterstraße, das Wort Kloster füllte sich mit drei Metallbetten, dem Gekreuzigten, Nonnenbildern, Marmorstaub und so weiter bis zur Schleuse, Mühlendammschleuse, rechts im Parterre waren die Fenster vergittert, in den Hauswänden Einschußlöcher, aus welchem Krieg auch immer, die alte Dame, ein paar Schritte vor mir, hatte wohl beide erlebt. Sie steuerte eine Bank am Ufer an, stellte ihre Krücken an die Lehne, ließ sich nieder, streckte die Beine aus, sah auf den Fluß, Schwäne, Möwen, sie wirkte zufrieden, ich wollte mich zu ihr setzen und ließ es.

Fillides Großmutter, dachte ich, hat über vierzig Jahre auf ihren Mann gewartet, der dann doch nicht mehr aus dem Krieg zurückkehrte. Meine war wenige Monate nach Großvater gestorben, mit zweiundvierzig. Sie hatte keine Lust gehabt, ohne ihn zu leben. Als Kind habe ich diese Geschichte oft gehört, mindestens zweimal im Jahr, im April und September, den Todestagen. Ihre Fotos auf der Kommode wurden mit Blumen geschmückt, ich dachte mir nichts weiter dabei, Großvater war an Arbeit gestorben, Großmutter an Liebe. Es war ihr Schicksal, hieß es, meine Mutter war vierzehn, als sie Waise wurde. Knapp dreißig Jahre später, mit dem Tod ihres Mannes, meinem Vater, schien das

Schicksal in unserer Familie ausgestorben zu sein. Meine Schwestern und ich hatten keine unauflösbaren Bindungen, weder an eine Arbeit, noch an einen Menschen, es gab keine Kinder, noch nicht, die über uns erzählen würden. Wirkliche Geschichten, dachte ich, Geschichten, die wirken, sind an Schicksal gebunden, so wie Schicksal an unauflösbare Bindungen gebunden ist.

Die Bank am Ufer war leer, als ich mich noch einmal umdrehte. Am Wegrand waren verdorrte Sträucher, Reste von Grün und haufenweise Laub. Hinter der Schleuse führten Treppen hinauf und hinab, ich ging hinunter, durch einen Betontunnel, die Decke war niedrig, fast beklemmend, die Wandmalereien stammten wahrscheinlich aus jüngster Zeit. Einen guten Meter über mir rollte der Verkehr, oben am Ausgang, am Rande der Stufen lagen Löwen aus gelbem Sandstein mit mächtigen Krallen, etwas bemoost. Hier begann eine andere Seite der Stadt, gepflegte Anlagen, Zäunchen, Laternen, Restaurants. Vor dem Italiener saß eine Art Diana in Marmor mit halbentblößter Brust, Knüppel und Bärenfell. Ihre Knie waren rund, die Arme weich, ihr Tuch war gebunden, wie A ihr Tuch am Strand gebunden hat oder morgens beim Frühstück. Ich stand vor dem Stein und sah wieder A, wie sie aufwachte, sich räkelte, die Decke noch einmal über den Kopf zog, und konnte fast fühlen, wie ihre Hände mich suchten. Die Wahrnehmung kurz nach dem Aufwachen ist die wesentliche, dachte ich, beim ersten Aufwachen mit einer Frau entscheidet sich alles weitere, an ihrer Art, sich im Bett aufzurichten, ihren ersten Gesten und

Schritten, daran, wie sie sich bewegt in ihrer halben Müdigkeit. Diese halbbewußten Bewegungen, die auf meine halbbewußte Wahrnehmung treffen, können über Jahre entscheiden. Die Physiognomie, und sei es die einer Diana, entscheidet nur über die ersten Momente, hat aber mit dem, was daraus folgt, wenig zu tun.

Auf dem Sockel der Diana stand Begas, 1887. Ihre Nachbarin war in Pläne versunken, das Gesicht auf eine Hand gestützt, die Haare zu einem Knoten gebunden, leichte Träger über den Schultern, Begas hatte ihr kräftige Beine geschlagen, nur fehlte ihr jetzt ein Fuß.

Ein paar Schritte weiter auf einem Platz, hoch oben auf einem Sockel, saß zu Pferd der heilige Georg, den Drachen tötend mit Spieß und Schwert. Klassizistisch, dachte ich, und ein Kind fragte seinen Vater, ist das wirklich so gewesen. Ich war nicht dabei, war die Antwort. Kein Wort über die Befreiung der Königstochter, über den Kampf gegen Dämonen und Georgs Märtyrertod, auch die Legenden schienen auszusterben.

Ich stand noch eine Weile vor der Bronze, dachte an den Drachen, den die Feuchtigkeit in die Wand über Ms Bett gefressen hat, und an Lenas Anekdote mit den Affen. Ich entschloß mich, sie kommen zu lassen. Wenn ich sie kommen ließ, dachte ich, würden sie auch irgendwann wieder gehen, und ging weiter über die Brücke zum Palast der Republik. Das Biermann-Lied fiel mir ein, Palazzo di Prozzo, sangen die Bauarbeiter und bauten weiter, und ein anderes vom Hugenottenfriedhof, der war nicht weit. Ich hätte in die Chausseestraße hinübergehen können, da war ich zuletzt vor zehn, zwölf Jahren gewesen mit Claudia, oder war es Susanne. An die riesengroßen Platanen erinnerte ich mich besser, die Birken, der Ahorn, das grüne Bild war geblieben und das Lied, dann freun wir uns und gehen weiter und denken noch beim Küssegeben, ich wollte nicht mehr denken, und eigentlich dachte ich auch nicht. Die Chaussee und ihren Friedhof ließ ich links liegen, ging den Weg am Palast weiter. Im spiegelnden Fensterglas war der Fernsehturm zu sehen, aber auch die Spitze eines Kirchturms, das wird die Genossen geärgert haben. Am Wegrand blühten Rosensträucher, mitten im Dezember, rote, auch gelbe, und ich weiß nicht, ob es vor den Linden war oder dahinter, mit einemmal hatte ich das Gefühl, ich muß mir eine andere Wohnung suchen, eine, die auch am Wochenende beheizt ist, ohne Druckerlärm, ohne Tresor, Briefe und Wanzen im Telefon. Ich versuchte den Gedanken zu Ende zu denken und war wohl schon hinter dem Hackeschen Markt, als ich wieder bei A landete. Zum erstenmal gestand ich mir ein, daß es mir bei Fillide besser gefiel, sie war mir näher, ein Gedanke, oder war es ein Gefühl, bei dem ich innehielt. Ich schlief auf Baumwollmatten unter Barbielaken und schlief gut mittlerweile, an ihrem Eichenholztisch im Kommuneausmaß aß ich Cornflakes und Nutella zum Frühstück, ich wusch mich mit pH-neutraler Seife aus ihrem Zehnerpack, meine Stimmung schwankte zwischen Amor und Goliath, ich las ihre Briefe, stritt und versöhnte mich mit Lena, trank irischen Cremelikör mit Clement, und die Fotos von M hatte ich in meiner Manteltasche. Es war ein anderes Leben als das mit A, meine Nähe zu ihr schien Illusion gewesen zu sein, meine Nähe zu Fillide erschien mir wirklich, weil ich mir näher war. Es war nicht Sehnsucht, die ich empfand, als ich am Silberstein vorbeikam, wo ich Lena das erste Mal getroffen hatte, nur lag in dem Gedanken, Fillide könnte zurückkehren, etwas wie Hoffnung, eine, die merkwürdig leer war, aber hell und geräumig wie die Etage.

Ich ging in das jüdische Restaurant neben der Synagoge, setzte mich unter eine der Phönixpalmen ans Fenster, sah den Straßenbahnen nach, las die Speisekarte. Muscheln gab es keine, aber Lauchtorte und am Nachbartisch eine Frau, die mir gefiel. Sie lächelte mich an, ich rückte zu ihr hinüber, was ihr anscheinend gefiel. Sie wirkte sicher wie eine, der du nahe, aber nicht näher kommen kannst. Rote Haare, grüne Augen, eine Kombination, die gerade bei mir in Mode kam, einige Wochen zuvor waren es noch blaue Augen und schwarze Haare gewesen. Unser Gespräch lief mühelos, ihren Dialekt, eine leichte Steigerung des Rhythmus, und die Neigung, aus einem e ein ä zu machen, konnte ich gleich lokalisieren. Heimat, die mir sonst gestohlen bleiben kann, scheint in solchen Momenten einen Sinn zu machen. Die Namen von Vororten werden zu Zauberworten, zu Formeln, mit denen sich das einander Fremdsein löst, gemeinsame Bilder entstehen, und seien es die, banaler Bahnhofsstationen. Ihren Namen wußte ich noch nicht, aber meine Torte hatte ich gegessen, als ihr

Mann hinter uns auftauchte. Eine bestimmte Art, auf die Wange zu küssen, kann deutlicher sein, als ein Ehering. Meine Stimmung blieb ungebrochen, ich befand mich mitten in einem dieser Tage, an denen du die Straße hinaufgehst, in dem sicheren Gefühl, dich ficht nichts an.

16

Leicht euphorisch, auch etwas müde, kam ich abends in der Goltz bei Lukas an. Müller stand auf dem Türschild, kein Vorname, Ina schien seinen Namen angenommen zu haben, bitte laut und deutlich klopfen, war daruntergeschrieben. Wie sollte ich ihn jetzt anreden, sein Nachname, der mir eigentlich vertrauter war, gehörte nicht mehr ganz zu ihm, und sein Vorname, bei dem ich ihn seit unserer Wiederbegegnung manchmal nannte, auch in Gedanken, gehörte noch nicht ganz zu ihm, für mich zumindest. Ich schwankte zwischen seinen Namen, als er schon vor mir stand, ungekämmt, Dreitagebart, helles Arbeitszeug und offene Arme, Mensch, Alter, sagte er, komm rein, als hätte er auf mich gewartet. Zum erstenmal sah ich ihn mit Brille, hinter den randlosen Gläsern wirkten seine Augen etwas kleiner. Ach, sagte er, die trage ich nur zur Gewöhnung. – Gewöhnung, an was? – An Prothesen, sagte er.

In der Diele, ein Schachbrettboden, an einem Kleiderständer zwanzig bis dreißig Damenhüte, Regale, gefüllt mit Büchern bis unter die Stuckdecke, sonst war die Wohnung eher spärlich möbliert. In seinem Zimmer, über einem Glasstehpult, hing ein Foto von Ina, wie ich sie noch nicht kannte, mit Zwanzigerjahrefrisur und dunkel geschminkten Lippen, keine farbverkleckste Regalleiter, keine Schreibtischtür auf Böcken, auch die türkisfarbenen Sessel irritierten mich etwas. Ina bezieht sie jedes Jahr in einer anderen Farbe, erklärte Lukas. Sie war Skat spielen gegangen, und eigentlich war ich froh, mit ihm allein zu sein.

In der Mitte der Küche stand ein Ikeatisch, Idioten kaufen einfach alles, hatte er früher behauptet, und Klappstühle mit Kissen in Türkis, keine Spur von seinem Neuköllner Orientlager, auch nicht von dem achtunddreißigblättrigen Großtantengummibaum. Was kann der Baum dafür, hatte er gesagt, daß ausgerechnet ich ihn geerbt habe. Ach der, sagte er jetzt, der war nicht so blöd wie er aussah, er muß gemerkt haben, daß meine Liebe nur geheuchelt ist. Von seiner Umgebung abgesehen, war Lukas wie immer, möchtest du Wein, welchen, weißen oder roten, willst du Oliven, schwarze oder grüne mit Paprika, oder lieber etwas Heißes. Den Kaffee hielt er in einer Thermoskanne warm, nicht mehr im Kachelofen. Diese Wohnung hatte eine Gasetagenheizung.

Lukas erzählte von seinem gestohlenen Geldbeutel, am ersten Tag, sagte er, war es fast eine Erleichterung, alles los zu sein, Paß, Kreditkarte, Führerschein, aber nur am ersten. Die vergangene Woche habe ich auf Ämtern zugebracht. – Er reichte mir die rot-grünen Oliven. Vom Markt, sagte er, deine Telefonnummer war in meinem Führerschein, ich wollte dich am letzten Wochenende anrufen, wie verabredet, über die Auskunft warst du nicht zu erreichen.

Im nächsten Jahr wieder, sagte ich, eigentlich hatte ich mich erst vor einigen Stunden entschlossen, in der Etage zu bleiben, zumindest für die nächste Zeit.

Ist Fillide wieder aufgetaucht? Seine direkte Art zu fragen, hatte er auch noch. Ich ging in die Diele, holte die Zigaretten aus meiner Manteltasche und nahm, etwas zögernd, auch die Fotos heraus. Wo sind eigentlich deine Gitarren, fragte ich, als ich in die Küche zurückkam. Wird sie polizeilich gesucht, war seine Antwort. Ich schwieg, er hatte es anders gemeint, das wußte ich, aber ich dachte an das Foto, auf dem sie abgeführt wird, an das abgehörte Telefon, den verschwundenen Aktenordner. Entschuldige, sagte Lukas, aber ich verstehe das nicht, was ist mit ihrer Mutter, ihrem Vater, ihren Freunden, gibt es keinen, der sich darum kümmert, wo sie geblieben ist?

Ich ging vom Fenster zur Tür und wieder zurück, ihre Mutter ist tot, sagte ich, ihr Vater ist Archäologe und gräbt seit über dreißig Jahren in Süditalien, und ihre Freunde scheinen zu respektieren, daß sie gegangen ist.

Gute Freunde sind das, sagte Lukas und schlug mit der Hand auf den Tisch. Entweder sie wissen etwas und sagen es dir nicht, aus welchem Grund auch immer, oder es sind großartige Idioten, oder Fillide hatte keine Freunde. Das immerhin wäre ein Grund, wortlos zu gehen.

Ich bot Lukas eine Zigarette an. Ihrem Vermieter, sagte ich, hat sie einen Brief hinterlassen, ihre Kündigung, und gehen wollte sie schon vor Jahren, das hat sie in einem Brief an Wörlitz geschrieben. Lukas hielt die Zigarette an die Kerzenflamme, klopfte auf den Filter und sah mich fragend an. Wörlitz ist Komponist, sagte ich, er hatte einen blauen Paß, als er Fillide kennenlernte. Nachdem sie gemeinsam die Etage gemietet hatten, wurde sein Visum nicht mehr verlängert, er mußte im Osten bleiben. Fillide hat jahrelang auf ihn gewartet.

Merkwürdig, sagte Lukas, kaum ist die Mauer weg, verschwindet sie, und mit ihrer besten Freundin, diesem Luder, von dem du geschwärmt hast, scheint auch etwas nicht zu stimmen, schließlich hat man nur wenige beste Freunde in seinem Leben. Wenn ich verreise, ein paar Wochen später zurückkomme, mein Freund ist auf und davon, ohne mir eine Nachricht zu hinterlassen, und in seiner Wohnung lebt eine Fremde, was tue ich dann? –

Bei dem Scherz, den ich über ihn und diese imaginäre Fremde machte, verzog Lukas keine Miene, er meinte es ernst. Fillide ist nicht spurlos verschwunden, sagte ich dann, immerhin hat sie ihre Wohnung ordnungsgemäß gekündigt, und wenn es in deinen Kopf nicht hinein will, ich kann verstehen, daß Lena ihr nicht die Polizei hinterherschicken will. Fillide sieht aus wie eine, die nachdenkt, bevor sie handelt. Wenn sie sich entschieden hat zu gehen, sehe ich keinen Grund, Angst um sie zu haben.

Wie lange sie schon weg sei? Kein halbes Jahr, sagte ich. Lukas schüttelte den Kopf, immer wieder. Ich verstehe das nicht, sagte er, ich verstehe das wirklich nicht, irgend etwas an dieser Geschichte ... Ich fiel ihm ins Wort. Was ist daran unverständlich, wenn jemand ein Kapitel in seinem Leben abschließt und ein anderes anfängt? Vor ein paar Minuten hast du mir erzählt, wie erleichtert du warst, deine Ausweise verloren zu haben. Ein Freund akzeptiert einen neuen Anfang, und Fillide scheint Freunde zu haben.

Wenn du Freunde hast, wirklich gute, sagte Lukas, fängst du nicht neu an.

Seine letzten Worte ließ ich eine Weile auf mich wirken. Den Streit von damals aufzuwärmen, danach war mir nicht. Eigentlich wußte ich nicht mehr genau, um was es gegangen war, und nach einem Jahrzehnt schien es nicht mehr der Rede wert. Unsere Freundschaft wollte ich nicht in Frage stellen, und doch fragte ich ihn, sind wir oder sind wir nicht. Lukas nickte, sind wir. Also, sagte ich, was redest du, damals waren wir es auch, trotz dieses Unfugs, und du hast neu angefangen, sieh dich um, nicht der kleinste Rest vierte Treppe links, selbst deine Bilder sind weg, kein rotes mehr, kein gelbes, nichts mehr. – Lukas schwieg.

Eigentlich wollte ich ihn nach den Bildern fragen, die er damals auf dem Kleiderschrank gestapelt hatte, wahrscheinlich hatte er sie verschenkt. Einige seiner Zeichnungen und zwei Ölgemälde hingen bei A an den Wänden, oder nicht mehr, ein Aquarell lag in einem meiner Aktenordner. – Ich blieb vor dem Küchenfenster stehen, sah in den Hinterhof, Plastiktonnen auf Rädern, gelbe, blaue, grüne, mehrere graue, die Zigarettenasche schnippte ich in meine Handfläche, Lukas reichte mir ein Glasschälchen, früher hatte er leere Erdnußbüchsen als Aschenbecher benutzt. Das mit dem neuen Anfang, sagte er, ist Illusion. Ich habe nie daran geglaubt, wirklich neu anfangen zu können. Die einzige Chance ist, du verlierst dein Gedächtnis. – Eine Weile sahen wir uns in die Augen. Bist du sicher, fragte er, daß mit Fillide alles in Ordnung ist?

Sicher war ich nicht mehr, aber ich nickte.

Lukas nahm die Weinflasche, komm setz dich wieder, sagte er, füllte die Gläser und zeigte auf die Fotos, ob er die ansehen dürfe. Ich schob sie zu ihm hinüber, Bilder eines Freundes von Fillide, sagte ich, hinter ihm ist tatsächlich die Polizei her, zumindest war sie es, wahrscheinlich wegen Sachbeschädigung. Lukas betrachtete die Fotos, eins nach dem anderen, er ließ sich Zeit, manchmal lächelte er, legte drei, vier Bilder nebeneinander, eines hielt er mir hin. Die braune Haut des Fotomodells schien nach Ms Übermalung eher die Folge einer Spießröstung, als die eines Sonnenbades zu sein. Wäre ich Werbechef, sagte er, würde ich ihn engagieren. – Ich bezweifelte, daß sich mit dieser Brathähnchenhaut Sonnencreme verkaufen ließe. Es gibt genügend Leute, sagte Lukas, die setzen alles daran, ihre Alpträume zu verwirklichen. Bei meinem letzten Strandurlaub hatte ich kurz vor der Siesta immer die Vision, der blaue Himmel öffnet sich, eine riesige Hand kommt herab und greift sich einen dieser Bratlinge. – Ich betrachtete ein Bild mit der Werbung «Genuß für Aktive». Der sportlich Rauchende war unter Ms Pinsel zu einem menschlichen Urschlot erstarrt. Sein elender

Ausdruck konnte sich mit dem meines Barometergoliaths durchaus messen.

Der zwingt auch zum Hinstarren, sagte ich, wie dein Merisi. – Das sei etwas anderes. Lukas packte die Fotos zusammen, nahm einen Schluck Wein und sah auf den knienden Hakenkreuzmann, der oben auf dem Stapel lag. Oder doch nicht, sagte er und betrachtete das Bild noch eine Weile, es ist die Gewalt dieser Wut, die dich zum Hinstarren zwingt, bei beiden. Die Wut des einen wurzelt in der Wut des anderen. Mit dem, was damals angefangen hat, sind wir heute am Ende, zumindest kurz davor. – Hatte er das nicht schon einmal gesagt, oder war es Lena gewesen. – Was hat damals angefangen? – Es war, als würde er meine Frage nicht hören. Er tauchte in eine Welt, die für ihn ein Zuhause in einer anderen Zeit zu sein schien. Mir war das Leben dieser Barockmenschen vollkommen fremd.

Er erzählte von Merisi, wie er mit zwanzig nach Rom gekommen war, 1591, hunderttausend Menschen lebten dort, doppelt so viele wie fünfzig Jahre zuvor. Die Stadt war im Aufbau, alte Gebäude wurden abgerissen, die Stadtmauer und antike Trümmer abgetragen, überall ein Dröhnen und Hämmern, Fluchen und Schreien. Er erzählte von den ersten Hungerjahren bei Monsignore Salat, wo Merisi sich als Hausknecht verdingte, Heiligenbilder kopierte, und sein Lohn war eben nichts als Salat, morgens, mittags, abends. Aber malen mußte er, sagte Lukas, daran hat sich auch später nichts geändert, als er ständig auf der Flucht war. Seiner Erregung und den Schlägereien konnte er nur auf der

Leinwand entgehen, und wenn er eine Weile gearbeitet hatte, zog es ihn wieder auf die Plätze hinaus oder in die Gassen zu Handwerkern, Fuhrleuten, in Wirtshäuser, da hat er auch seine Modelle gefunden, diese jungen Burschen, die herumlungerten und auf einen wie ihn warteten. Ab 95, 96 hat er mit seinen Gemälden gut verdient, und geizig war er nicht, die Scudis hat er sich aus dem Mund küssen lassen, trug feine Stoffe, Samt und Seide, nicht aus Eitelkeit, er behielt die Kleider an, bis sie zerfetzt an seinem Leib hingen. Mit Diener, Degen und einem großen, schwarzen Hund lief er hinein in den Abriß- und Aufbaulärm dieser Stadt, und seine Nerven lagen bloß. Er muß reizbar gewesen sein, fast cholerisch, kam einer ihm krumm, ein schräger Ton, ein spöttischer Blick, warf er um sich, mit dem was gerade greifbar war, Artischocken, Teller, Pflastersteine, Schlägereien gehörten zu seiner Tagesordnung, wenn er nicht malte. Den Degen oder sein Messer hatte er immer griffbereit, er drohte nicht nur. Manche Nacht verbrachte er in irgendeinem Kerker, wohl auch wegen dieser Knaben, runde Schultern, pralle Lippen, kräftige Schenkel, die Hitze solcher Körper war es ihm wert, ein paar Nächte auf dem nackten Steinboden eines Kellerlochs zu liegen, bis seine Gönner ihn auslösten. Diese geilen Spielchen konnten damals dein Leben kosten, auch Ehebruch und kleine Gaunereien, unter Sixtus floß das Blut wie Wein, und auf der Brücke Sant' Angelo soll es mehr abgeschlagene Köpfe gegeben haben als Melonen auf dem Markt.

Ich betrachtete die Bilder von M, derbe Figuren,

aufgelöste Formen, wildgemischte Farben, während Lukas noch von einigen Liebeshändeln, Raufereien und abenteuerlichen Fluchten erzählte, mit einer Begeisterung wie früher, wenn es um Arbeiterräte ging oder den tendenziellen Fall der Profitrate. Ob er gerade eine Biographie über Merisi gelesen habe? Lukas lehnte sich zurück, sah mich an, als würde er nicht verstehen, dann schüttelte er den Kopf. Ein paar Gerichtsprotokolle seien übersetzt worden.

Das Rebellentum scheint Merisis Ideal gewesen zu sein, sagte ich, auch wenn ich seit einer halben Stunde eher das Gefühl hatte, es sei Lukas, der das Rebellische idealisiere. Ideal, fragte er, seine Stimme ging in die Tiefe, Merisi hatte keine Ideale, sein einziges Ideal war, die alten Ideale zu zerstören. Er hat nur seinen Augen vertraut, seinen Sinnen, nicht dem, was die anderen sehen wollten, der Geschmack seiner Zeit, der Manierismus, war ihm keinen Pinselstrich wert. Die Natur hat er nüchtern gesehen wie ein Wissenschaftler, und dargestellt hat er, was er gesehen hat, ob es nun ein blödes Gesicht, schmutzige Füße oder die eigenen Zahnruinen waren. Kardinal del Monte gefiel das. Er gehörte zu den wenigen Männern des Klerus, die für Neues offen waren, besonders in der Malerei, der Musik und in den Wissenschaften. Er besaß ein chemisches Labor, las Paracelsus, ließ Merisi bei sich wohnen, finanzierte ihn, und Galilei hat er in Pisa einen Lehrstuhl besorgt. Du mußt bedenken, das war sechzehnhundert, da wurde Giordano Bruno in Rom auf dem Scheiterhaufen verbrannt.

Lukas Worte kamen wieder wie von weit her, er schenkte Wein nach. Bist du müde, fragte er, und ohne eine Antwort abzuwarten, fuhr er fort. Seit Leonardo die Perspektive in die Malerei gebracht hat, ging es mit der Entwicklung der Wissenschaften sehr schnell, seit der Eroberung der dritten Dimension auf dem Papier, war die technische Zeichnung möglich geworden, und dadurch ... Bevor Lukas wie im Berio in der vierten Dimension landen konnte, unterbrach ich ihn, was denn so neu gewesen sei an Merisis Gemälden. Lukas sah mich erstaunt an, hob sein Glas, stieß es gegen meines, damals gab es diesen Naturalismus noch nicht, sagte er, das war neu. Seine Gegner warfen ihm vor, er habe die Malerei ruiniert. Das einzige, was er ruiniert hat, waren die alten Vorstellungen. Er hat nichts verherrlicht und verklärt, außer Lena und Fillide vielleicht, das auch nicht in allen Bildern. Er hat klar gesehen, und das machte Angst, machte ihm alles eng, er fühlte, die alte Haltung der Verklärung, die alten Mythen waren kraftlos geworden, neue Bilder stauten sich in ihm, wollten herausbrechen aus dieser Enge, manchmal war er von einer panischen, wahnsinnigen Angst besessen, als würde die Kralle des Todes nach ihm greifen. Dem Tod hat er oft ins Gesicht gesehen, nicht nur auf der Sant'-Angelo-Brücke. Die Brücke in die Zeit der Wissenschaft führte über Angstorgien, Weltuntergangsphantasien und Massenpsychosen.

Ich wurde ungeduldig, fast etwas gereizt, was Lukas erzählte, war mir zu abstrakt, auch wenn es sich sehr modern anhörte. Wir sehen dem Tod jeden Tag bei der

Arbeit ins Gesicht, sagte ich, das ist kein Grund, wahnsinnig zu werden. Auf die Extraportion in Krimis verzichte ich seit der Pubertät.

Lukas atmete tief aus, stützte die Ellbogen auf den Tisch, seinen Kopf auf die Hände. Was Merisi erlebt hat, sagte er, war so eine Art Pubertät, lebenslänglich, die Pubertät der Wissenschaften. Was damals angefangen hat, damit sind wir heute am Ende, das ist alles, wieder Übergang, wieder Ängste, denk mal, wie das war, vor zehn Jahren, mit der Stationierung der Atomwaffen, die Panik, die Blockaden, das Endzeitgefühl. Es gab aber auch die sogenannte Endzeitheiterkeit, sagte ich, auf dem Kreuzberg mit Tango, Sekt und Kaviar, wie in den Dreißigern am Ku'damm, und den meisten Leuten ging das alles doch sonstwo vorbei. Seine Antwort auf meine Frage interessierte mich eigentlich nicht mehr. Was mich wirklich interessierte, fühlte ich erst einige Minuten später, als er mit diesem Schuhkarton in die Küche kam. Zuerst dachte ich, er wolle das Thema wechseln. Ich erzählte ihm von den Budapestern, die es nicht mehr gab, den Postpunks vor den Schaukästen, dem Laden am Adenauer.

Lukas schien das nicht zu interessieren, er zog einen Umschlag aus dem Karton, zwei M standen darauf und ein paar Zeilen, die ich nicht entziffern konnte. Michele Merisi, sagte er, und setzte sich neben mich, der Klappstuhl knarrte bedrohlich unter seinem Gewicht, Lukas öffnete den Umschlag und nahm einen Stapel Fotos heraus. Der Tod der Maria, sieh dir dieses Hell-Dunkel-Extrem an, sagte er, eigentlich ist es seine Licht-Schatten-Technik, durch die er berühmt geworden ist, Rembrandt hat sie später übernommen. Ich sah Maria, aufgebahrt auf einem notdürftigen Lager, über ihr ein blutroter Baldachin, auch ihr Kleid ist rot, ihr Bauch aufgedunsen, das Haar aufgelöst, die Füße nackt und schmutzig. Das hat Ärger gegeben, sagte Lukas, nicht nur wegen des armseligen Ambiente, hier liegt nicht die schlafende Königin, wie die Maler vor ihm sie darstellten. Merisi hat eine Wasserleiche als Modell genommen, wahrscheinlich war es Lena, die schwanger in den Tiber gegangen ist.

Ich betrachtete das Bild und dachte an den «Schlafenden Amor», von dem Lena erzählt hatte, ein Kind, eher ein Gnom, liegt mit schlaffen Gliedern, den Leib verrenkt auf Adlerflügeln, sein Bauch aufgedunsen, tiefe Schatten, ein fahles Licht von irgendwo, this is the end, my beautiful friend, hatte sie gesagt, und diesen Amor habe Merisi für sich gemalt, auf Malta, ohne Auftrag. Ob es an dem Wein lag, an der anderen Perspektive, ich weiß es nicht, vierhundert Jahre, die mir gerade noch unüberbrückbar erschienen waren, wurden plötzlich zum Katzensprung.

Ich sah noch einmal auf Maria, die erschlafften Glieder, den aufgetriebenen Leib, das Kleid über der Brust halb aufgeschnürt, das Licht auf ihrer schmalen, feingliedrigen Hand, die neben dem Lager herabhing. Die unsentimentale Art, in der er diese Hand gemalt hatte, berührte mich. Er muß es tief empfunden haben, dachte ich, daß sie wenige Monate später ein Kind gehalten hätte, der schlafende Amor wird sein Kind gewesen sein. Für Momente war mir, als hätte er ihn auch für mich gemalt.

Lukas erzählte von dem Schicksal des Bildes, von den Karmelitern, die Maria bei Merisi in Auftrag gegeben und dann abgelehnt hatten. Das Elend der Verehrten wollten sie nicht wahrhaben, sie weigerten sich, das Gemälde in ihrer Kirche aufzuhängen. Später, sagte Lukas, hat es ein Herzog aus Mantua gekauft, der junge Rubens, der für ihn eine Art Agent war, hielt es für ein Meisterwerk und hatte es ihm empfohlen, heute hängt es im Louvre. Und Lena, fragte ich, ist Lena wegen Merisi, Lukas unterbrach mich, vielleicht, sagte er, ist das mit der Leiche auch nur eine Legende. Das Bild hatte er gemalt, kurz bevor er Tommasoni erschlagen hat, bei irgendeinem Ballspiel, dann ist er aus Rom geflohen, nach Neapel, Sizilien, Malta.

Ich hielt ihm mein Glas hin, er goß es randvoll, und dann legte er ein anderes Foto über Maria. Das hier, sagte er, war sechs Jahre zuvor, sechzehnhundert, da war Fillide noch sein Modell.

Dieses Bild, Judith und Holofernes, hatte ich vor einigen Wochen von der Wäscheleine genommen, es war mir einfach zuviel gewesen, kaum zu ertragen, kurz nach dem Aufwachen, die steile Falte über ihrer Nasenwurzel, sein aufgerissener Mund. Ihre Hände, die zupacken, in der einen seinen Haarschopf, in der anderen den Degen, aus seiner Kehle bricht das Blut, die Spannung der Muskeln in seinen Schultern, den Armen, er bäumt sich auf, halb kopflos schon, verdreht die Augen, ein letzter Blick in ihr Gesicht oder unter den roten

Baldachin. Er liegt auf weißen Laken, wo er mit ihr gelegen hat, bevor er eingeschlafen war, er wird sie umarmt haben, mit der gleichen Kraft, mit der er sich jetzt aufbäumt, er stützt sich auf seine Hand, mit der er sie umworben hat, gelockt, bis sie sich hingab, löste, öffnete, für diesen Schrei aus irgendwelchen Tiefen. Sie wird gezittert haben vor seiner Kraft und auch vor dem, was folgen mußte. Sie packt seinen Haarschopf und fühlt seine Hände noch auf ihrem Hals, den nackten Armen und unter dem durchsichtigen Stoff, der sich über ihre Brüste spannt. Merisi sieht Fillide an, abschätzend, mit leicht zusammengekniffenen Augen, sieht ihr fuchsrotes Haar, den dunklen Blick, die steile Falte über ihrer Nasenwurzel, als läge darin die Konzentration, mit der er die Schnürung ihres gerafften Hemdes malt oder die Samtbändchen an ihrem Ohrring oder die Locke über ihrer Schläfe. Er sieht sie mit diesem Blick an, konzentriert, nicht gierig, ein Blick, der nichts verrät, er gibt nichts preis, er hält sich zurück, sie fühlt diese Spannung, sie möchte seine Haut fühlen, wenn er nach Farben riecht, den Schweiß seiner Stirn zwischen ihren Brüsten, sie hält den Holzgriff seines Degens in ihrer Hand.

Die Maler vor ihm, sagte Lukas, haben Judith mit dem abgeschlagenen Holoferneskopf gemalt, Botticelli, Cranach der Ältere, Merisi war der erste, der den Höhepunkt des Schreckens wählte, Kopf mit Körper und ihr Schwert mitten hindurch. Sieh dir seinen aufgerissenen Mund an, sagte er, die Zähne, die Zunge, das ist magisch, als könntest du ihn hören. Er schreit, und sie erlöst ihn. Auf der Leinwand war das leicht. Er hat sie besessen, wenn er sie malte, und eigentlich hat er die dunklen Kräfte in sich selbst enthauptet.

Ich stand auf, ging zum Fenster, öffnete es einen Spalt, sah hinaus in den Hof, wo es nichts zu sehen gab, außer den Tonnen. Das war also das letzte Bild, fragte ich, das er von Fillide gemalt hat, und dann? – Lukas steckte sich eine Zigarette an, blies den Rauch durch Mund und Nase, und dann, sagte er, hat sie ihn wahrscheinlich verlassen. Welche Frau soll das denn aushalten, wenn er sich ihr so hingibt, wie er sich seiner Arbeit hingegeben hat. Komm her, das mußt du dir ansehen.

Ich dachte, nicht richtig gehört zu haben, glaubst du wirklich, fragte ich, Frauen ziehen Fünf-Minuten-Erotik vor? – Das nicht, sagte Lukas, aber Merisis wahnsinniges Verlangen nach Erlösung konnte auch keine stillen. In seinem Begehren wird Fillide gefühlt haben, daß sie ihm nicht geben kann, was er braucht. Sie war zu klug, um trotzdem bei ihm zu bleiben. Und dann, sagte ich, hat sie wieder Kinder gehütet, sich an eine kühle Mauer in irgendeinem Hauseingang gelehnt und rauhe Hände an ihren Waden gefühlt, die ihr Kleid hochschieben, ein bißchen Adagio, ein bißchen Allegro.

Lukas sah mich an, wie ich darauf käme. Ich hob die Schultern, Rom, August 1596, zwei Seiten, die Fillide zurückgelassen hatte. Für Momente war mir, als sei sie mit ihrer römischen Geschichte und diesem M in eine andere Zeit abgetaucht, als könnte diese Zeit an einem anderen Ort noch existieren. Das leichte Zittern in meinen Knien schob ich auf den Wein, auch dieses

Rauschen in meinem Kopf, als sei ich unter Wasser. Ich setzte mich wieder zu Lukas an den Tisch, trank weiter, rauchte weiter, und er zeigte mir Madonnenbilder von Lena, die Merisi gemalt hatte. Wie Dominosteine reihte er sie aneinander, und dann nur noch Hände, Hände, die trösten, schützen, Hände zur Hilfe ausgestreckt, Hände, die schreien, die fassen, zufassen, gefaltete Hände, Hände, die ein Kreuz halten, ein Kind, eine Hand, die in einer Wunde bohrt, genagelte Hände, Hände, die eine nackte Brust halten, Trauben, Hände, die streicheln, Geld zählen, aus der Hand lesen, stehlen, die Hand eines Heiligen, die hört, die schreibt, was sie hört, sichtbare Hände und eine unsichtbare. Amors rechte Hand zur Faust geballt, in der Faust Pfeile, ein roter, ein schwarzer, Amors linke Hand hinter dem Rücken, die mir, vielleicht gerade weil sie nicht zu sehen ist, am vertrautesten war. Manchen Morgen beim Zähneputzen fielen mir Dinge ein, die er versteckt halten könnte. Lukas war sicher, Amor versteckt nichts. So wie der lacht, sagte er, wahrscheinlich schiebt er sich einfach einen Finger hinten rein, oder zwei.

Der Wein, der Rauch, das Rauschen, ich war nicht mehr sicher, ob das Schlagen der Kirchturmuhr nur in meinem Kopf stattfand, zehn, elf, vielleicht auch ein zwölfter Schlag. Lukas sah auf die Uhr. Der Gedanke, in wenigen Stunden arbeiten zu müssen, gab mir wieder etwas Boden unter den Füßen. In der Goltz, Richtung Nollendorf, warf ich dann doch noch einen Blick in die Billardbar, an der Theke hockten ein paar Primzahlen, zu ihren Füßen lag der große, schwarze Hund.

17

Am nächsten Sonntag, dem vierten Advent, es war gegen Mittag, stand Lena vor meiner Tür, die Haare zu einer wilden Frisur hochgesteckt, neben ihr, auf dem Boden, eine Keramikschale mit Früchten und Nüssen. Dein Weihnachtsengel, sagte sie und rauschte an mir vorbei. Als die Eisentür hinter uns ins Schloß fiel, lachte sie, ich sag's ja, hier zieht's, aber hol' die Schale lieber rein. – Sie hängte ihren Mantel an einen Haken neben der Tür, der mir bis dahin nicht aufgefallen war, ebensowenig wie der rötliche Schimmer in ihrem Haar, ihre Nackenlinie erschien mir wieder schön wie die von der Loreto. Bevor ich mich bedanken konnte, stieg sie in ihrem Seidengewand, mit Vögeln und exotischen Pflanzen bemalt, auf das Küchenpodest, drehte sich einmal im Kreis, das mußt du unbedingt sehen, sagte sie, ich war gestern abend in der Premiere, das ist Theater! Die Ankündigung ist nicht besonders originell, Weltuntergangsarie, ein Planet, der vom Aussterben bedroht ist, zwei amerikanische Wissenschaftler forschen dort nach den Ursachen. Zwei, drei Szenen, und das Problem ist klar: Auf dem Planeten leben fünf Geschlechter. Stell dir fünf Geschlechter vor, sagte sie, fünf Wesen, die sich einigen müssen, um ein neues zu zeugen.

Ich sah keinen Sinn in diesem Unsinn und holte die Schale von draußen herein. Lena nahm die Dose mit den Kaffeebohnen aus dem Regal, hockte sich auf die Theke, füllte die Mühle, klemmte sie zwischen ihre Schenkel, mahlte und ließ sich von diesem Theater nicht abbringen. Kinder, sagte sie, werden dort seit über zehn Jahren nicht mehr geboren. Homosexualität kommt nicht vor, Monogamie oder Bigamie ist selten, die Triogamen zeigen ähnliche Verhaltensweisen wie unsere Singles, ein bißchen narzißtisch, ein bißchen cool, und wenn die Gegenstücke weich sind oder hart oder was auch immer, auf jeden Fall passend, wird der Rückzug angetreten. Am häufigsten ist der Trend zur Quatrogamie, optimaler Spaß ohne Verhütungsprobleme, und dann die Geschichte mit dem fünften Geschlecht, aber was erzähle ich dir, geh da rein, als ich rauskam, hatte ich das Gefühl, unsere Zweierprobleme sind einfach nicht der Rede wert.

Davon, sagte ich, ist mein Freund Lukas schon lange überzeugt. Lena sprang von der Theke, dann sei er wohl einer der ersten Autogamen gewesen. – Ob das eine neue Sekte sei? – Mensch, denk doch mal nach, sagte sie, polygam, monogam, autonom. – Ich wusch Teelöffel ab, für meine Begriffe, sagte ich, ist er weder autogam noch autonom, er lebt mit einer Frau, die die Relativitätstheorie versteht, auf einem Schachbrettboden und hat das Malen aufgegeben.

Lena schob mich mit einem leichten Schwung aus der Hüfte zur Seite, hielt den Kessel unter das laufende Wasser, dann sei Lukas auch kein wirklicher Maler. –

Das behauptet er auch, sagte ich, wahrscheinlich würdet ihr euch gut verstehen. Im gleichen Moment zweifelte ich daran, auch Lena hatte Einwände.

Mann mit Frau kommt für mich nicht in Frage, sagte sie, vor zwei, drei Tagen hat mich ein Ex angerufen, er sehnt sich nach mir. Im Sommer hat er geheiratet. Ich war so blöd, ihn zu fragen, warum er das getan hat. Er meinte, alle Arten von Geschlechtsverkehr hätte er durch, nur den außerehelichen noch nicht. Dafür soll er sich eine andere suchen, hab' ich ihm gesagt. Lenas Stimme ging ungewöhnlich in die Höhe, was mich an der Wirkung des Theaterstücks zweifeln ließ.

Mein Angebot an sie, das Jahresabschlußfest bei Lukas, mit großem Buffet und brasilianischer Band, lehnte sie allerdings auch ab, ich käme zu spät. Sicher, ich vermißte den Ton des Bedauerns in ihren Worten, und doch überraschte mich der Druck im Magen, den ihre Absage bei mir auslöste. Ich kramte in meinen Aktenordnern nach Unterlagen, die ich am nächsten Tag brauchte, und versuchte an meine Rede zu denken, die ich noch zu schreiben hatte. Mit der Predigt vom letzten Weihnachtsfest, die mein Kollege aus Steglitz gehalten hatte, war für mein Gefühl wenig anzufangen, was ich anders machen wollte, wußte ich noch nicht.

Lena murmelte etwas von Sahne oder Milch, öffnete den Kühlschrank, nahm den Wecker heraus und stellte ihn ins Regal. Ob ich die Zeit einfrieren wolle. Ihr Eingriff in diese Ordnung ärgerte mich, wie mich in diesem Moment auch jeder andere Kleinkram hätte ärgern können. Das Ding stand bereits auf Eis, sagte ich, als ich hier eingezogen bin. Lena trat einen Schritt zurück und betrachtete den Wecker eine Weile wie ein Kunstwerk. Es ist das Ticken, sagte sie dann, vielleicht war Fillide ein bißchen nervös, bevor sie gegangen ist.

Gut, sagte ich, daß du dir darüber Gedanken machst. In Lenas Augen blitzte etwas wie Spott, ich glaube, es gibt Dinge, sagte sie, die kannst du dir nicht vorstellen. Ich schob die Papiere in eine Klarsichthülle und steckte sie in meine Tasche, die A immer Hebammenköfferchen genannt hatte. Wahrscheinlich hast du recht, sagte ich, zum Beispiel kann ich mir nicht vorstellen, warum du nichts unternimmst, um deine Freundin wiederzufinden.

Lena nahm die Sahne aus dem Kühlschrank, goß sie in ein Kännchen und sah mich an. Ob ich mir eine Frau vorstellen könne, die Fische mit den Zähnen fängt? Das Bild stellte sich wie auf Knopfdruck bei mir ein. Denkbar ist das, sagte ich, aber wohl kaum möglich. Es ist, sagte sie, Fillide fängt Fische mit den Zähnen, so eine Frau geht nicht unter. Zumindest, sagte ich und setzte mich an den Tisch, verhungert sie nicht. Lena neigte ihren Kopf etwas zur Seite, ob ich schlecht geschlafen hätte. Ab morgen mußt du zwölf Nächte auf deine Träume achten, sagte sie, dann beginnen die Rauhnächte, der Traum jeder Nacht wird dir erzählen, was dich in den nächsten zwölf Monaten erwartet. Es ist auch die Zeit der Toten und Geisterumzüge.

Ich betrachtete die Vögel auf ihrem Gewand. Ob sie im Ernst an solchen Humbug glaube? Lena nahm das Obst, die Sahne, setzte sich zu mir, schenkte Kaffee ein, warf Zuckerwürfel in ihre Tasse und rührte. Ihr Schweigen machte mich merkwürdig unruhig, vielleicht nur, weil es mir den schalen Geschmack von As Schweigen zurückbrachte, den ich schon vergessen hatte. Vor Jahren, in einer ähnlichen Situation, die ich nicht ernst nehmen wollte, hatte ich meine Hose geöffnet, um mein, wie ich damals glaubte, schönstes Argument ins Feld zu führen, was A empört zurückgewiesen hatte, das sei ja wohl die primitivste Art, das Thema zu wechseln. Immerhin hatte sie wieder mit mir gesprochen.

Ich stand auf, ging zum Regal, zog einige Schallplatten hervor, Morrison wollte ich nicht hören, Hindemith erschien mir unangemessen, Janáček, sagte Lena, hinten rechts. Ich nannte ihr Titel auf tschechisch und englisch, auch «Zápisník zmizelého, The Diary of One Who Disappeared», bloß kein Gesang, wehrte sie ab. Lena wollte die Klaviersonaten hören. Ich nahm die Platte aus der Hülle, hielt sie ins Licht, «Im Nebel» und «Eine Erinnerung» schienen oft gespielt worden zu sein. Die ersten Takte klangen dann erstaunlich tonal, was mich beruhigte. Auf Lena hingegen schien diese Musik eher eine aktivierende Wirkung zu haben, wie zum Aufbruch schlug sie auf den Tisch. Wahrscheinlich hast du recht, sagte sie, irgend etwas sollten wir tun. Ob ich Fillides Notizbücher gefunden hätte.

Ich ging mit ihr zum Tresor, sie öffnete das erste Schubfach mit den Dessous, dann das zweite, mit der flachen Hand strich sie über die in blaues Leinen gebundenen Bücher wie über die Schalen und Krüge in ihrer Werkstatt. Mir erschienen wieder die Bilder von meinem ersten Tag in der Etage, das Gefühl, mit dem ich diesen Raum betreten hatte, der alte Knochen, seine abweisenden Gesten, wie er der Goldschmiede nachtrauerte, mich aus den Augenwinkeln musterte, wie ich das Bild von Fillide entdeckte, und auch, wie ich es in der U-Bahn loswerden wollte.

Lena nahm ein Buch heraus, schlug die ersten Seiten auf, las, blätterte, schüttelte den Kopf, immer wieder. Nicht zu fassen, sagte sie dann, Fillide hat ihre letzten Notizen zurückgelassen, Sommer 90.

Wie am ersten Tag durchfuhr mich auch jetzt wieder etwas wie Strom. Jetzt reicht's, sagte ich, das macht kein Mensch, kein Mensch läßt so etwas zurück.

Ich ging zum Telefon, nahm den Hörer ab, Lena sprang hinter mir her, hielt ihre Hand über die Wählscheibe und sah mich an. Was hast du vor, fragte sie. Was ich schon vor Monaten hätte tun sollen, sagte ich und versuchte ihre Finger zu lösen, die sie in die Löcher der Wählscheibe krallte. Das tust du nicht, sagte sie. Ihre Stimme klang jetzt ruhig und fest. Vielleicht war es die dunkle Tonlage, es kann auch meine Abwehr gegen jede Art von Drama gewesen sein, die mich zurückhielt, die Einseinsnull zu wählen. Lena bedankte sich etwas kühl, als ich ihre Hand losließ und den Hörer auf die Gabel legte. Es gibt keinen Grund, dich zu bedanken, sagte ich, es kann weiß Gott was passiert sein.

Gott wird's wohl wissen, sagte Lena, ging zur Tür und nahm ihren Mantel. Gerade als ich ihr hinterherlaufen wollte, hängte sie ihn wieder an den Haken, zog ihre Zigaretten aus der Manteltasche, steckte eine an, blies den Rauch durch die Nase. Ich habe lange über alles nachgedacht, sagte sie dann, das kannst du mir glauben. Fillide ist nichts passiert, sie lebt, das fühle ich.

Und dieses Gefühl, fragte ich, reicht dir. Es muß reichen, sagte sie, sieh dich um, alles, was uns hier umgibt, ist für sie gestorben, ihr ganzes altes Leben, weiter nichts.

Lena drückte nach ein paar Zügen die Zigarette aus, ging zurück zum Tresor, nahm das Buch, setzte sich auf die Schaukel, mit dem Rücken gegen das Seil, die Füße auf dem Brett, wie sie vor Wochen schon einmal gesessen hatte, und las. Die Unruhe blieb, was sollte ich tun, das beste schien mir, was mir in solchen Situationen immer als das beste erschien, mich in die Musik zu versenken, zu verschwinden, als gingen mich diese Geschichten nichts an. Ich spielte auf dem Klavier die langsamen Takte der Sonate nach, was mir zuerst nur schlecht, im zweiten Satz schon besser gelang. Janáček eignete sich zum Abtauchen, zum Übertönen der eigenen Gefühle, bis ich Lenas Brust an meiner Schulter fühlte. Sie legte die aufgeschlagenen Notizen vor mich auf die Tasten. Lies das, sagte sie. Lena wich nicht von meiner Seite, ihr Körper vibrierte leicht. Was denn los sei, fragte ich, ob sie es mir nicht erzählen könne. Lena schwieg, ich legte meinen Arm um ihre Hüften, stand dann auf und setzte mich an den Tisch, an dem ich auch Fillides Brief an Wörlitz gelesen hatte, mit dem Rücken zum Fenster. Für einen Moment war mir, als müßte ich das Buch zuschlagen, und las dann doch.

Fillides Schrift wirkte hingeworfen, eilig, jetztjetztjetzt, hatte sie geschrieben, nichts als Jetzt. Kann es sein, wahr sein, es in jedem Moment zu spüren, jede Sekunde getrieben zu werden, angetrieben von etwas, das Rausch wird, wie Farben, Bilder, Licht. Der Tunnel, die Brücke, unter den Yorckbrücken durch in eine andere Zeit, erst vierhundert, jetzt sieben Jahre, damals brachte er die Straße in sein Atelier, dann sein Atelier in die Straßen, sein Atelier auf der Straße, sieben Jahre oder länger und immer nur jetzt. Jetzt? Nicht im Jetzt bin ich jetzt, kein vorwärts mehr, nur zurück, das Vorwärts vor Jahren war zu schnell, vorschnell und dann zurückschnellen, Pfeil mit Bogen, die zehnte Frage auf dem Fragebogen, hätten Sie lieber einer anderen Nation (Kultur) angehört und wenn ja, welcher? Indianer, sagte er. Keine Federn zum Fliegen, Adlerflügel, nur Bilder, flüchtige, fliehende Bilder, die von den Litfaßsäulen, den Plakatwänden gerissen werden, Bilder, die als Sachbeschädigung geahndet werden, Kunst in den Straßen ist kein Heiligtum, eilige Kunst, eintauchen in dieses Rot, das mich durchfließt, das erste Bild, das letzte Bild, der Geruch seiner Hände nach dem Muschelessen, und später im Bett, davor aber die Hauswand, der Eingang, die Pforte, die besprühte, von der er mich wegzog, trug, halbnackt, unten, der lange Rock, dunkel, fließend, er floß durch mich, Strom, kein Fluß, Strom, Zittern von Stößen. Schrei, schrie er, Ikara, schrei, Stille. Jetzt.

Die Stille jetzt, kein Bild, für Momente, jetzt alles stillstillstill. Warum kein Gelb, kein Gold, es strömt durch ihn, auf keine Mauer hier, keine Wand, Leinwand. Unter der Brücke durch in die Südostwelt, jeder Bezirk, Zirkel, abgezirkelt, anderes Licht, andere Gerüche, Farben, Nähen, Skizzen, Einschußlöcher in den Mauern.

Schnellschnellschnell sprinten, rennen, das Sprinten, Rennen in seinem Blitz, auch im Durchdringen keine Ruhe, erlöse mich, Ikara, nein, sage ich ruhig, nein, jetzt nicht, nicht jetzt. Jedes Mal war anders, eine andere Art von schnell, Zauber, mit Mantel und ohne, mit Stab, zaubern, fließe. Bilder fließen. Bilder-Fluß, eine Stadt, kein Standbild, kein Stadtbild, die Bilder zum Stehen bringen. Für einen Moment. Jetzt. Seine Stimme, gehetzt. Das Hetzen. Sei ruhig, pscht, pschscht, ruhig. Ganz ruhig, laß es fließen.

Es fließt. ES. Und du, ruhig. Für einen Moment hielt ich ihn ruhig. Liebmich, jajajaj, fühlmich, ichliebdichkühldich, jetzt, ruhig. RUHE, keine Stille, die Stadt fließt ringsum, mein Rock hoch, zusammengerafft, keine Mauer hinter mir, vorher zog er mich fort von diesem Eingang hinter der Pforte. Das Blech, die Mauern, nichts ist sicher, fest. Nichts ist fest, keine Mauer, Festung. Sicherung. Das Brennen. Ich brenne, fühl mich. Das Brennen, kein Feuer, nur Haut, feucht die Augen, Schweiß, Hände, Haut, Zungen, hör auf zu heulen, ich kann nicht, du kannst, pschschscht, ruhig jetzt. Keine Stille.

Ruhe, für einen Moment. Alles ist da, für einen Moment. Worte, Bilder, das Wort Bild. LEERE. Einmal nichts als Nichts. Meine Haut, bedeckt mit Bildern, Worten, Schweiß, das weiße Laken, komm, das sauen wir ein, nicht mehr dieses Rasen, der Schmerz, kein Atem. Los, los komm, weiter. Ich kann nicht. Du kannst, schrei, ich lieb es, wenn du schreist, du zitterst so schön, jakomm, schrei.

Nichts Fließendes, kein Strom, keine Stille, dieses Schreien. Das Brennen der Rücken, das Bergen. Ihn bergen. Du riechst nach Bambus, nach Bambussprossen, Muscheln und Bambus, du zitterst so schön – lebe bei vierzig Grad im Schatten in der Nähe eines heiligen Berges – stop.

Seit Monaten keine Post. Kein Anruf, kein Brief, keine Karte, nichts. Schade.

Wie sicher dieses kleine Wort am Ende wirkte und scharf wie ein Skalpell. Es gab nichts hinzuzufügen. Ich starrte auf die letzten Zeilen, und mich packte eine Wut, die stärker war, als jede andere, an die ich mich erinnern kann. Was es genau war, das sie auslöste, weiß ich nicht. Mir war nach Tischeumwerfen, Gegendiewandtreten, Fensterscheibeneinwerfen, nach allem, was ich immer lächerlich gefunden hatte, übertrieben, überzogen, überspannt. Dieser verdammte, verfluchte Idiot, dachte ich, und wahrscheinlich hätte ich es herausgeschrien, wie Fillide damals an der Grenze, wenn Lena nicht bei mir gewesen wäre. Sie saß wieder auf der Schaukel und wippte, wie Fillide es in ihrem Brief an Wörlitz beschrieben hatte, ihre zarte Silhouette, das Profil, die Beine, ihr Kleid, etwas hochgerutscht, flatterte wie ein Segel. Durchatmen Selov, sagte ich mir, tief durchatmen. Fillides Eifersucht kam mir in den Sinn, ihre Angst,

Wörlitz könnte sich in Lena verlieben. Das Warten auf ihn war lähmend gewesen, ihre Bindung an ein Wort, das sie nicht mehr mit ihm verband. M, dachte ich, muß Fillides Gegengift gewesen sein, er hat sie tollwütig gemacht, rasend. Ohne Ehrenwort. Es gibt Menschen, dachte ich, die wie Gift auf einen anderen wirken. Fillide brauchte eine Entgiftungskur, sie hat alles zurückgelassen, um sich zu entgiften. Mit solchen und ähnlichen Gedanken versuchte ich mir ihre Lage vor Augen zu führen, sie ein Stück von mir wegzurücken, vor allem die Angst um sie und mich zu sammeln. Noch einmal betrachtete ich ihre Schrift, die nicht deutlich war, aber kraftvoll. Vielleicht, sagte ich, hat Fillide diesen Wahnsinn mit M gebraucht, um wieder in ihr Gleichgewicht zu kommen.

Lena sah zu mir herüber, streckte ihre Beine aus, holte Schwung, M und Gleichgewicht, sagte sie, so ein Unsinn. Dann schwieg sie wieder. Ich schlug das Notizbuch zu, ging zu den Schallplatten, blieb bei Janáček, zog ein Streichquartett heraus, das erste, Kreutzer-Sonate. Nach einigen Takten hörte ich Lenas Stimme im Hintergrund, zu schwach, um sie zu verstehen. Statt die Musik leiser zu drehen, ging ich zu ihr hinüber und brachte die Schaukel an den Seilen zum Stillstand. Lena wiederholte ihre Frage eine Spur zu laut. Mir war nicht danach, mit ihr über Adaptionen von Beethoven-Sonaten zu sprechen, auch wenn die gereizte Tonlage dem beethovenschen Temperament entsprochen hätte.

Ich wollte wissen, wer dieser M eigentlich ist, wo er

steckt, ob sie ihn kennt. Klar kenne ich ihn, sagte Lena und begann wieder zu schaukeln. Vor zwei Wochen haben wir uns in Schöneberg getroffen, auf der Brücke im Park, er fuhr mit dem Fahrrad an mir vorbei, er fährt immer mit dem Rad, M im Auto, das ist undenkbar, selbst im Taxi. Einmal haben wir uns zusammen ein Taxi bestellt, Fillide, M und ich, M riß die Beifahrertür auf und fragte den Fahrer . . .

Ich hielt Lena an den Schultern fest, habt ihr auf der Brücke miteinander gesprochen oder nicht?

Immer mit der Ruhe, sagte sie, klar haben wir miteinander gesprochen. M drehte gleich um, als er mich erkannte, er hat was, irgendwie ist er magisch, obwohl er völlig harmlos aussieht. Auf den ersten Blick wirkt er wie eine Mischung aus Gigolo und Bauarbeiter, abgewetzte Leinenhosen, zerrissene Seidenhemden, mottenzerfressene Kaschmirpullover, nur die besten Stoffe, aber die trägt er, bis sie sich von selbst von ihm trennen. Und dann seine Hände, wie abgearbeitet die aussehen, mindestens zwanzig Jahre älter als er, aber er betet sie an, das hat er tatsächlich einmal gesagt, schau, diese Hände, ich bete sie an.

Und Fillide, fügte ich hinzu, hat ihn angebetet. Lena sah mich ungläubig an, Fillide und anbeten, sie ist auf ihn abgefahren, total, weiter nichts, nicht nur wegen seiner Bilder, aber deswegen auch.

Lenas Ton reizte mich, abgefahren, wenn es weiter nichts war, sagte ich, hat er dir erzählt, wann er sie das letzte Mal gesehen hat, er hätte dich doch gleich fragen müssen, ob du weißt, wo Fillide ist, was sie macht, warum sucht er sie nicht, oder glaubst du, er weiß, wo sie ist?

Lena schüttelte den Kopf, das weiß er nicht, er hat gesagt, er habe fast ein Jahr nichts von ihr gehört, und er habe auch nichts von sich hören lassen, wenn ich weg bin, bin ich weg, hat er gesagt, das hat er auch zu Fillide gesagt. Zuletzt war er in Brasilien, bei irgendeinem Indianerstamm, anscheinend hat er sich dort verliebt, er will zurück. Etwas Genaues wirst du nie von ihm erfahren, vielleicht hat er in Brasilien Ärger bekommen, wegen irgendwelcher Waffengeschäfte, aber frag mich nicht weiter. Er hatte eine neue Narbe im Gesicht, und seine Hände waren noch vernarbter. Als Fillide ihn damals gesucht hat, wegen seiner Bilder, glaubte sie wohl, er sei so eine Art Latin Lover, Typ Norditaliener, dunkel, geheimnisvoll, hochgewachsen, groß mußte er sein, wie sollte er sonst die drei Meter hohen Plakatwände bemalen können. Und dann kam er zu ihr, wegen des Interviews mit Clement.

M war kleiner als sie, eher hell als dunkel, getrieben, ziemlich nervös, als hätte er einen kleinen Schlag weg, rannte durch die Etage, inspizierte jede Ecke, jeden Winkel, eine Art Verfolgungswahn. Fillide erzählte, während des Interviews hätte er ausgesehen wie Tom Sawyer im Kreuzverhör mit Tante Polly. Als ich Lena fragte, was einen Mann wie M so anziehend macht, verzog sie die Mundwinkel, rollte mit ihren Augen, das weiß ich nicht, sagte sie, das wußte Fillide nicht, das weiß wohl keiner, das ist sein wohlgehütetes Geheimnis. Fillide wollte unbedingt nachts mit ihm auf Tour gehen, fotografieren, während er malt. Er wollte sie zuerst nicht mitnehmen, er glaubte, sie sei nicht schnell genug, wegen ihr wollte er nicht erwischt werden. Ein paar Wochen später hat M sie angerufen, und dann wäre er doch fast erwischt worden, aber nicht, weil Fillide nicht schnell genug war.

Mit Oberkörper und Beinen holte Lena Schwung, sauste mit der Schaukel durch die Luft, hoch und runter, unser Spaziergang am See, sagte sie, erinnerst du dich? Ich nickte, auch wenn ich die Zusammenhänge nicht mehr verstand. Lena sprang ab, setzte sich aufs Sofa, auf dem Weg zum Bootshaus, sagte sie, hast du mich nach Fillides Telefon gefragt, woher ich weiß, daß es abgehört wird, M rief sie also an und erzählte ihr, er sei bei einem Freund, in der Nähe eines Platzes mit interessanten Objekten, in einer Stunde wolle er loslegen, sie solle ihre Ausrüstung mitbringen, und dann nannte er ihr eine Adresse in Steglitz. Fillide hat sofort ihre Kamera eingepackt, ein Taxi bestellt und ist zu dem Treffpunkt gefahren. Die Eckermänner waren dann nicht untätig. Hinter Ms Informationen vermuteten sie irgendeinen Anschlag, an eine Malaktion haben sie wohl nicht gedacht. An der Ecke jedenfalls, an der Fillide aus dem Taxi stieg, wurde sie gleich von ein paar Uniformierten in Empfang genommen, die wollten ihre Papiere sehen und was sie in der Tasche hat, Routinekontrolle, sagten sie, oder so was, Fillide wollte sich erst mal nichts weiter dabei denken, suchte das Haus, klingelte, M öffnete, und sein erster Satz war, das wird heute nichts. Er war an derselben Ecke kontrolliert worden, ein paar Minuten vorher, keine halbe Stunde, nachdem er Fillide angerufen hatte. Das sei kein Zufall, meinte er, beschimpfte sich selbst als einen Idioten, der noch nie etwas von Wanzen gehört hat. Ich weiß, warum ich kein Telefon habe, hat er gesagt, und ausgerechnet mir muß das passieren. Das hätte er sich gleich denken können, wenn ein Name wie Wörlitz an ihrer Tür stehe, und bei der alternativen Tageszeitung, bei der sie arbeite, würden die Spitzel wahrscheinlich mehr verdienen als sie.

Fillide hat wohl eine Weile gebraucht, um ihn zu beschwichtigen. Nach einigen Gläsern Sekt, HKB nannte er das, Hungerküchenbasis, stieg er in die Malerkluft, einen farbverkleckstem Blaumann. Seine Beine haben ihr gefallen, die Beine eines Tänzers, später sind sie dann auch tanzen gegangen, bis morgens um sieben, irgendwo am Ku'damm, Fillide war lange nicht mehr in einer Diskothek gewesen, mit Wörlitz war das nicht möglich, und tanzen mit M, das muß für sie wie Tauchen gewesen sein. Lena atmete aus, als sei sie selbst soeben wieder aufgetaucht.

Mit zwei angewärmten Gläsern Cognac setzte ich mich zu ihr aufs Sofa. Wenn ich mich recht erinnere, sagte sie, habe ich den schon vor Monaten bestellt. Lena hielt ihre Nase über das Glas, hob die Brauen und sah mich an, wirklich gut, sagte sie, der mußte wohl noch ein bißchen lagern. Ihre Augen blitzten, aber mir war nicht danach, mit ihr zu streiten. Was meinst du mit später, fragte ich, später seien sie tanzen gewesen, und vorher? Lena nahm einen Schluck, also gut, sagte sie dann, du mußt dir M im Blaumann vorstellen, wahrscheinlich sah er eher aus wie ein Aktivist der BSR* als der RAF, und dann ging's los, mit einer Reisetasche voller Farbtuben und dem präparierten Besenstiel für die Pinsel, dem Geheimnis seiner Größe. Kaum standen sie auf dem Platz vor den Plakaten, quietschende Bremsen neben ihnen. Zwei Figuren sprangen bei laufendem Motor aus einem weißen Golf, packten Fillide am Arm und wollten sie ins Auto zerren. M rannte Gott sei Dank nicht weg, und Fillide blieb auch im Polizeigriff ruhig. Sie fragte die Männer nur nach ihrer Dienstnummer und bat einen von ihnen, in ihre Tasche zu greifen, da sei ihr Presseausweis. Erstaunlicherweise wirkte dieses Papier wie heißes Eisen, Fillide wurde losgelassen, und die paar Sekunden Ruhe nutzte sie, um die Herren über ihre Rechte aufzuklären. Ob es nicht mehr erlaubt sei, nachts spazierenzugehen. Die Zivis murmelten etwas, das mit viel gutem Willen als Entschuldigung aufgefaßt werden konnte, verdrückten sich in ihre Kisten, fuhren um die nächste Ecke und warteten. Gewartet haben sie alle, in ihren Autos am Rande des Platzes, drei Schreiber aus dem Lügenturm, Kripo, Streife, ich weiß nicht, was sie erwartet haben, das wußte wohl keiner so recht. M brachte sein Handwerkszeug zurück ins Haus, und dann flanierten sie Arm in Arm über den Platz, immer um die Wachenden herum, bis die ersten Markthändler ihre Stände aufbauten.

In den folgenden Wochen haben M und Fillide sich auf Telefonterrorismus spezialisiert, kleiner Anruf ge-

* Berliner Stadtreinigung

nügte, die Mannschaft eilte herbei und wachte, wo es den beiden gerade gefiel. Wirklich aufregend war das wohl nur die ersten Male, M suchte ein neues Wirkungsfeld, er wollte wieder malen, trampte nach Italien und schickte Fillide Ansichtskarten vom Papst, den er täglich neu frisierte und einkleidete. Am Ende des Sommers kam er mit zwei jungen Römern zurück, du siehst, ich war nicht ganz brav, war sein einziger Kommentar. Fillide wartete auf Wörlitz, und M wußte das. Er war meistens unterwegs in Italien, Frankreich, in der Türkei, einmal bekam sie eine Karte aus Moskau und hörte danach lange nichts von ihm. In dieser Zeit hat Fillide ihr Warten aufgegeben und M dann auch für eine Weile das Reisen, da kannten sie sich fast vier Jahre, so lange hat es gedauert, bis sie mit M ins Bett gegangen ist. Es hat ihr nur Spaß gemacht, wenn es ernst war, und dann hat sie diese Romanze zu ernst genommen, M hatte immer noch irgendwelche Jungs nebenher laufen.

Irgendwann hatten seine Gefühle für sie ihr natürliches Verfallsdatum überschritten, und für Fillide wurde es auch Zeit, sich von ihm zu lösen, nach fast vierhundert Jahren.

Lena löste ihr Haar, steckte es neu zusammen, und für Momente sah ich sie wieder wie durch das verstaubte Stallungsfenster ihrer Werkstatt, die schmale Gestalt, ihr schwebender Gang in dem irisierenden Blau eines knöchellangen Rockes, die nackten Schultern und die Leichtigkeit, mit der sie die Tonpacken hob, wie die Madonna von Loreto das fette Kind, auch das lag fast vierhundert Jahre zurück. Du meinst also, sagte ich und bemühte mich, einigermaßen ernst zu bleiben, M sei eine Art Wiedergeburt des Malers Merisi und Fillide die seines Modells?

Nenn es, wie du willst, sagte Lena, solange eine Spannung besteht zwischen zwei Wesen, oder sagen wir, geistigen Kräften, werden sie wiederkehren, immer wieder werden sie sich neu materialisieren, bis diese Spannung gelöst ist.

Ich weiß nicht warum, aber ihre Erklärung ermunterte mich, auf diese Geschichte einzusteigen, ob sie das Gefühl habe, auch eine Reinkarnation zu sein?

Lena schwenkte ihr Glas und sah mir in die Augen. Wahrscheinlich, sagte sie, findest du das lächerlich. – Eine Weile zögerte ich mit der Antwort, dann fiel mir ein Satz von Lukas ein, es sei ein verdammtes Menschenrecht, sich lächerlich zu machen.

Es ist auch ein verdammtes Recht, sagte sie, Angst davor zu haben, aber was soll's, mit sechzehn, siebzehn über diesen Bildbänden haben Fillide und ich uns ausgemalt, wie das damals gewesen ist, mit einem Mann wie Merisi, besonders die dunklen Flächen in seiner Biographie reizten uns, zum Beispiel weiß kein Mensch, was aus seiner Fillide geworden ist, nachdem sie auseinander sind. – Lena schwieg einen Moment, ihre Augen gingen blitzschnell hin und her wie die einer Träumenden, und dann sprach sie von Fillides Porträt, das in Berlin am Ende des Krieges verbrannt ist. Es hing auf der Museumsinsel.

Kurz nach meinem Einzug in die Etage, war ich zum erstenmal dorthin gegangen, nachdem ich fast zwanzig

Jahre in dieser Stadt gelebt hatte. Für einen Augenblick erschien mir das merkwürdig, dann ordnete ich es unter «Z» ein, Zufall. Lukas hatte mir eine Reproduktion dieses Porträts gezeigt. Besonders geglückt, sagte ich, war es Merisi wohl nicht.

Wahrscheinlich genauso gut wie seine Geschichte mit ihr, sagte Lena, aber es war das einzige Porträt, das er für sich gemalt hat, ohne Auftrag.

Du hast etwas über den «Schlafenden Amor» auf das Diktiergerät gesprochen, sagte ich, den hat Merisi doch auch aus eigenem Antrieb gemalt.

Aus eigenem Antrieb ist gut, sagte sie, der Auftraggeber war wohl sein Schuldgefühl, nachdem Lena schwanger in den Tiber gegangen war.

Du glaubst wirklich, fragte ich, es ist Merisis Schuld, er malt eine Heilige aus ihr, fällt vor ihr auf die Knie, nur um sie zu einem Lächeln zu bewegen, prügelt sich für sie, wenn jemand sie beleidigt, und treibt sie dann in den Fluß? Lena sah mich an, als sei ich ihr unheimlich. Lukas hat mir das erzählt, sagte ich, Merisis Geschichte mit der schönen Lena scheint ihn bewegt zu haben.

Vielleicht war ihr Kind nicht von Merisi, sagte sie, vielleicht war es von einem Mann, den er stärker begehrt hat als sie, nur hat er ihn nicht bekommen, und dieser Mann war der schwarze Pfeil, der sie getroffen hat.

Eigentlich ging mir die Sache jetzt zu weit. Diese Liebe, sagte ich, ist also erloschen, und Spannungen, die sich materialisieren könnten, gibt es nicht mehr.

Lena tippte mit ihrem Zeigefinger an die Stirn,

glaubst du im Ernst, ich gehe zweimal in den Fluß? Merisi war drei, vier Jahre später an einem Strand verreckt, nicht weit von Neapel, dort, wo Fillides Vater noch gräbt, ein Fieber hat ihn ausgebrannt, 1609, ein Grab gibt es nicht. 1945 ist das Porträt verbrannt, ein gutes Jahrzehnt später sind M und Fillide geboren, im selben Jahr, unter einem Feuerzeichen, sie mußten sich wohl noch einmal aneinander entzünden. Gleich nach ihrer ersten gemeinsamen Nacht auf dem Marktplatz hat Fillide Fieber bekommen, über vierzig Grad, fast eine Woche. Nach drei Tagen schlug sie mit dem Kopf gegen die Wand, immer wieder, wand sich wie in Fesseln, schrie, phantasierte, rief Namen, meist italienische, sprang plötzlich auf, tanzte wie wild oder schlug um sich, kämpfte, ich weiß nicht, mit wem, wir wickelten sie in nasse Laken, flößten ihr Wasser ein, M machte Salate, morgens, mittags, abends, fütterte sie damit, sie ließ es sich gefallen und war ruhig. Einmal, beim Zwiebelschneiden, ist ihm das Messer abgerutscht, der Schnitt ging ziemlich tief, das Blut floß, ich stand gleich neben ihm, und ohne nachzudenken, lutschte ich das Blut von seinem Finger.

Bevor ich auf die Idee kam, ihn abzubinden, stand Fillide vor uns, fahl, mit schwarzen Augenringen, in diesem weißen Laken, und schrie mich an, mach, daß du wegkommst, verschwinde, Hexe hat sie mich glaube ich auch genannt, sie war nicht mehr ganz bei Sinnen. Zwei Tage später rief sie mich an und entschuldigte sich, ihr Fieber war weg, M war bei ihr geblieben und begann chronisch zu werden.

Lena lehnte sich im Sofa zurück, trank Cognac und breitete die Bilder dieser Krankheit vor mir aus, wie Lukas die Fotos auf seinem Küchentisch. Wie gesagt, sagte sie, es hat Jahre gedauert, bis Fillide das Warten auf Wörlitz aufgegeben hat. M kam aus Moskau zurück, Fillide trug Mülltüten runter, sie hörte seine Schritte auf den Eisenstufen, sah ihn, ließ den Müll fallen, fiel ihm in die Arme, küßte ihn, und M, in aller Unschuld, sagte, komm, wir gehen in den Park, Park, fragte Fillide. Es war immer so, sie sind immer rausgegangen, gelaufen, M kannte das nicht anders, vielleicht hätte sie ihn nicht die Treppe hinaufgezogen, wenn er wirklich gewollt hätte, aber dann wollte er auch. Es muß der helle Wahn gewesen sein, nach all den Jahren, seine Hände, seine Worte, hundert Hände, hatte sie gesagt, wollte er haben, hundert Zungen für all den Unsinn, den Männer dann reden und, wenn sie gute Liebhaber sind, auch fühlen, hundert Jahre Wüste liegen hinter mir, oder, es ist, als seist du die Allererste, oder, darf ich wirklich, darf ich, eine Eroberung, ganz langsam, Zentimeter für Zentimeter, und vor allem immer wieder dieses Erlöse-mich, Fillide war noch nie so aufgelöst gewesen, tagelang Beben, Rausch, sie wollte da nicht mehr raus.

Lena erzählte vom Auf und Ab, von heftigen und weniger heftigen Krisen zwischen Fillide und M, bis ich sie unterbrach. Hattest du nicht vor zwei, drei Stunden behauptet, fragte ich, Zweierprobleme seien nicht der Rede wert? Lena schaute mich an, als hätte ich sie aus dem Schlaf gerissen, zwei, drei Stunden, fragte sie, schaute auf ihre Uhr, sagte etwas von einer anderen

Verabredung, sprang auf und schien so schnell verschwinden zu wollen, wie sie gekommen war. An der Tür hielt ich sie auf. Du schuldest mir noch etwas, sagte ich. – Wie meinst du das? – Du schuldest mir eine Antwort. – Auf was? – RGS, sagte ich, was bedeutet das? – Lena knöpfte ihren Mantel zu, willst du Columbo mit mir spielen? – Ich dachte an diesen leicht verschlampten Detektiv aus der Krimiserie. – Wenn du mitspielst, sagte ich, warum glaubst du, hat Fillide sich nicht von dir verabschiedet, zumindest von dir hätte sie doch Abschied nehmen müssen, oder? Ich versuchte, Lena in die Augen zu sehen, sie schaute auf ihren Mantel, nestelte an den Knöpfen, lehnte sich an die Tür und schien wie gelähmt. Irgendwann atmete sie tief aus, herzlichen Glückwunsch, sagte sie, Volltreffer, kannst du dir eigentlich vorstellen, wie das ist, wenn dein Freund ohne ein Wort geht, du weißt nicht wohin und mußt es akzeptieren? Ich dachte an Lukas, an das Gefühl, jahrelang nichts von ihm gehört zu haben. Immerhin, sagte ich, wissen wir, wo sie nicht ist, bei M zum Beispiel oder im Knast, hinter dem abgehörten Telefon hatte ich ehrlich gesagt anderes vermutet, als diese Zeitung und Wörlitz, und bei Wörlitz wird sie auch nicht sein, sie läßt nicht alles stehen und liegen und bleibt in der Stadt, also, was glaubst du, wo könnte sie sein?

Lenas Augen wirkten dunkler als sonst, ihr Gesicht war blaß, fast tat es mir leid, sie mit meinen Fragen festzunageln. Ich weiß es nicht, sagte sie, ich weiß es wirklich nicht. Sie drückte auf die Klinke, ich nahm ihre

Hand und zog sie an mich. Eine Weile standen wir so, ich fühlte, wie sie weinte, ganz leise. Wie lange wir uns gehalten haben, weiß ich nicht. Im Treppenhaus wollte ich ihr «Frohe Weihnachten» nachrufen, ließ es dann aber doch.

RiesenGeheimSache, hatte sie zum Abschied gesagt.

18

Hätte diese Rede mir am Herzen gelegen, wäre es leicht gewesen, sie zu schreiben. Lena war weg, und die Nacht der Nächte lag mir im Magen, die Tränen unter dem Weihnachtsbaum im Aufenthaltsraum der Station, die wieder fließen würden und am Abend darauf, Heiligabend, auch wieder flossen.

Für manche war es das letzte Fest, und was sollte ich dazu sagen. Die Hoffnung in der Seele zu beleben war die Aufgabe des Pfarrers, Sozialarbeiter brachten Geschenke, der Baum war geschmückt, der Boden spiegelblank, es roch nach Desinfektion, Putzmitteln, Plätzchen und Zimt.

Auch den dritten Entwurf meiner Rede hatte ich im Papierkorb abgelegt, dafür mußte jetzt Lena herhalten, als Madonna mit dem Kind. Ich hielt das Bild von Merisi hoch, ließ es unter den Patienten und Kollegen herumgehen, sprach über das Helle und Dunkle in seinen Gemälden, erzählte, wie es früher bei mir zu Hause war, mit den Geschwistern Hand in Hand im dunklen Flur zu stehen, zu warten bis die Glocke ertönte, die Tür aufging, erst nur einen Spalt, die Lichter zu sehen und aus dem Dunklen hinaus ins Helle zu gehen. Diese Empfindung war tief gewesen, zumindest tief genug, um sie immer noch zu fühlen. Um sie mit Geschenken zu verschütten, waren wir zu arm gewesen. Eigentlich hatte ich darüber nicht sprechen wollen und hielt mich gleich wieder an Merisi und seine Madonna. Dem Pfarrer schien das Bild zu gefallen, vor allem die ruhige Anmut der Mutter, vor der die Pilger auf die Knie fallen. Er sprach über die Botschaft dieser Ruhe, und zum erstenmal wurde mir klar, daß dieses Fest uns eigentlich an unseren geistigen Ursprung erinnern soll.

Die Tage bis zum Jahresende vergingen dann wie im Flug, Turbulenzen gab es nur manchmal beim Aufwachen, wenn ich an Lenas Rauhnächte dachte und versuchte, mich an meine Träume zu erinnern. Den ersten habe ich vergessen, im zweiten kämpfte ich gegen vereiterte Zahnwurzelkanäle, und es erschien mir wie ein Wunder, ohne Schmerzen aufzuwachen. Im dritten reinigte ich verstopfte Abflußrohre. Im vierten und fünften ging ich an einen Brunnen, um Wasser zu holen, pflückte Rosmarin, lief durch Marmorbogen Treppen hinab zum Hafen, der Wind rollte eine leere Plastikflasche vor mir her. Dann weiter zum Strand, im Sand lag ein vergrabener Hund, der Kopf war zu sehen, eigentlich nur das Gebiß, ein Bein, der Schwanz, der Kadaver hatte Tausende von Insekten angelockt. Unten am Meer sah ich eine Frau, ihre Bewegungen im Laufen waren schön, es war, als würde ich eins werden mit diesen Bewegungen. Sie lief zu einem Haus mit einer Veranda aus Holz, nah am Wald. Das Haus schien in Kanada zu stehen und hatte einen griechischen Namen, Oniro.

Oniro hieß auch eine Bar, in der ich früher oft mit A. gewesen war. Die Läuferin am Strand, da bin ich mir sicher, war nicht A.

Nach einer Woche Dienst verließ ich die Klinik, es war der letzte Tag des Jahres, und ich hätte auch Berlin am liebsten in der nächsten Viertelstunde verlassen, nur wußte ich nicht wohin. Am Abend ging ich dann doch in die Goltz, das Trommeln und Singen der Brasilianer hörte ich schon auf der Straße, die Haustür stand offen, auch die Wohnungstür, einen Schritt weiter erfaßte mich ein Wirbelsturm aus Farben, Tönen und Düften, in dem ich erst mal die Orientierung verlor. Menschen aller Kontinente vereinigt euch, schien das Motto dieses Festes zu sein, Südamerikaner, Asiaten, Europäer vor allem aus dem Süden, entspannte Gesichter und leuchtende Augen, die in ihrer Klarheit fast magisch wirkten. Ich ließ mich treiben in diesem Fluß aus Händen, Schultern, Hüften, in der Küche zischte die Espressomaschine, auf dem Ofen dampften Töpfe mit brodelnden Suppen, Korken flogen in die Luft, und irgendwann stand Lukas vor mir, gekleidet wie ein Kellner, ein weißes Tuch über dem Arm, auf einem Tablett reichte er mir ein Glas Champagner. Er sagte etwas, das in einem Trommelwirbel unterging, und dann wurde er auch schon wieder fortgezogen.

Mir war, als würde ich mich selbst sehen, in dieser Traube aus Menschen, mit einem Glas in der Hand, einer Zigarette und diesem Lächeln, das ich mir auf meiner Barmeile abgewöhnt hatte. Hier schien keiner von diesem Virus befallen zu sein, der cool genannt wird. Auch wenn sich mein Temperamentbarometer nicht in den heißeren Breitengraden bewegte und mein Körper nicht im Sambarhythmus wie die meisten hier, es wäre leicht gewesen, jemanden anzusprechen, vor allem ohne die Angst, mit Problemen beladen zu werden.

Kurzum, ich fühlte mich wohl und doch, oder vielleicht auch weil ich mich wohl fühlte, breitete sich die Müdigkeit der letzten Woche Zentimeter für Zentimeter in mir aus. Eine Weile versuchte ich dagegen anzugehen, trank einen Espresso und noch einen, wechselte hier ein paar Worte und dort, vor allem Blicke, es half nichts, meine Knochen wurden schwerer.

Ich suchte mir einen etwas ruhigeren Platz und landete bald im Badezimmer. Die Tür hatte keinen Schlüssel, die Toilette war separat. Den Gedanken, ein Bad zu nehmen, verwarf ich gleich wieder, zog nur die Schuhe aus, legte mich in die leere Wanne, rauchte, betrachtete die gerahmten Bilder an den Wänden, kein Merisi, starrte in die Palmwedel über mir, hörte die Stimmen, das Trommeln und drückte die Zigarette in der gläsernen Seifenschale aus.

Wie lange ich geschlafen habe, weiß ich nicht, irgendwann, es war noch vor Mitternacht, stand Ina neben mir. Im ersten Augenblick war es mir unangenehm, hatte ich mit offenem Mund geschlafen oder geschnarcht, dann fiel mein Blick auf die Seifenschale. Ich nahm sie, wollte aufspringen, und Ina machte diese Bewegung mit der Hand, bleib liegen. Das erinnerte mich an A, aber Ina hatte etwas, das wirklich nur sie hatte, was es war, war mir auch nach all den Jahren noch nicht klar. Dienst gehabt, fragte sie, als hätten wir uns gestern das letzte Mal gesehen. Sie ging raus und kam mit zwei Cocktails zurück, trink das, sagte sie, das bringt dich wieder auf die Beine. Liegend ins neue Jahr zu gehen, schien mir keine gute Perspektive zu sein. Ina hockte sich auf den Wannenrand, stieß mit mir an, sprach von den brasilianischen Freunden und ihren Kochkünsten, der Maiscremesuppe, Sopa de Milho, der schwarzen Bohnensuppe mit Fleisch, Sopa de Feijão. Ihr Portugiesisch, was sie erzählte und wie sie erzählte, war einfach schön. Ich war zufrieden, sie war nicht, wie ich nach meinem ersten Besuch in dieser Wohnung befürchtet hatte, zu einer Art Wilmersdorfer Bürgerziege geworden, die es nach Schöneberg verschlagen hat. Bergziege oder Dorfziege machte in diesem Fall keinen Unterschied.

Die Ziege fiel mir eigentlich erst ein, als Ina mich fragte, ob ich verheiratet sei. Sie drang immer noch schnell in die Mitte der Dinge vor, wo ich dann auch blieb. Als ich ihr zu der Heirat mit Lukas gratulierte, lachte sie, das sei ja wohl schon eine Weile her. Auch wie sie lachte, gefiel mir, da war nichts zu hören von diesem leicht düsteren Unterton, den ich bei Lukas bemerkt hatte. Inas klares, früher fast strenges Gesicht wirkte weicher, überhaupt schien sie offener geworden zu sein.

Meistens ist es doch so, sagte sie, nach zehn, zwölf Jahren kann man sich eigentlich nicht mehr ertragen, aber einen anderen Menschen erträgt man noch weniger, und am wenigsten erträgt man es, wenn der andere einen anderen hat, so bleibt man zusammen, und zeitweise geht es auch gut. – Ob sie von sich und Lukas spreche, fragte ich. Ina legte ihren Kopf zur Seite und sah mich an, wir haben eine Sehnsucht gemeinsam, sagte sie, wir suchen das gleiche.

Ihr Lächeln war mir noch vertraut, weiter nachzufragen, wäre mir taktlos erschienen, und sie sagte auch nichts mehr dazu. Lukas hatte immer behauptet, Ina hätte ein Mülleimergesicht. Was sich im ersten Moment wenig charmant anhörte, meinte er nicht so. Was er meinte, war, ihre Begabung zuhören zu können, sie war ihr offensichtlich anzusehen. Ihr wurde erzählt, was kein anderer zu hören bekam. Sie nagen ihr wieder die Ohren ab, hatte Lukas das genannt.

Tatsächlich war etwas an Ina, vielleicht in ihren Augen, in ihrer Art, dich anzusehen, das auch mich verführte zu erzählen, worüber ich bis dahin nicht gesprochen hatte, meine letzten Wochen mit A.

Wir haben wohl nicht das gleiche gesucht, sagte ich, das Ende fing nach ungefähr fünf Jahren an, sie wollte etwas, das sie Zukunft nannte. Ich glaube, wer beginnt, sich seine Zukunft vorzustellen, verstellt sie sich. A sah das anders, sie wollte heiraten, und mir gefiel es, wie es war. Ich habe nie daran gedacht, sie zu verlassen, das mit der Heirat erschien mir wie eine Unterstellung, wie ein Mißtrauensantrag, der mich damals verletzte. Heute weiß ich, sie hatte recht, es war richtig, mir zu mißtrauen, aber zu heiraten wäre keine Lösung gewesen. Solange wir zusammen waren, habe ich keine andere Frau geliebt, nur war da manchmal das Gefühl, es könnte eine geben, die ich anders lieben würde, tiefer.

Inas Blick war forschend, und was ist jetzt, fragte sie, gibt es eine andere? Bevor ich antworten konnte, kamen zwei Frauen ins Badezimmer, Ina machte uns miteinander bekannt, eine Dänin, eine Perserin, ihre Namen waren mir gleich wieder entfallen. Sie stellten sich vor den Spiegel, als sei ich nicht anwesend, steckten, während sie mit Ina plauderten, ihre Haare neu zusammen, puderten ihre Gesichter, zogen die Lippen nach. Eigentlich vermied ich es, Frauen beim Schminken zuzusehen, es machte sie so geheimnislos wie die transparenten Kleider und Blusen, die gerade in Mode waren, auch die Stretchröcke. A hatte das anders gesehen, sie hatte weitgeschnittene Hosen bei Männern, zumindest bei Männern, die sie interessierten, gehaßt. Ganz zu Anfang, ich war mit so einer Hose zu ihr gekommen, hatte sie mich mit dieser Anekdote begrüßt. Eine achtzigjährige Dame wird gefragt, was sie von der neuen Männermode hält. Nichts, sagt sie ganz entschieden, bei diesen weiten Hosen kann ich doch nicht sehen, was die Männer von mir halten. – Daraufhin hatte ich mich jahrelang für A in knallenge Jeans gezwängt.

Mein Glas war fast leer, als Ina und ich wieder alleine waren. Ihre Frage nach der anderen schien sie vergessen zu haben. Ich hätte gerne mit ihr über Fillide gesprochen, aber sie fragte nach A, wie es weitergegangen sei.

Etwas mühsam, sagte ich, wie es eben so geht, warf ich mich auf die Arbeit, machte jeden Dienst, der mir angeboten wurde, das wichtigste war, hundemüde zu sein, wenn ich nach Hause kam. Ich hatte A um einige Wochen Bedenkzeit gebeten, und eigentlich gab es nichts zu bedenken.

Für einen Moment glaubte ich, Ina würde die kalte Dusche aufdrehen, aber sie griff nur nach ihrem Glas. Es tut mir leid, sagte ich, es ist wirklich nicht spannend, A langweilte sich auch. In unserer letzten Woche hatte sie fast jeden Tag gekocht, mir war das nicht weiter aufgefallen, für mein Empfinden hatte es genügend Monate gegeben, in denen ich der Koch war, aber gut, es war ihr zuviel geworden, darüber hätten wir reden können, das wollte sie offensichtlich nicht mehr. Es ist eine Gewohnheit von mir, wenn ich nach Hause komme, egal wann, in den Briefkasten zu sehen, das wußte A, und ich tat es auch an diesem Mittag. Ich schloß ihn auf, und was glaubst du, fiel mir entgegen? – Ina nickte, wahrscheinlich ein Abschiedsbrief. – Ein blutiges Rindersteak, sagte ich, in der Wohnung lag ein Zettel, viel Spaß beim Kochen, in drei Wochen komme ich zurück, dich möchte ich dann nicht mehr sehen. Ich las diesen Zettel immer wieder, als müßte er sich irgendwann auflösen. Natürlich geschah nichts dergleichen, ich lief durch die Zimmer, ihre Geige hatte sie mitgenommen und die Schuhe, die ich ihr auf unserer letzten Reise gekauft hatte, in Mailand. Mir fiel nichts Besseres ein, als das Steak in den Müll zu werfen und loszugehen. Ich besorgte mir alle möglichen Zeitungen mit Wohnungsannoncen.

Ina stand auf, sah in den Spiegel, strich über ihr Haar und schwieg. Nach einer Weile fragte sie, weißt du, was das wichtigste an einer Ehe ist? Eine Antwort wußte ich nicht, und wahrscheinlich erwartete sie auch keine. Im Spiegel konnte ich sehen, wie sie mich ansah, und ich hob die Schultern. Das wichtigste ist, sagte sie, daß beide sie wirklich wollen.

Das erschien mir logisch, wie mir fast alles logisch erschien, was Ina sagte. Ich dachte an die Szene auf der italienischen Autobahnraststätte, wie Lukas vor ihr kniete, wie sie ihre Hände aneinanderlegten, und wie merkwürdig mich das berührt hatte. Ina setzte sich wieder zu mir, ihre rechte Hand lag neben mir auf dem Wannenrand. Sie war nicht ganz so feingliedrig, und doch hatte sie etwas von der Hand Marias auf Merisis Gemälde, nicht das Zarte, Hilflose, aber diesen schmucklosen Glanz hatte sie auch.

Ist was, fragte Ina, nein, nichts, sagte ich, warum tragt ihr eigentlich keine Ringe? Ina machte eine abwehrende Geste, da waren Lukas und ich uns einig, das wollten wir beide nicht. Sie betrachtete meine Hand. Ihr habt ähnliche Hände, sagte sie, wie Brüder, das ist mir damals schon aufgefallen, wirklich schöne Männerhände, aus denen Ruhe strömt, aber auch Kraft. Mit neunzehn, zwanzig dachte ich mir, wenn man heiraten will, müßte man bereit sein, den kleinen Finger für diese Ehe zu opfern, zumindest das erste Glied. Statt Ringe auszutauschen, trennt man sich am Altar von seinem Finger. Dann kam Lukas, und mir erschien diese Idee vollkommen absurd.

Ina hielt noch meine Hand und zog mich hoch, komm, sagte sie, laß uns tanzen. Schon nach den ersten

Schritten auf dem Schachbrettboden der Diele verlor ich sie. Das alte Jahr dauerte noch eine gute halbe Stunde, ich tanzte Samba mit der Perserin, gleich neben uns bewegte sich die Dänin merkwürdig kantig, immer gegen den Rhythmus der Musik, was ihr dann doch so etwas wie ein Geheimnis gab.

Wie es kam, weiß ich nicht, plötzlich hielt ich sie im Arm, ihre hellen, grünen Augen waren nah und ganz offen. Sie erzählte etwas von einem Techno-Schuppen, ob ich mit ihr dorthin gehen wolle. Ich verstand nicht, von was sie sprach, hielt es für eine Art Autowerkstatt und wußte nicht, was sie dort wollte, ausgerechnet jetzt und ausgerechnet mit mir. Sie sah mich an, als sei ich eines dieser fünf Geschlechter, ob ich noch nie etwas von Techno und Ecstasy gehört hätte. Für mich klang das wie Technik und Ekstase, was mir unvereinbar schien. Über das Wort unvereinbar lachte sie, Techno sei Musik und Ecstasy eine neue Droge, ein Trip ins dreißigste oder vierzigste Jahrhundert, den ich unbedingt erleben müsse. Mehr verriet sie nicht, nannte mir eine Adresse, die auf dem Weg zu meiner Barmeile lag, und verschwand, wie auch Ina und die Perserin verschwunden waren.

Ich überließ mich der Musik, den Bewegungen um mich herum, tanzte, ließ mich treiben und landete kurz vor Mitternacht auf dem Balkon. Lukas war gerade dabei, seine Pistole mit Platzpatronen zu laden, und schoß einige in die Luft. Macht Spaß, sagte er, willst du auch mal. Die Pistole kannte ich, sie war ein Erbstück, das er vor fünfzehn, sechzehn Jahren in einem ausgehöhlten Chemiebuch nach Berlin geschmuggelt hatte. Die Lust am Schießen hatte er eine Erbkrankheit genannt, von der seine Familie seit Generationen befallen sei. In den Krieg war keiner von ihnen gezogen, seit zwei Jahrhunderten nicht, irgendein Fluchtweg hatte sich immer gefunden.

Das war wohl auch eine Erbkrankheit, Lukas und ich waren damals nach Berlin gegangen, um dem Kriegsdienst zu entkommen, was ihn nicht daran gehindert hatte, sich auf das Fensterbrett seines Neuköllner Hinterhauszimmers zu lehnen und auf Tauben anzulegen. Abgedrückt hatte er, glaube ich, nie, zumindest nicht mehr, nachdem er seinen ersten Freund verloren hatte. Mit einer Schrotflinte hatten sie einige Ratten erschossen und die toten Tiere in Reih und Glied an den Schwänzen an einer Wäscheleine aufgehängt. Die Wäscheleine hatte im Garten des Pfarrers gehangen, und der Garten war gleich an der Dorfstraße. Bis zu dieser gemeinsamen Tat, sie müssen dreizehn oder vierzehn gewesen sein, war der Sohn des Pfarrers sein Freund gewesen, danach hatte Lukas dort Hausverbot bekommen. Sie durften sich nicht mehr sehen, bei Androhung von ich weiß nicht was.

Lukas drückte mir die Pistole in die Hand, was ist mit dir, fragte er, an was denkst du? Es schien mir nicht der richtige Augenblick zu sein, Lukas an diese Geschichte zu erinnern, und dann stand Ina zwischen uns, mit drei Wunderkerzen und einer Flasche Sekt. Noch dreißig Sekunden, sagte sie.

Nicht mein erster, doch vielleicht mein zweiter oder

dritter Gedanke in diesem frisch angebrochenen Jahr ging zu Fillide.

Später beim Bleigießen goß ich ein Tier, das nicht genau zu erkennen war. Ina meinte, für die Chinesen sei es das Jahr der Ziege, aber eine Ziege war es nicht.

19

Gleich nach Neujahr bekam ich eine Karte von A, sie wolle ihre Wohnung entselovizieren, schrieb sie, und stellte mir ein Ultimatum. Wenn ich bis zum fünfzehnten des Monats meine Sachen nicht bei ihr abgeholt hätte, würde sie den Sperrmüll kommen lassen, die Rechnung hätte ich dann zu begleichen.

Genau an diesem Tag lief auch das Ultimatum für den irakischen Diktator Saddam Hussein ab. Was er tun würde, wußte ich nicht, ich war jedenfalls entschlossen, meine Frist verstreichen zu lassen. Für den Abend verabredete ich mich mit Clement im Osten, in einem brasilianischen Restaurant, das er ausgewählt hatte. Es lag in einer Seitenstraße, fünf Minuten zu Fuß vom Hackeschen Markt, wo ich mich fast heimisch fühlte, zwischen Straßenbahnlinien, ausgebombten Häuserblöcken und Imbißbuden vor Brandmauern. Clement wollte ich nicht nur wegen der Konzertkarten treffen, seit Wochen gingen mir einige Fragen um, von denen ich glaubte, er könne sie beantworten. Womit ich nicht gerechnet hatte, er war nicht allein. Schon durch das Fenster sah ich ihn, sein großzügiges Lächeln, und dann stellte er mir Carlos vor, einen Journalisten aus Sao Paulo, der seit neun Jahren in Berlin lebte.

Nach wenigen Sätzen wurde mir klar, er war der Carlos, von dem Fillide in ihrem Brief an Wörlitz geschrieben hatte, der Carlos also, der ihr die Zigaretten ansteckte, ihr Käsebrote mit Pfeffer machte, sie einlud zu einer Reise nach Rio oder wer weiß wohin, und der Carlos, dem sie das Schleifefahren erklärt hatte. Damit ist es ja jetzt wohl vorbei, sagte ich mehr zu mir selbst, aber Carlos fragte, was vorbei sei. Erst dann fiel mir ein, daß ich von dieser Geschichte eigentlich nichts wissen konnte. Vieles, sagte ich, und Carlos lachte. Anscheinend wußte er schon durch Clement von mir, fragte nach der Fabrik und einigen Schallplatten, die er Fillide geliehen hatte, ob er vorbeikommen dürfe, um sie abzuholen.

Ich wunderte mich, auch Carlos, den Fillide mit aller Wärme beschrieben hatte, schien ihr Verschwinden, wenn auch nicht gleichgültig, so doch immerhin mit Gleichmut hinzunehmen. Clement brachte Saddam ins Gespräch, und ich war ihm fast dankbar dafür.

Ich bin sicher, sagte er, die Amerikaner werden Bagdad bombardieren, bis er sich aus Kuwait zurückgezogen hat. Carlos schüttelte den Kopf, das glaube ich nicht, sagte er, sieh dir die jüngere Geschichte an, es wäre nicht das erste Mal, daß ein Überfall auf ein kleines, wehrloses Land hingenommen wird. Clement beugte sich über den Tisch, wahrscheinlich hättest du recht, sagte er, wenn es in Kuwait nichts außer Datteln und Perlen gäbe, aber mit der Besetzung dieses Landes hat er neunzehn Prozent des Erdöls der Welt unter seine Kontrolle gebracht. Wenn jetzt nicht eingegriffen wird, besetzt Saddam in einigen Jahren Saudi-Arabien, dann hat er vierundvierzig Prozent. Carlos winkte ab, so einfach ist das nicht, sagte er, Saddam mag megaloman sein, aber das wird er nicht wagen.

Diese Art von Optimismus konnte Clement nicht überzeugen, die Verhaltensweisen im Nahen Osten seien relativ konstant, schon Belsazar hätte vor zweieinhalbtausend Jahren die Schrift an der Wand nicht sehen wollen, die den Untergang des babylonischen Reiches verkündet hatte, und auch Saddam, sagte er, wiegt sich in Sicherheit, solange niemand einschreitet, wird er weitermachen.

Die alten Maßstäbe waren mir seit dem Fall der Mauer abhanden gekommen, was ich glauben sollte, wußte ich nicht. Eine amerikanische Intervention für möglich zu halten bedeutete, einem Krieg entgegenzusehen, der leicht zu einem neuen Weltkrieg werden konnte, aber das sprach ich nicht aus. Carlos mußte gehen, er hatte noch einen Termin und versprach, mich in den nächsten Tagen anzurufen. Verderbt euch den Abend nicht mit Saddam, sagte er zum Abschied, was wir glauben, interessiert ihn sowieso nicht.

Clement bestellte zwei Biere für uns und empfahl mir eine Polenta, die hier besonders gut wäre. Zum erstenmal nach einem halben Jahr hatte ich wieder Lust auf ein Rindersteak und gab dieser Lust auch nach. Ob er Carlos schon lange kenne, fragte ich. Er war oft bei Fillide, sagte Clement. Und, fragte ich, weiß er was? Ich habe das Gefühl, sagte er, aber Carlos schweigt. Woher dieses Gefühl komme, fragte ich weiter. Carlos hat seinen Glauben, sagte Clement, manchmal sagt er Sätze wie, die wahre Sehnsucht sucht nach Gott, dabei sieht er dich an, und wie er dich dabei ansieht, und trotzdem bin ich nicht sicher, ob sein Glaube stark genug wäre, ruhig zu bleiben, wenn er nichts wüßte. Wenn Fillide von allen anderen guten Geistern verlassen war, Carlos war an ihrer Seite, auch damals, als Wörlitz hinter der Mauer blieb.

Auch M schien von diesem italienischen Spruch getrieben zu sein, alla guerra di amor vince chi fugge, im Liebeskampf siegt immer der, der flieht. Vergiß sie beide, hat Carlos ihr geraten. Ein Rat, der natürlich schwer zu befolgen war, das wußte Carlos. Es geht darum, hat er ihr gesagt, die Sehnsucht nach dem Unerreichbaren auf ihr eigentliches Ziel zu richten, dabei hat er in den Himmel gezeigt. Ein unerreichbarer Mann sei noch lange kein Gott, im Gegenteil, er sei ein schlechter Geliebter, alles andere sei Illusion. Vielleicht wollte Fillide keinen Mann, der erreichbar ist, sagte ich, vielleicht war sie lieber allein.

Clements Lächeln wirkte kühl, er trank, aß Polenta und schwieg, bis er sein Besteck zur Seite legte. M, sagte er, ist vermutlich eine Folge ihrer kindlichen Liebe zu Merisi gewesen. Ihre Mutter hatte hier in Berlin ein neues Leben angefangen, in das Fillide nicht mehr recht hineinpaßte, da war sie neun oder zehn. Ihr Vater war in Neapel geblieben, und ihr blieben diese Bilder, da fand sie Italien wieder und fühlte sich geborgen.

Ich glaubte nicht richtig zu hören, geborgen, fragte

ich, bei Merisi? Es kommt auf die Sichtweise an, sagte Clement, ihren Schmerz konnte sie bei ihm wohl auch wiederfinden. Ein genial dargestellter Schmerz kann dich glücklich machen, und Fillide konnte tief in ein Bild hineinsehen. Clement drückte wieder mit dem Zeigefinger die Nagelhaut seines Daumens hinunter.

Wer euch reden hört, sagte ich, dich und Lena, könnte annehmen, Fillide sei in einem von Merisis Bildern abgetaucht. So, fragte Clement, und ließ augenblicklich von seinem Daumen ab, in welchem Bild denn? Ich weiß nicht warum, mag sein, es lag an dem Blut auf meinem Teller, aber in diesem Moment sah ich sie als Judith mit Holofernes.

Holofernes, sagte Clement, richtete sich in voller Größe auf und senkte seine Stimme, «hätt' ich nur einen Feind, nur einen, der mir gegenüberzutreten wagte! Ich wollt' ihn küssen, ich wollte, wenn ich ihn nach heißem Kampf in den Staub geworfen hätte, mich auf ihn stürzen und mit ihm sterben». – Die Blicke der anderen Gäste schienen Clement nicht weiter zu stören, mit einem Messer in der Hand spielte er den sich unter dem Schwert aufbäumenden Krieger, und dann Judith, mit steiler Falte über der Nasenwurzel und flüsternder Stimme, «ich bin zu schwer, er kann mich nicht halten, ich springe in seine Arme und sinke und sinke, und er kann mich nicht halten».

Clement setzte sich wieder, Judith, sagte er, zumindest Hebbels Judith, fürchtete sich vor Männern, ich habe sie vor ein paar Wochen im Theater gesehen.

Nach diesem Auftritt war ich froh, als Clement die

Rechnung verlangte, auch mit dem Steak war ich zufrieden. Die Lust, mit der ich es gegessen hatte, gab mir das Gefühl, von einer Krankheit genesen zu sein. Clement bot mir an, mich nach Kreuzberg zu fahren, er hätte dort noch etwas zu tun. Bevor ich zu ihm ins Auto stieg, räumte er wieder Tonbandrollen vom Beifahrersitz, die Decke, in die er eine Tiffanylampe gerollt hatte, nahm ich auf den Schoß. Er fuhr nicht meinen Weg unter der Jannowitzbrücke durch zur Heine, Clement nahm die Karl-Marx-Allee, ehemalige Stalin-Allee, sagte er und noch einiges mehr, was ich wieder vergessen habe. Er gefiel sich in der Rolle des Stadtführers, während ich daran dachte, wie er mit Fillide durch die Straßen im Westen gelaufen ist, mit dem Bedürfnis, hier und dort eine Bombe zu werfen.

Strausberger Platz, Lichtenberger, am Engelbecken hielt er an, wo vor einem Jahr noch die Mauer gestanden hatte. Er fragte, ob ich die Geschichte des Luisenstädtischen Kanals kenne, und erzählte von den Aufständen während des Kanalbaus 1848, wie die Arbeiter eine Dampfmaschine zerstörten, weil sie befürchteten, durch den Einsatz der Maschine ihren Arbeitsplatz zu verlieren, dabei hätten drei von ihnen ihr Leben verloren, bei den folgenden Barrikadenkämpfen weitere acht. Wirklich merkwürdig ist, sagte er, daß der Kanal als Beschäftigungsmaßnahme erbaut worden war und achtzig Jahre später als Arbeitsbeschaffungsmaßnahme wieder zugeschüttet wurde. Auf dem Gelände sollten dann Grünanlagen entstehen, Laubengänge, Wasserspiele, alles fernöstlich. Bevor die Pläne verwirklicht werden konnten, kam die Inflation, der Krieg, und mit dem Bau der Mauer verschwanden auch die letzten Reste der Anlage unter Schuttmassen. Mal sehen, sagte Clement und bot mir eine Zigarette aus seinem Bauhausetui an, vielleicht werden die alten Pläne wieder ausgegraben. Fillide hat mir diese Geschichte erzählt, sie kannte hier jede Ecke, jeden Winkel, und sie wußte genau, wie das alles vor zehn Jahren war oder vor fünfzig oder hundert.

Ich genoß Clements unparfümierten Tabak und inhalierte tief, Fillides Flucht verstand ich immer weniger, sie muß sehr an dieser Stadt gehangen haben, sagte ich. Clement schüttelte den Kopf, in den letzten Jahren, sagte er, konnte sie sechsunddreißig nicht mehr sehen und die Bezirke drumherum noch weniger, ihr Eintauchen in die Geschichte waren Versuche, einige Teile der Stadt anders zu sehen, aber das hat sie offensichtlich auch nicht mehr binden können. Fillide ist oft mit dem Fotoapparat herumgelaufen, als würde sie nicht dazugehören, auch, als die Mauer noch stand.

Hätte Clement jetzt einen Likör aus der Manteltasche gezogen, ich hätte ihn getrunken, aber er drückte seine Zigarette im Aschenbecher aus und ließ den Motor wieder an. Ich wollte das letzte Stück des Weges zu Fuß gehen, verabschiedete mich und war schon am O'platz, als Clement neben mir hupte und mit den Konzertkarten winkte.

Die Oranien ging ich langsam hoch, viel zu langsam eigentlich, als wäre ich durch einen Irrtum in diese Gegend geraten und wüßte nicht wohin. Wer war das, der von einem emotionalen Nachkriegszustand gesprochen hatte?

Am nächsten Tag, in der Nacht vom sechzehnten auf den siebzehnten, hatte ich Dienst. Im Aufenthaltsraum lief der Fernseher, Spätnachrichten, Mittwochslotto und dann, gerade als ich abschalten wollte, noch einmal die Tagesschau. Erste Luftangriffe auf Bagdad wurden gemeldet, die Befehlszentralen der irakischen Armee seien bombardiert worden. Immer wieder wurde die Uhr eingeblendet, der Krieg hatte schon einen Namen, desertstorm nannten ihn die Amerikaner, Operation Wüstensturm. Sieben Uhr fünfzehn, vier Stunden Luftangriffe, und der amerikanische Präsident sprach von einer neuen Weltordnung, die Welt konnte nicht länger warten, das Leben geht weiter, sagte er und betete für die Unschuldigen in diesem Krieg, den er Konflikt nannte.

Eine Amerikanerin, die bei einer Fluggesellschaft arbeitete, erzählte, schon am Tag zuvor seien achtzehntausend Särge in den Golf geflogen worden, für amerikanische Soldaten. Was ich hörte und sah, erschien mir wie eine Fiktion, die Berichte, live aus Bagdad und Washington, machten den Krieg für mich fast unerträglich unwirklich, als sei er für das Fernsehen inszeniert. Es begann zum Paradoxon zu werden, in dem das Wirkliche unvorstellbar wird, weil kein Raum bleibt für die Vorstellung. Wäre zwischen diesen Nachrichten Werbung eingeblendet worden, hätte es mich nicht weiter gewundert.

Am nächsten Abend um sechs saß ich wieder in der Fabrik und hörte Radio, achtzehntausend Tonnen Bomben waren bislang auf den Irak niedergegangen, und die irakischen Führer hatten Korrespondentenberichte direkt aus Bagdad untersagt. Für einen Moment stellte ich mir Fillide vor, als Kriegsberichterstatterin im Golf, und verwarf diesen Gedanken gleich wieder.

20

Es war Samstag, statt auf den Markt zu gehen, was mir schon zur Gewohnheit geworden war, steckte ich die Petroleumöfen an, auch daran hatte ich mich gewöhnt, kochte Kaffee und holte Fillides Brief an Wörlitz wieder hervor. Wir stehen Rücken an Rücken an derselben Mauer, hatte sie geschrieben, oder etwas Ähnliches, und er hatte gesagt, Liebe ist Legendenbildung. Eigentlich waren es nur diese beiden Sätze, die ich noch einmal lesen wollte, und dann las ich den ganzen Brief, von der zerbrochenen Henkeltasse bis zum Indianerehrenwort. Was hatte sie gemeint mit dem Satz, das wird bleiben, das verspreche ich dir? Die Legende war durch den Fall der Mauer zerstört, oder vielleicht auch vorher schon, durch die Geschichte mit M, oder durch eine andere Geschichte. Und was wollte Wörlitz? Arbeit und eine Frau, hatte Fillide geschrieben, mehr wolltest du nie. Dann war sie froh gewesen, daß er Lena nicht sehen konnte, ihre Beine und wie sie auf der Schaukel ihre Riemchenschuhe von den Füßen fallen ließ. Das verfluchte Gift der Eifersucht schert sich einen Dreck um das Mögliche, das Wirkliche, das war auch ein Satz von ihr.

Ich legte den Brief zurück und suchte das Foto, auf

dem Wörlitz im Jeep sitzt, die Zigarette zwischen den Lippen und dieses Lachen im Gesicht. Außer dem Brief schien es in dieser Wohnung keine Spur mehr von ihm zu geben, nicht im Tresor, auch nicht in den Regalen und Schränken, keine Bilder, keine Musik. Entweder, Fillide hatte das Foto, das ihr Lieblingsfoto von Wörlitz war, und die Tonbandkassetten, die schon Clement vor ein paar Wochen gesucht hatte, mitgenommen, in den Müllcontainer geworfen, oder das alles hatte etwas mit dem verschwundenen Aktenordner zu tun.

Abends um sieben war ich mit Lena verabredet, wegen des Konzerts. Sieben hieß für sie auch sieben, nicht viertel nach oder halb acht, Pünktlichkeit ist anachronistisch geworden, und diesen Anachronismus mochte ich an ihr besonders gern. Ich stand an der Toreinfahrt zum Hof, zunächst war es nur ihr Auto, das ich kaum wiedererkannte, alles ausgemistet, sagte sie, auch die Werkstatt und meine Wohnung. Sie drückte mir einen Kuß auf die Wange, fragte nach den Karten, zeigte auf den Sicherheitsgurt, und als sie den Gang einlegte, ein Blick nach links, einer nach rechts, sah ich sie zum erstenmal, wie Fillide sie in dem Brief beschrieben hatte, ihr Profil, die hohen Backenknochen, die leicht gebogene Nase, die karmesinroten Lippen, aber vor allem ihre mandelförmigen Augen, die ihre Farbe mit dem Licht wechseln, zogen mich an.

Für Sekunden fühlte ich dieses Begehren, das Fillide Wörlitz unterstellt hatte, und war froh, als mir die Großmutter wieder einfiel, das war es, wonach ich Lena eigentlich fragen wollte.

Fillides Großmutter, sagte Lena, wartet nicht mehr, vor zwei Jahren ist sie gestorben, mit neunzig. Fillide hat ihr Haus geerbt, und ich glaube, sie hat es verkauft.

Bist du sicher, fragte ich, wo steht das Haus? Also gut, sagte Lena, ich weiß, sie hat es verkauft. Nur die Pflanzen hat sie nach Berlin geholt, die stehen jetzt auf deinen Fensterbänken. Mit gespreizten Fingern fuhr sie durch ihr Haar und preßte etwas trotzig die Lippen aufeinander. Ich glaube, sagte sie, du glaubst mir immer noch nicht.

Lena fuhr über den 17. Juni ins Hansaviertel, den Weg, den wir schon einmal zum Flohmarkt gefahren waren, nur hörten wir diesmal keine Musik, ihr Autoradio war gestohlen worden, das dritte, und dann brach es aus ihr heraus. Weißt du, wie es mir gegangen ist, fragte sie in dem Ton, der keine Antwort zuläßt. Weihnachten, Silvester, Neujahr, immer hatte ich das Gefühl, Fillide ist tot. Hast du eine Ahnung, wie sich das anfühlt, nein, sagte sie, hast du nicht, kannst du gar nicht haben.

Das war der Tonfall, der den Puls in die Höhe jagt. Auf dem Parkplatz vor der Akademie erzählte Lena, wie sie von einer Kneipe in die nächste gezogen war, um den Bildern zu entgehen, die kamen, wenn sie alleine zu Hause oder in der Werkstatt saß. Statt über diese Bilder zu sprechen, steigerte sie sich in Geschichten von Männern, Wodka, Ecstasy hinein, als hätte sie immer noch etwas von diesen Drogen im Blut. Kein Wort über Fillide. Von Minute zu Minute sank mein Interesse an der Art der Männer, die sie in diesen

Nächten benutzt hatte, an der Anzahl der Pillen und den Litern von Wodka, die sie geschluckt hatte.

Im Foyer, an der Garderobe gaben wir unsere Mäntel ab, ihr Pullover war eine zweite Haut, auch ihre Jeans. Ich sah sie an, und irgendwann unterbrach ich ihren Redefluß, ob sie Wörlitz später treffen wolle. Ich weiß nicht, ob es an meiner Frage lag oder an meinen Blicken, Lenas Antwort war jedenfalls deutlich. Die letzte Ohrfeige hatte ich vor zwanzig oder fünfundzwanzig Jahren von meinem Vater bekommen. Lena entschuldigte sich gleich, es tut mir leid, sagte sie und faßte nach meinem Arm. In ihren Augen sah ich, es tat ihr wirklich leid.

Ein Whisky Soda, ein Gin Tonic, ich hätte gern etwas getrunken, die Bar hinten im Foyer hatte noch geschlossen, wir hockten uns trotzdem an die Theke. Das Flakkern in Lenas Blick war verschwunden, sie sah mich ruhig an. Die Farbe ihrer Augen wechselte von einem dunklen Seegrün zu einem noch dunkleren Meerblau, ein metallisches Grau war auch dabei. Ich wußte wirklich nicht, sagte sie, wie ich aus diesem Film wieder herauskommen sollte. Trotz aller Drogen war ich immer noch zu nüchtern, um wahnsinnig zu werden. An einem Morgen, es kann auch Mittag gewesen sein, trabte irgendein Hengst durch meine Wohnung, ich lag noch im Bett, Knochen wie Blei, im Kopf das bekannte Dröhnen, und dann ließ ich die Bilder einfach laufen, bis zum Abspann. Es war klar, das war mein Film, Drehbuchautor, Regisseur, Produzent, das war ich und niemand sonst. Ich sprang aus dem Bett, brachte zuerst den Mann aus meiner Wohnung zu seiner Firma, und nach dem Transport fuhr ich zu meiner Scheune. Tagelang habe ich entrümpelt, nach der Werkstatt meine Wohnung und zuletzt das Auto.

Lena kramte in ihrer Tasche, ich hielt ihr meine Zigaretten hin, weißt du, sagte sie, die ganze Zeit hatte ich dir die Schuld an meinen Alpträumen gegeben, du hattest sie mit deinen Fragen ausgelöst, und eigentlich habe ich keine Lust, sie wieder herbeizureden, verstehst du? Ich verstand und steckte die Zigaretten wieder in meine Jackentasche.

Der Saal war nicht ganz halbvoll, Lena zog mich die Treppen hinab in eine der vorderen Reihen bis zur Mitte. Ich hätte lieber am Rand gesessen oder weiter hinten, jedenfalls auf einem Platz, der einen unauffälligen Rückzug erlaubt hätte. Daran schien Lena nicht zu denken, diese Plätze seien optimal, und dabei blieb es. Sie betrachtete das Foto auf dem Programmheft, sah zu mir und wieder auf das Foto, irgendwie seht ihr euch ähnlich, sagte sie. Ihre Blicke gingen noch einige Male hin und her, dann winkte sie ab, ach, sagte sie, ich weiß nicht, was es ist. In diesem Moment ging Wörlitz an uns vorbei und verschwand gleich wieder durch den Seiteneingang der Bühne. Keine Spur von einer Ähnlichkeit, sagte ich und blätterte in dem Programmheft. Wörlitz war zwölf Jahre älter als ich, was mich merkwürdig beruhigte. Die Bemerkung, ob er für Fillide nicht ein bißchen zu alt gewesen sei, hätte ich besser zurückgehalten. Lena sah mich erstaunt an.

Es ist wohl doch ein Mensch, den man liebt, sagte sie, und nicht ein Alter.

Den Seiteneingang im Auge, versuchte ich mich auf meine Umgebung zu konzentrieren, die Ziegelsteinmauer, die Holzsegel, das Blau der Sitze, die dunklen Bühnenvorhänge. Die Instrumente wurden gestimmt, ein letzter Gong ertönte, die Musiker traten auf die Bühne, fünfzehn Streicher zählte ich, Vibraphon und Perkussion. Zuletzt kam Wörlitz, in dunkler Hose, dunklem Rollkragenpullover, verbeugte sich kurz, ein Auftritt, bei dem sein Gesicht kaum wahrzunehmen war, dann wandte er sich mit zwei, drei Zeichen den Musikern zu, stand für einige Sekunden still, in denen ich ihn betrachtete, seine Größe, die Breite seiner Schultern, die Beine, bis er wieder seinen Arm hob, er dirigierte ohne Stab.

Im ersten Satz glaubte ich, Anklänge an Schönberg zu hören oder an Alban Berg, aber auch die lösten sich bald in etwas vollkommen Unvertrautes auf. Manchmal war es, als würden mitten im Spiel die Instrumente nachgestimmt, in dem hellen Klang des Vibraphons lag etwas Diabolisches, im Hintergrund immer ein leises Klopfen, ab und zu eine Rassel, ich dachte etwas oder fühlte etwas, und die Musik strich es gleich wieder weg. Die Streicher steigerten sich in eine Heftigkeit, in der ich mich selbst wie eine Saite fühlte, auf der Vibrato gespielt wird, bis zur Schmerzgrenze, noch ein Stück weiter, dann das Kratzen der Bogen nah am Steg, nur noch Töne immer haarscharf neben dem Ton, den ich erwartete. Aufzustehen, hinauszugehen oder einfach die Ohren zuzuhalten, wagte ich nicht, nicht auf diesem Platz.

Lena starrte auf die Bühne, völlig regungslos, leicht vorgebeugt, als würde sie gar nichts hören, nur sehen. Es geht vorbei, sagte ich mir immer wieder, es geht vorbei, und irgendwann löste sich das, was mir unerträglich war, in eine Sphäre, als würde die Bühne schweben, als ließe sich die Stille hinter den Tönen hören. Ich lehnte mich zurück, rutschte tiefer in den Sitz, schloß die Augen, es war wie ein Zauber, der alle Materie in Klang verwandelte.

Selten war es mir so schwergefallen, wieder dorthin zurückzufinden, wo ich gerade war. In der Pause, an der Bar, bestellte ich Whisky, Lena trank Wein, und ich war ihr fast dankbar, daß sie nichts sagte. Mir war, als hätte diese Musik mich in eine andere Dimension gebracht, in jedem Ton hatte ein Bild gelegen und war mit dem Ton entschwunden, in eine Art bildlose Transparenz von allem, was war und was sein wird. Ich fühlte es noch, und als ich es aussprechen wollte, erschien es mir unmöglich. Es war noch etwas mehr gewesen, als in Lena die Pilgermadonna zu sehen oder in M Merisi oder in Judith Fillide. Hätte ich diese Musik im Radio gehört, hätte ich abgeschaltet, und hätte Lena nicht neben mir gesessen, wäre ich schon vor dem Wirbelsturm gegangen. Es fiel mir immer noch schwer, etwas Neues, vollkommen Unvertrautes auszuhalten, ohne den Halt, den die Gewohnheit bot.

Lena hielt mir ihre Zigaretten hin, ich nahm eine, suchte nach meinem Feuerzeug, bat die Dame hinter der Bar um Streichhölzer, war einen Augenblick oder länger von dem Spitzenzeug gefangen, das sie trug, wechselte ein paar Worte mit ihr, und wie ich wieder neben mich sah, war Lena verschwunden. Mit Glas und Zigarette ging ich ein paar Schritte wie im Halbschlaf, trank, rauchte, und dann hörte ich Lenas Stimme, ihr Lachen. Sie stand mit Wörlitz hinter einer der Stellwände, ich sah nur ihre Schuhe und die Beine bis über die Knie, sie standen nah. Ich versuchte mir vorzustellen, wie Wörlitz Lena ansah und Lena Wörlitz, brachte mein Glas zurück an die Bar, drückte die Zigarette aus, ließ mir an der Garderobe meinen Mantel geben und verließ die Akademie in Richtung U-Bahn.

21

Je genauer du den Anfang kennst, desto genauer kannst du das Ende berechnen, hatte Lena im Dezember gesagt. Es war, als würde ich noch einmal von vorn anfangen, zumindest auf dem Spielfeld, auf dem ich mich seit über einem halben Jahr bewegte. Auf das Konzert folgten Nachtdienste und auf die Nachtdienste Nächte, in denen ich nicht einschlafen konnte. Meinen Rhythmus umzustellen, war mir immer schwergefallen und noch schwerer fiel es mir, alleine wach im Bett zu liegen. Ich ging wieder auf die Barmeile, lief vom Meilenstein zum Silberstein, stand an den Theken, die mir vertraut waren, bestellte Tonic mit und ohne Gin, mied jedes Gespräch, jeden Blickkontakt, auch den mit meinem Spiegelbild. Das alles schien wie am Anfang zu sein, wie in den ersten Wochen, nachdem ich in die Fabrik gezogen war. Nur suchte ich nicht mehr nach einer Formel, auf die ich die letzten Ereignisse hätte bringen können, denn wirklich ereignet hatte sich für mein Empfinden wenig. Der Ölkrieg verlief nach sechs Wochen amerikanischem Wüstensturm gegen alle Erwartungen im Sand. Ende Februar kapitulierte Saddam, und ich hörte wieder auf, Zeitungen zu lesen. So wenig wie mich die Tagesschau im Fernsehen interessierte, wenn ich im Aufenthaltsraum der Station saß, so wenig interessierte mich, was ich bald meine Nachtschau nannte, ein Programm, das plötzlich nicht mehr abzuschalten war, zumindest nicht so leicht wie früher. Sobald ich das Krankenhaus verließ, sah ich diese Bilder, die ich nicht sehen wollte und auch nie genau gesehen hatte. Das, was in mir passierte, nannte ich einen schlecht geschnittenen Film, weil es einfach war, es so zu nennen.

Ich nutzte jede Möglichkeit, um zu streunen, wich von meiner Meile ab in andere Viertel, in Kneipen, an die ich mich kaum erinnern kann, nur daß sie voll und verqualmt waren, weiß ich noch. In leere Kneipen ging ich nicht, das war einer meiner wenigen Grundsätze in dieser Zeit. Ich lebte wie in einem Nebel, in dem es bald nichts mehr gab, das ich klar sah, zuallerletzt mich selbst, auch wenn ich das Gefühl hatte, einen halben Meter neben mir zu stehen. Guck mal, dachte ich manchmal, da geht Selov, und der, den ich sah, war konturenlos, als würde er sich jeden Moment auflösen, wie alles um mich herum sich aufzulösen schien.

Mitte März, es kann auch später gewesen sein, rief Lena mich an. Seit dem Konzert hatte sie nichts mehr von sich hören lassen, und ich hatte sie nicht erreicht, weder zu Hause noch in ihrer Werkstatt. Wo sie in den letzten Wochen gewesen war, sagte sie nicht, sie sprach mit mir wie mit einem kranken Kind, mit übertriebener Fürsorge, und ebenso übertrieben wies ich sie ab, sie solle nicht so geschraubt reden, sagte ich ihr, ich würde ihr Verständnis nicht brauchen. Ihr Anruf war ein

Anruf aus Höflichkeit, schon nach zwei Sätzen wurde mir das klar, und diese Art von Höflichkeit hatte ich immer gehaßt, das sogenannte schlechte Gewissen, was immer das sein mag. Ich legte den Hörer auf die Gabel und wußte, sie mußte es nicht haben, nicht wegen mir, auch wenn ich sie hin und wieder vermißte, besonders im Silberstein, auf der Treppe neben der Holzskulptur, oder in den Hinterhofkellern beim Tanzen am Ende einer Nacht, hin und wieder.

An den folgenden Tagen versuchte ich mir einzureden, in der Freundschaft mit einer Frau liege kein Glück, auch nicht in einer Liebe, alles falsche Erwartungen, sagte ich mir, Ideologie, romantische Dummheit, und wieder, wie am Anfang meiner Fabrikzeit, wäre es mir am liebsten gewesen, keine Frauen zu kennen, zumindest keine von denen, die mit der einen Hand und so weiter. Der Widerspruch, das wußte ich, steckte seit Monaten in der Innentasche meines Jacketts, neun mal dreizehn, seidenmatt.

Das war nicht wie am Anfang. Es war nicht dieses Flimmern im Brustkorb, das mich von einer Nacht auf die andere von meinen Streifzügen abhielt. Es war ein milder Abend, fast warm, ich kam aus dem Krankenhaus, die Glastür fiel hinter mir ins Schloß, irgendein Duft stieg mir in die Nase, irgend etwas, das ich gerne roch, und ein paar Schritte weiter plötzlich das Gefühl, so, hier bin ich. Ich lief, und alles war wieder da, vor allem die Lust, Lust zu atmen, tief bis in den Bauch, Lust zu laufen, aufrecht, nicht mit gebeugtem Rücken, dem Kinn fast auf dem Brustbein, auch die Geräusche der fahrenden Autos nahm ich wieder wahr, sie störten nicht mehr als das Rauschen des Meeres, wenn ich am Strand lag, Vögel krächzten, als hätten sie Halsweh, Kinderstimmen, ich sage dir, wir kriegen Ärger, na und, kriegen wir eben, ph, aus einem offenen Fenster Radiostimmen, alles schien offen, und dann das Grün überall, die Krokusse auf dem Mittelstreifen der Straße, auch die Blicke waren wieder da, die Blicke der Frauen, die ich ansah.

Statt wie sonst im U-Bahnschacht abzutauchen, setzte ich mich ins nächste Straßencafé, bestellte einen Cappuccino, ein Glas Wasser und fühlte mich wie am ersten Tag einer Reise, wo alles in den Glanz einer unbestimmten Erwartung gehüllt ist. Aber ich erwartete nichts, ich saß, trank, sah, und was ich sah, zog nicht an mir vorüber, es war, als würde es durch mich hindurchziehen, nichts blieb und blieb doch, eine Empfindung, die immer ein Grund für mich gewesen war, zu reisen.

Ich fuhr mit dem Bus nach Kreuzberg, ging über den Platz, vorbei an Computerfirma, Grenzübergang, Tankstelle, durch die Toreinfahrt in den Fabrikhof, im Hausflur die Backsteine unter abblätternden Farbschichten, der verrostete Lastenaufzug, der verrottete Briefkasten, die Eisenstufen dröhnten bei jedem Schritt, den Mann, der mich nicht grüßte, hatte ich lange nicht gesehen. Ich schloß die Tür auf, an der mein Name noch nicht stand, lief durch die Etage, sah Amor und Goliath an der Wäscheleine hängen, die Kaffeemühle auf der Küchentheke, die Schreibmaschine auf der Fensterbank, die Ölfläschchen auf dem Schreibtisch, die Tresortür war offen, alles wie am Anfang, nur der Vorratsschrank war leer. Das Bedürfnis, ihn aufzufüllen, hatte ich nicht, ich brauchte keine Nutella mehr und keine Cornflakes. Den Marmorphallus, den ich noch am Tag zuvor hatte loswerden wollen, mir dabei aber albern vorgekommen war, stellte ich auf die Schaukel, was mir genauso albern erschien, und wieder zurück ins Regal. Ich dachte an das Zechenhaus in der Nähe des Flußufers, wo ich aufgewachsen war, und an die Wohnung von A, wo meine Möbel, Bücher und Schallplatten standen. Ich hatte nicht mehr das Gefühl, zwischen sicheren Mauern zu leben, in Räumen, die mit der Zeit immer enger werden. Hohe Deckenbogen, Trennwände aus Glas, Bogenfenster, ich lebte in einem Raum, der zu wachsen schien.

Im Kühlschrank war Weißwein, eine Flasche nahm ich mit hinauf ins Hochbett, rollte ein Kissen für meinen Nacken zusammen, streckte mich auf den Baumwollmatten aus und sah durch die gesprungene Glaswand hinab in den Raum. Nein, es hatte sich nichts verändert, die Etage war mir immer noch fremd, aber auf eine vertraute Weise, mehr wollte ich nicht.

So lag ich in den folgenden Wochen oft, wenn ich von der Arbeit kam, und eigentlich fand hier oben meine wirkliche Arbeit statt. Aus dem Hochbett wurde eine Art Regieraum mit zehn, zwanzig Monitoren, auf jedem eine Folge von Bildern, die ich hin und wieder anhielt, im Schnelldurchlauf vorspulte oder zurück. Der Weg zum Flußufer, Merisi, sein Messer, die Freundin meiner

Schwester, der schwarze Hund, Lenas Augen, ihr Profil, das Muster des Wachstischtuches. Mein Blick sprang hin und her, von einem imaginären Bildschirm zum anderen. Ein Bild wirklich zu halten und zu betrachten, wie ich die Fotos auf dem Küchentisch bei Lukas betrachtet hatte, fiel mir schwer. Nur A konnte ich noch einmal etwas länger sehen. Dieser Zug um ihren Mund, eine Linie, die mir früher streng erschienen war, liebenswert streng, wirkte jetzt hart und beim zweiten Blick noch härter, fast giftig, wie der Satz, du kannst nicht lieben, weil du nicht aggressiv sein kannst.

Es war kein Bildschirm mehr, auf dem ich A sah, ihr Gesicht wurde deutlich wie auf einem Ölgemälde, und plötzlich war es, als würden die Farbschichten aufbrechen, aus den Brüchen der Farbe bricht eine Frau mit nassen Haaren, ihr Gesicht ist hinter den Haaren verborgen, die Haare sind lang, sie schüttelt Sand heraus, ein Zeh malt Zahlen in den Sand und aus der Zwei einen Schwan, dann ein Fuß, der alles löscht, eine Hand, eine feingliedrige Hand, die eines dieser Ölfläschchen schüttelt, die Farbschichten mischen sich, laufen ineinander, die Hand bleibt ruhig, die Farben trennen sich wieder.

Das war auch nicht wie am Anfang, auch wenn es ähnlich anfing. In einer Woche mit Nachtdiensten wachte ich auf, wie immer ohne Orientierung, hörte es zwei-, dreimal klopfen, stieg die Leiter vom Hochbett hinab, sah auf die Uhr, zog den Bademantel über und öffnete. Vor der Tür stand Wörlitz. Ich weiß nicht, wen ich erwartet habe, ihn offensichtlich nicht. Tut mir leid, sagte er und trat einen Schritt zurück, ich wollte Sie nicht erschrecken. Ich winkte ab, ist schon in Ordnung. Wörlitz entschuldigte sich noch einmal, ich werde Sie lieber anrufen, sagte er und lief die Treppen hinab. Ach, bleiben Sie doch. Es ging noch zwei-, dreimal hin und her, bis Wörlitz in die Etage kam. Sein Schritt war zögernd, seine Schultern etwas hochgezogen, verklemmt hatte Fillide diese Haltung genannt. Für Momente wußte ich nicht, was ich sagen sollte.

Ich dachte an sein Konzert, sah auf seine Schuhe, dunkles, weiches Leder, italienisch, ziemlich abgelaufen. Offensichtlich fiel es ihm genauso schwer wie mir, sich von alten Schuhen zu trennen. Wörlitz' Blicke gingen durch den Raum. Sie spielen? Er zeigte auf das Klavier. Spielen, fragte ich, sagen wir lieber, es ist eine Art Spielzeug für mich. Wörlitz nickte, dann spielen Sie sicher gut. Bevor ich widersprechen konnte, zog er einen Schlüssel aus seiner Hosentasche und legte ihn auf die Küchentheke.

Wissen Sie, sagte er, diese Geschichte ist mir ... Ich ließ ihn nicht ausreden, bot ihm einen Platz an, fragte, was er trinken will, Whisky, Wodka, Cognac, Wein, also Whisky. Mit der Flasche und zwei Gläsern setzte ich mich zu ihm an den Tisch, schenkte ein. Wir sahen uns an, ich weiß nicht wie lange, und irgendwann, ich weiß nicht warum, lachten wir. Es gab keinen Grund, eigentlich nicht.

Wörlitz schien wenig mit dem Mann zu tun zu haben, den ich auf der Bühne gesehen hatte. Er war einfach da, stand auf, sah aus dem Fenster in den Hof und wieder zu mir. Sein Lachen war, wie Fillide es beschrieben hatte, es blieb auch noch Minuten später in seinem Gesicht.

Er lief durch die Etage bis zum Tresor und setzte sich wieder zu mir an den Tisch. Die Geschichte, die er erzählte, kannte ich, aber er erzählte sie anders, oder es war sein Ton, der alles veränderte. Wörlitz sprach mit mir, wie man im schönsten Fall mit einem Freund spricht, oder mit einem, von dem man sicher sein kann, ihn nie wieder zu sehen. Was er erzählte, hatte nichts mit seiner Musik zu tun, und doch hatte es eine ähnliche Wirkung auf mich. Es ging bis an die Schmerzgrenze, noch ein Stück weiter, es war wie das Kratzen der Bogen nah am Steg. Aber aufzustehen, ihn zu unterbrechen, danach war mir nicht. Ich sah seine Hände, während er redete, es waren keine feingliedrigen, schmalen Musikerhände, seine Finger waren eher kurz, die Handrükken kräftig. Er sprach mit den Händen, gestikulierte, trank, rauchte Zigaretten, immer noch die filterlosen Schwarzen, wie vor zehn Jahren, und plötzlich hatte er wieder dieses Lachen im Gesicht. Wissen Sie, sagte er, vor einigen Tagen habe ich in der Behörde in meinen Akten gelesen, es war im zweiten oder dritten Ordner, Wörlitz wirkt heute sehr angespannt, stand in diesem Bericht, er klagt über Kopfschmerzen und bildet sich ein, er wird überwacht und sein Telefon wird abgehört. Offensichtlich leidet er seit einiger Zeit unter Verfolgungswahn.

Ich sah Wörlitz in die Augen, das schreibt ein Spitzel, fragte ich, er hat wirklich geschrieben, Sie bilden sich ein... Wörlitz nickte, wir lachten wieder, und dann sprach er auch von Fillide. Ich habe sie Jahre nicht gesehen, sagte er, erst kurz nach der Maueröffnung wieder. Sie hat ein anderes Gesicht bekommen, vor allem um die Augen, auch um den Mund. Wir haben uns einige Male getroffen, aber es war anders, ich meine, es war nicht mehr wie in der Zeit, als ich den Paß hatte. Im letzten Spätsommer kam sie nach einem Konzert zu mir in die Garderobe. Sie wollte Berlin verlassen, sie wollte alles stehen und liegen lassen und weg. Ich glaube, ich habe das nicht ganz ernst genommen. Am selben Abend mußte ich meine Sachen pakken, für eine Japantournee. Nach sechs Wochen, als ich zurückkam, habe ich Fillide gleich angerufen. Ich habe es oft versucht, fast jeden Tag und am Ende mehrmals am Tag. Irgendwann bin ich hierhergegangen, ich hatte ja den Schlüssel, und ihr Name stand noch an der Tür. Zuerst wußte ich nicht so recht, was los war, bis ich mich etwas genauer umgesehen habe. Mir wurde klar, sie hatte es ernst gemeint, sie lebte hier nicht mehr. Dann habe ich meine Sachen zusammengesucht, die noch bei ihr waren, und bin gegangen.

Wörlitz schwieg eine Weile, es tut mir leid, sagte er, einfach so bei Ihnen eingedrungen zu sein, ich hoffe, Sie haben nichts vermißt. Lena hat mir von Ihnen erzählt, und heute dachte ich, es wird Zeit, Ihnen den Schlüssel zurückzugeben. Vor einigen Tagen ist Lena zu Fillide gefahren, für zwei, drei Wochen.

Ich weiß nicht, wie lange es dauerte, bis ich begriff, was Wörlitz soeben gesagt hatte. Lena wußte also die ganze Zeit, fragte ich, wo Fillide ist? Wörlitz schüttelte den Kopf, Fillide hatte ihr eine Karte geschrieben, die nie bei ihr angekommen ist. Mich hatte Fillide irgendwann angerufen, ich glaube es war, kurz nachdem ich in der Etage gewesen bin. Seitdem telefonieren wir öfter miteinander.

Wörlitz faßte in seine Brusttasche und zog einen Zettel heraus. Gestern hat sie mich gebeten, Ihnen diese Nummer zu geben, sagte er, Lena hat ihr von Ihnen erzählt.

Ich sah auf den Zettel, das ist Fillides Telefonnummer? – Sie können sie dort erreichen, sagte Wörlitz, ich glaube, Fillide möchte Sie um einen Gefallen bitten.

Ich weiß nicht, was ich Wörlitz gefragt habe, vielleicht hatte es auch nichts mit meiner Frage zu tun, plötzlich stand er auf, strich durch seine Haare, die einmal dunkel gewesen sein müssen, das war noch an seinen Augenbrauen zu sehen, und schien es sehr eilig zu haben. Sein Abschied war förmlich, fast kalt, oder ich bildete es mir nur ein.

Wieder allein, öffnete ich den Kühlschrank, in einer Stunde begann mein Nachtdienst. Ich ging ins Bad, wusch mein Gesicht, zog den Nagel aus der Wand, an dem der Spiegel in Bauchhöhe gehangen hatte, und suchte nach einem Hammer.

Es war mittags ein Uhr, als ich von der Arbeit zurückkam, die Druckmaschinen ließen den Boden unter mir vibrieren. Auf dem Hochbett fiel ich in eine Art Halbschlaf, aus dem ich immer wieder aufschreckte. Einige Stunden hatte ich schon so zugebracht, als ich aus einem Traum erwachte, der mir nicht gleich wieder zerfiel.

Ich stehe an einer Kreuzung vor einer roten Ampel, es gibt keinen Grund, mich umzudrehen, aber ich drehe mich um. Es ist nicht ihre Schönheit, es ist etwas anderes, das mich berührt, etwas, das ich nie zuvor gesehen habe. Woher ich den Mut nehme, weiß ich nicht, vielleicht gibt es diese Art von Mut nur im Traum oder im Kino, ich sehe sie an, sie sieht mich an, und ich sage etwas wie, nein, ich weiß nicht mehr, was ich sage, es ist ein Satz, den ich nicht zu Ende spreche. Sie kommt auf mich zu, in einem langen, wehenden Rock, es ist ein schwarzer Rock, ihre Haare sind fuchsrot, ich spreche den Satz nicht zu Ende, nehme sie in den Arm, sie legt ihren Arm um mich, ich küsse sie nicht, nicht in diesem Moment, wir überqueren die Straße, wir gehen weiter, ich weiß nicht, wohin.

Dieser Traum war merkwürdig wirklich, ich ließ ihn ablaufen, immer wieder, vor und zurück, um sie deutlicher zu sehen, wirklicher zu fühlen. Doch die Bilder wurden blasser, und die Rauhnächte waren längst vorbei.

Ich kochte Kaffee, mahlte mit der Mühle, und dann sah ich den Zettel auf dem Tisch, die Vorwahl von Italien, eine römische Nummer. Fillide war gleich am Telefon, im Hintergrund lief Jazz, ich glaube, es waren Louis und Ella, die sangen. Ich weiß nicht, wie lange wir gesprochen haben, bis ich sie fragte, wie das denn war, bevor sie gegangen ist. Dann sagte sie diesen Satz ... ich erinnere mich.

Die Arbeit der Autorin an diesem Buch wurde gefördert
durch den Deutschen Literaturfonds e. V.